VERS LES PL

RECUEIL DE PIÈCES THÉÂTRALES

PAR

Myrtha Bien-Aimé Corbier

&&&&&&&&&&&&

TABLE DES MATIÈRES

Je suis reconnaissante envers Dieu qui, malgré mes troubles oculaires, m'a pourvu du désir de composer des pièces théâtrales qui peuvent, je veux le croire, encourager plus d'un dans la vie courante.

Puisse le Seigneur bénir cette entreprise !

&&&&&&&&&&&

Voyons pourquoi c'est avantageux qu'on lise ce recueil qui, nous sommes certains, pourra intéresser une multitude de lecteurs.

Les pièces théâtrales ci-dessous sont présentées ainsi pour inciter les lecteurs à voir la portée magistrale des saintes Écritures afin que les leçons didactiques qui y sont insérées, encouragent non seulement les lecteurs, mais tout aussi bien auditeurs et spectateurs.

Alors, dans ces pièces, on trouvera un remède moral assez substantiel qui regarde la crise juvénile et la délinquance qui s'en suit, puis, par surcroit, les problèmes auxquels les adultes eux-mêmes sont confrontés.

Puisque la jeunesse est munie d'un cœur candide, des dirigeants perspicaces, le sachant, optent de les conseiller et les conduire.

On va alors faire face à des œuvres qui nous signalent comment l'humain quel qu'il soit, étant de nature faible, ne peut jamais, sans une force supérieure, profiter intégralement, des « chemins tout tracés » qui se trouvent dans son cœur, chemins provenus du Créateur.

Les différents actes que comportent les différentes pièces, montrent qu'un retour au divin produira, certes, le miracle le plus exceptionnel dont on ait pu être témoin.

&&&&&&&&&&&

Myrtha Bien-Aimé Corbier de Port-au-Prince, Haïti, épouse de Arnold Corbier, Educateur et théologien, ayant toujours été touchée par tout ce qui se passe autour d'elle, ne peut jamais s'empêcher de partager ses réflexions profitables et salutaires, verbalement ou par écrit, avec des gens de différentes communautés qu'elle rencontre çà et là. Écrire pour elle est très impératif. Cela fait partie intégrante de sa vie. Elle dédie une grande partie de son temps et souvent ses moments de loisirs à la rédaction de tout ce qu'elle ressent de joie, de douleur, de pitié, d'amour dans diverses circonstances.

Il serait aisé et normal pour des gens fortunés et altruistes d'aider le pauvre à devenir riche ; et même le riche à le devenir davantage. Quant à Myrtha, elle ne peut, elle-même, en général, procurer des dons matériels à la populace ; mais avec beaucoup de dévouements, elle veut toujours offrir à chacun, son amour, révélant l'accès à l'incomparable, le plus valeureux des trésors : L'infaillible voie amenant surtout à des acquisitions qui ne passeront jamais.

Elle désire avec ardeur, encourager tous, adultes et jeunes à élever leurs âmes vers les plus hauts sommets.

L'enseignement de Myrtha en Haïti, aux Etats Unis et en Afrique a contribué à ennoblir tous ceux qui y ont prêté attention, petits et grands.

Elle souligne de même, que les parents, les éducateurs, le clergé, un jour ou l'autre, leur attitude aura une influence sur leurs enfants, leurs élèves ou leurs ouailles. C'est donc important que les ainés constituent une boussole pour pouvoir faire suivre à leurs imitateurs, la direction nécessaire dans leur vie. C'est pourquoi, églises et écoles ont pris plaisir `à représenter la plupart de ses pièces théâtrales.

Les présentes pièces, parmi d'autres, ne font que souligner une nouvelle fois, l'enthousiasme de Myrtha dans la cause de la jeunesse. Pour elle, cette dernière doit être traitée avec beaucoup de compréhensiòn, de tact et de délicatesse, ce qui entraînera sa victoire, un jour ou l'autre.

Oui, son labeur passionnant et incessant avec les enfants et la jeunesse pour lesquelles elle a formulé de multiples messages, a guidé plus d'un à découvrir et à comprendre leur potentialité, cultiver leurs talents et les rendre profitables dans le monde, tout en reconnaissant leur raison d'être ici-bas. Cela a attisé en eux le feu de l'amour du beau produisant un idéal élevé. La lecture de ses ouvrages peut vous aider, vous aussi, nouveaux lecteurs de ses écrits, à devenir ou à être davantage des entités de poids, des AMBASSADEURS DE L'AMOUR, de la lumière et de la paix.

&&&&&&&&&&&&&&&&&&

PREMIÈRE SECTION

Pièce numéro 1

VERS LE MERVEILLEUX ET IMPÉRISSABLE EMPIRE UNIVERSEL

Ou :

Vers Le Dernier Empire Universel

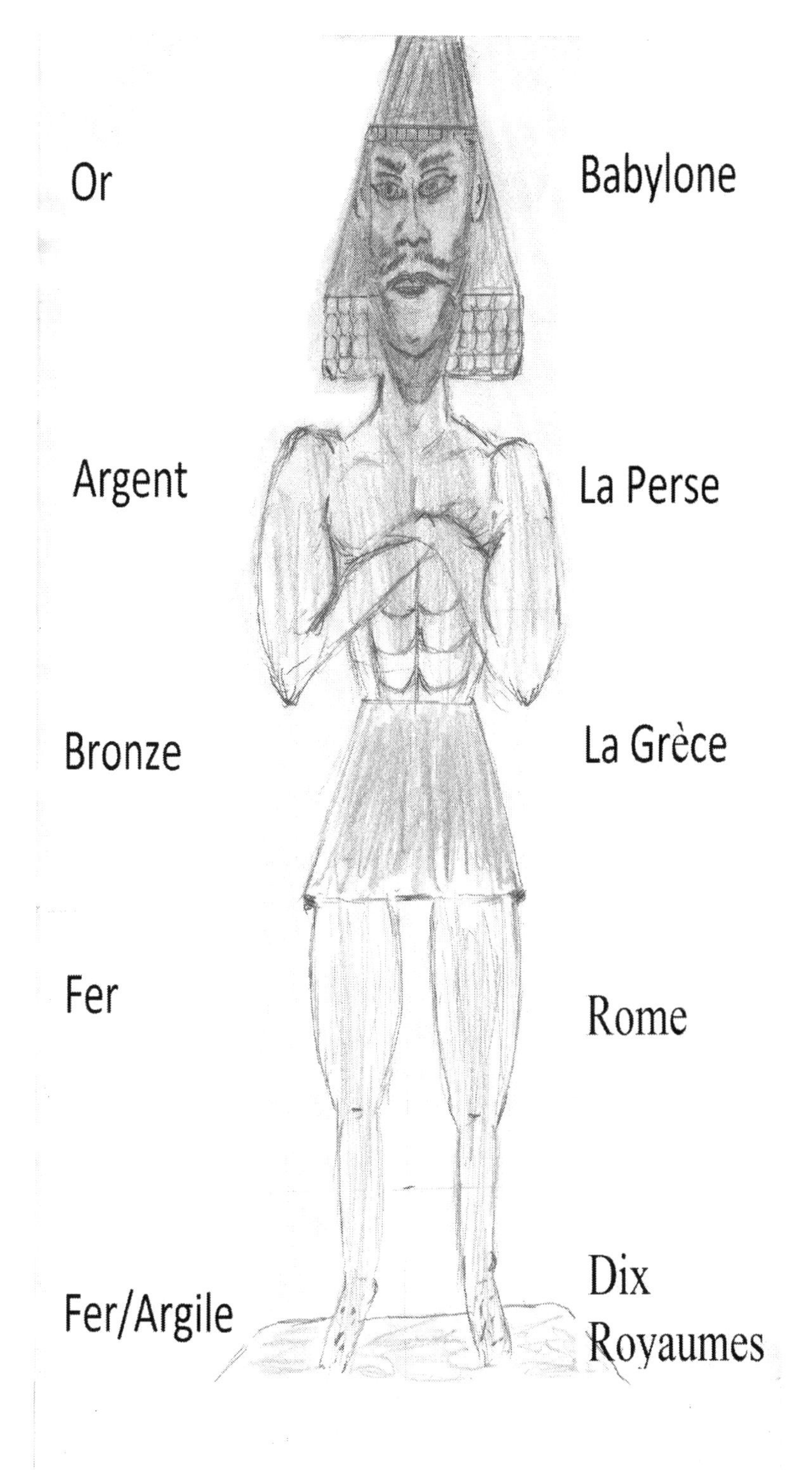

La photo de la statue DANS LE SONGE de Nebucadnetsar

Cette pièce est suivie de quelques remarques regardant UN COUP D'OEIL SUR
L'HISTOIRE ET L'AVENIR DU MONDE, allant de pair avec LA PROPHÉTIE.

Pour raccourcir la représentation de la pièce, si on le désire, on peut sauter : Les parties encadrées entre les deux lignes ; les scènes des magiciens, du conseiller avec le roi ; le monologue du conseiller ; les scènes des Israélites de l'acte III ; les scènes devant lesquelles se trouvent les étoiles.

VERS LE MERVEILLEUX ET IMPÉRISSABLE EMPIRE UNIVERSEL
Ou :
VERS LE DERNIER EMPIRE UNIVERSEL

La chute de l'Empire Babylonien est un fait parmi tant d'autres, qui démontre que la parole de Dieu est certaine et véritable.

Thème : La Parole de Dieu est certaine et immuable.

Source : La Bible et des données concernant le déroulement des activités de l'histoire de ce monde.

À cause de la grande longueur de la pièce, sans mentionner le temps employé à sa lecture, nous suggérons que sa représentation se fasse en au moins, deux épisodes, ou qu'on la réduise d'une façon intelligente.

A travers tous les temps, les hommes ont toujours été divisés en plusieurs catégories : Les rebelles, les insouciants et les obéissants.
Plusieurs n'attendent pour faire un effort dans le but de trouver la délivrance, que quand ils sont empêtrés au milieu de la mer d'indifférence où, battu par les vagues du désespoir où ils ne peuvent plus s'en sortir.

Ainsi, on voit que dans les différents personnages de cette pièce, les uns
Sont maladroits, imprudent, présomptueux ou orgueilleux ; les autres, perspicaces, prudents, altruistes et sages.

Eliada fait comprendre que dans la vie de tout individu, il y a des hauts et des bas. Mais on doit toujours faire attention pour que les calamités ne viennent elles-mêmes, non sans risque, réfutant la raison pouvant faire marcher dans la droiture.

Jobab souligne que quelle que soit la nationalité de quelqu'un, il peut
Bénéficier des promesses divines. L'héritage qu'il obtint de la présence passée des Israélites et particulièrement celle de Moïse, en Égypte, montre que l'influence du serviteur de Dieu en quelque endroit qu'il puisse être, se révèle toujours bénie.

Noga indique dans son attitude que puisque nos bonnes gens ont toujours des conseils à donner, le choix d'une bonne amie sérieuse s'avère nécessaire.

Belschatsar est une figure qui marque une insolence et une arrogance effrontée dont la conséquence est tout à fait désastreuse.

Le conseiller dénote comment une personne avisée et résolue ne craint
Pas la position d'un être puissant pour dire la vérité telle qu'elle est.

Géo représente le genre de personnes qui profitent des circonstances

Pour réaliser ce que leurs cœurs désirent, même devant le péril.

La servante est l'image de ceux qui, même quand ils occupent une fonction dans l'ombre, peuvent intervenir dans des moments difficiles pour apporter leur idée constructive.

La reine mère souligne combien quelqu'un peut être attentif devant des situations troublantes, ce qui pourrait aider son entourage à trouver une solution à ses problèmes.

Daniel constitue l'expression d'une ferveur authentique. Son attitude qu'il avait adopté depuis sa jeunesse, explique comment on peut tenir ferme même au milieu de la dépravation. L'honneur et l'argent ne peuvent ébranler ce type d'individus. Dieu prend plaisir à se révéler à de telles personnes, ces âmes d'élite.

Les soldats Perses sont le reflet du comportement de tous ceux qui sont enrôlés dans l'armée, et qui obéissent aux ordres de leurs commandants.

Les chaldéens, les astrologues, les magiciens, les grands, mettent à jour l'incertitude et la vanité des paroles des sages selon le monde.

Les Israélites : Elda, Léa, Ketsia, Rébecca, Thirtsa, Bilha, Jémima, Milca, Ruben, mettent en évidence la valeur de l'étude
De la parole de Dieu qui soutient dans les moments difficiles,
Même quand on vit sur une terre étrangère, loin des leaders spirituels.

Les péripéties que connaissent les Israélites, leur persévérance dans la foi en Dieu dans ces moments de tribulations, l'accomplissement des paroles de Daniel, plein de prestige spirituel et social, la chute de Babylone, le premier Empire Universel indiquent que la parole de Dieu est certaine et véritable.

&&&&&&&&

PERSONNAGES

Eliada -----------------------Fille du Roi

Jobab -----------------------Petit fils du prince de saïs d'Egypte, amoureux d'Eliada.

Belschatsar -----------------Roi de Babylone.

Daniel -----------------------Prophète de l'Eternel.

La Reine --------------------grand'mère de Belschatsar

La servante-----------------------------Au service de la reine

Elda ------------------------Captive Israélite.

Noga ------------------------Confidente d'Eliada.

Trois Soldats de l'armée Perse.

Géo -------------------------Officier de l'armée de Belschatsar

Deux soldats de Belschatsar

Les Israélites :

Elda, Ketsia, Léa, Rébecca, Thirtsa, Bilha, Jémima,
Milca, Ruben, ET UN GROUPE

Un devin --------------------De la cour de Belschatsar

Un astrologue --------------- " " " "

Un Chaldéen ----------------- " " " "

Un Grand -------------------- " " " "

Un magicien ----------------- " " " "

Un fils de magicien

La scène se passe dans le palais du roi.

La captivité des Israélites à Babylone, la perspicacité de la reine mère, la prophétie de Daniel, la mort de Belschatsar et la prise de Babylone sont des faits vécus. Ces faits réels Sont chantés par des personnages imaginaires de la pièce.

ACTE I

SCÈNE I

APPARTEMENT D'ELIADA

ELIADA

Que je suis heureuse ! Mon âme se réjouit au dedans de moi. (Montrant le trône), O mon père, je te glorifie de ce que tu as été élevé dans une famille grande et noble ! Maintenant que la royauté de Babylone t'appartient, tu es puissant en force, en sagesse, en richesse et en gloire. O mon père, que tu es grand ! Tu as obtenu le bel héritage qu'était le pouvoir de Nabuchodonosor qui s'est accrut et qui régna sur toutes les nations qui étaient sous la domination des Assyriens, puis, sur toutes celles que l'Égypte avait conquises, dont le royaume de Juda. Ainsi Babylone étendit ses cordages et devint un empire universel.

Les successeurs : Evil Mérodac et son fils Nabonide mon grand-père, ont maintenu le royaume. Et toi Belschatsar, mon père, qu'est-ce qui peut égaler ta force et ta majesté ? Ta renommée s'est répandue sur toute la terre, sur toutes les parties de la terre que nous connaissons ; et cela a fait de moi une princesse de marque. A cause de cela, tous les grands hommes cherchent à me connaître, à gagner mon amitié voulant avoir mon cœur. Mais je n'ai pas encore trouvé celui que mon cœur aime. Cinq, dix, quinze et parfois vingt cavaliers fréquentent la cour en un seul jour et dans un même but : celui d'obtenir ma main.

Les uns ont oublié que leurs pays ont été saccagés par Nebucadnetsar mon aïeul ; les autres n'ont pas regardé aux péripéties que leur a fait connaitre Babylone.

SCÈNE II

(ELIADA, NOGA, LES DAMES D'HONNEUR)

Noga : (Entre et fait une révérence)

Eliada : Oh ! Noga, ma mie, quel sentiment te presse de venir me rejoindre à cette heure ? (Allant vers Noga)

Noga : C'est celui d'une amitié sincère qui brûle de te faire des confidences et te procurer ainsi un très grand bonheur.

Eliada : Noga, chère Noga !

Noga : Oh ! Que de gaité !

Eliada : Mon cœur a soif de t'entendre.

Noga : Tu pressens donc une heureuse aventure ?

Eliada : Asseyons-nous. (Elles se mettent)

Noga : Je ne vais pas être longue. Ecoute ma tendre amie, concernant la grande fête annuelle que l'on célébrera aujourd'hui, dans tout le pays, pendant les préoccupations du roi, quelqu'un promet de te visiter pour pouvoir mieux te parler, car dit-il, ton père fut en conflit avec le prince de Saïs dont il est le petit fils.

Eliada : Et quel sera le but de sa visite ?

Noga : Plus tard, il viendra ; tu sauras pourquoi il est anxieux d'avoir un entretient avec toi.

Eliada : Je désire savoir qui il est, et quel sera le but de sa conversation.

Noga : (Se levant) Il est le petit-fils du prince de Saïs. Mais le reste, tu le sauras plus tard. Adieux.

SCÈNE III

ELIADA, JOBAB, LES DAMES D'HONNEUR.

Eliada : (Fait signe aux filles d'honneur de s'en aller)

Eliada : (Pensive)

Jobab : (Révérence) Princesse Eliada ?

Eliada : Qui donc es-tu ?

Jobab : Le petit fils du prince de Saïs qui désire te parler.

Eliada : (S'étonne et ne répond pas).

Jobab : (S'avançant) Eliada !

Eliada : Mais d'où viens-tu et qui es-tu ?

Jobab : Je viens de l'Égypte. Je suis le petit fils du prince de Saïs et me nomme Jobab. Ce nom ne t'est pas étranger, car on te parle souvent de moi et tu en es toujours charmée.

Eliada : Tu viens de l'Égypte ! Et qui t'a permis de venir dans la ville, dans le palais, et jusque vers moi ? Il semble que tu ignores la puissance de mon père qui s'élève au-dessus de toute autre puissance ?

Jobab : Comment ?

Eliada : C'est-à-dire, que mon père peut exterminer qui que ce soit, prince ou roi. Surtout celui qui ne se conforme pas aux lois du pays.

Jobab : Princesse Eliada, je n'ignore pas que tout pays y compris celui de ton père possède des lois et que tous doivent s'y conformer. Mais moi, je n'en fais pas cas ; étant emporté par l'amour, j'ai usé d'artifices pour parvenir jusqu'à toi ; je me suis déguisé pour que nul des chefs des provinces ne sache si je suis le petit fils du prince de Saïs. Seule Noga connait mon existence ici et toi en qui je place ma confiance.

Eliada : Es-tu renseigné de Noga des préoccupations de mon père pour la grande fête d'aujourd'hui ?

Jobab : Oui ma princesse. Je profite de cette occasion toute spéciale, de ses préoccupations dans les préparatifs de la fête annuelle qui sera célébré ce soir pour pouvoir mieux te parler.

Eliada : Tu profites aussi de cela pour pouvoir admirer des beautés de l'ancienne Mésopotamie, les Ziggourats avec leurs escaliers cylindriques, rappelant les siècles passés, et renouvelés par le roi mon grand-père ; puis, les œuvres courantes, nos hautes terrasses couvertes d'arbres rares ; Et aussi, les jardins suspendus, l'une des merveilles du monde ?

Jobab : Ne t'en glorifie pas. Ziggourats ! Ziggourats ! Rappel de la tour de Babel où le langage confondu des gens a causé leur dispersion ! Tu parles aussi de merveille. Chez moi, en Égypte, les trois grandes pyramides de Gizeh ne sont-elles pas des merveilles ? Et mon pays est un vrai foyer d'art : architecture,
Peinture, sculpture, orfèvrerie. Mais moi, je ne viens que pour te parler. Mon admiration se porte plutôt vers … vers toi !

Eliada : Je suis toute oreille.

Jobab : (S'incline devant Eliada) Mignone princesse, je suis persuadé de la puissance et de la cruauté de ton père. Je sais combien il remporte la victoire sur les villes et comment il extermine ses ennemis. Je sais que de même il peut s'emparer de moi dans le palais et me traiter durement. Malgré ces effroyables réflexions je mets ma vie en jeu pour satisfaire ma passion. Subjugué par la puissance de l'amour, je ne peux venir qu'à toi avec un zèle indéfectible pour émettre les sentiments qui sans cesse étreignent mon cœur. Cet enthousiasme est l'expression de mon amour pour toi.

Eliada : (Prend la main de Jobab et le conduit vers un siège non loin d'elle) Parles-tu avec toute la sincérité de ton cœur ?

Jobab : Oui Eliada !

Eliada : Tes paroles me rendent rêveuse.

Jobab : Si mes paroles sont réellement pathétiques, et si tu remarques en moi une parfaite sincérité, ne sois plus rêveuse ; mais tâche de m'apporter quelque soulagement.

Eliada : Comment t'apporter quelque soulagement ?

Jobab : Ecoute ma princesse, je t'aime avec toute la force de ma jeunesse et ne puis rester transi en ta présence. Que mes paroles ne demeurent pas sans effet ! Je vois dans tes yeux une flamme d'amour ; ne brille-t-elle pas pour illuminer mon pauvre cœur troublé ? Eliada ! Ne veux-tu pas t'unir à moi par les liens de l'amour ?

Eliada : (Ne répond pas).

Jobab : Eliada ! Tu ne réponds pas ! Tu me donnes à boire une coupe d'amertume.

Eliada : Je reste taciturne, parce que...

Jobab : Parle ! Je ne puis souffrir ton silence. Ta voix mélodieuse m'est si chère ! Eliada, toi seule sur la terre domine sur mon cœur.

Eliada : Jobab !

Jobab : Tu reviens des nuages !

Eliada : Je pense à mon père et à l'autre famille ennemie, ta famille.

Jobab : Oublie cela. Je t'en conjure.

Eliada : (Tout bas) À part les informations antérieures, Noga m'avait caché le but de cette visite.

Jobab : Ma franche dilection pour toi doit dissiper ta perplexité. Eliada ! Je te promets un amour immuable et rien ne pourra séparer nos tendres cœurs.

Eliada : (Moment de silence) Penses-tu que mon père acceptera que je m'unisse à toi ?

Jobab : Et toi, acceptes-tu ?

Eliada : (Avec hésitation) De tous les grands qui visitent le palais, jamais j'en ai vu un qui m'attire autant que toi.

Jobab : Je t'attire ! Par conséquent tu m'aimes.

Eliada : (Ne répond pas).

Jobab : Eliada !

Eliada : Je crains la fureur de mon père ; car tu sais, il est le grand adversaire des tiens.

Jobab : Ne crains rien. Je pars pour revenir ce soir. Mes paroles sauront l'apaiser.

Eliada : Je sais qui est mon père. Et puis, il est toujours prêt à prendre garde aux visiteurs ennemis et espiègles qui pourraient, dit-il, envier son royaume.

Jobab : Non ! Moi, je ne suis pas après l'empire de Babylone. Seulement celui qui ne suit pas la prophétie pourrait courir après ce royaume qui est à la veille de son déclin. Qui maintenant peu vaincre les Mèdes et les Perses !

Je viens ici avec une double intention : l'une que j'ai déjà manifesté, l'autre, résultat de la première consiste à te délivrer du désastre qui, bientôt aura lieu dans le palais. Rappelle-toi ce qui est prédit par le prophète Daniel : ce royaume passera. Élève-toi
toi-même contre l'orgueil de ton père qui ne respecte pas l'autorité du Dieu Tout-Puissant qu'adorent les Israélites et que j'adore moi-même ; car l'écho de la voix de Moïse résonne encore en Égypte. Agis avec bonté envers les gens de la captivité et tu seras épargnée le jour de la prise de Babylone.

Eliada : La prise de Babylone !

Jobab : Oui la prise de Babylone.

Eliada : Jobab, je vois rayonner sur ton visage une sincérité profonde. Tu me promets beaucoup, c'est vrai. Mais mon cœur se fend quand je pense au prochain sort de ce

royaume. Que serai-je le jour de la prise de Babylone ? M'éliminera-t-on ? Ou me
fera-t-on prisonnière.

Jobab : Quelle vaine question ! Tu sais que toi et moi ne formerons qu'un pour vivre bientôt sous un toit commun. L'ennemi n'aura pas le temps ni de t'éliminer, ni de te faire le mal. La vigilance de mon amour pourvoira à ta délivrance. Ta foi dans le Dieu de Moïse, le Dieu de Daniel te sauvera du danger. Oui ta foi en mon Dieu te sauvera du danger, te forgeant un abri.

(Il semble écouter quelque chose.) Mais... j'entends un bruit de pas.

Eliada : C'est mon père, de passage pour aller rencontrer quelques grands en vue du festin. Adieu.

Jobab : Adieu. (S'en va)

SCENE IV

(Cette scène est optionnelle pour la représentation)

PREMIÈRE SCÈNE des enfants D'ISRAEL

(DANS LA COUR DU PALAIS)

Elda : Tout mon corps frémissait quand j'avais vu un groupe assis près d'un fleuve de Babylone, pleurant, contemplant leurs harpes suspendues à des saules. Je me suis dite : nous voici parvenus à l'accomplissement de la prophétie du roi David insérée dans sa poésie. "Sur les bords des fleuves de Babylone, Nous étions assis et nous pleurions. Là nos vainqueurs nous demandaient des chants, et nos oppresseurs de la joie : chantez-nous quelques-uns des cantiques de Sion ! Comment chanterions-nous les cantiques de l'Eternel sur une terre étrangère ?... Filles de Babylone, la dévastée, heureux qui te rend la pareille, le mal que tu nous as fait !" (Ps. 137)

Israélite 2 : Sais-tu, des historiens ne manquent pas de relater tous les faits. Et Dieu veille bien à cela, car en ce qui a trait à la prophétie, tout marche de pair avec l'histoire. Ainsi les lecteurs attentifs pourront se rendre compte de l'immutabilité et de l'authenticité de la parole de Dieu.

Israélite 3 : Moi je suis certaine que toutes les prédictions des écritures se réalisent toujours.

Israélite 2 : De plus, je prévois que des hommes avisés feront dans le futur, des fouilles rendant palpable ce qu'ils ont appris dans les Écritures ou dans l'histoire. Que des gens croient ou qu'ils ne croient pas, Dieu leur laisse assez de temps pour réfléchir tout en souhaitant qu'ils se mettent du côté de la vérité.

Israélite 3 : N'a-t-il pas traité avec patience et miséricorde, les peuples qui ont rempli jusqu'à la lie, la coupe de leur iniquité, et n'a-t-il pas réagi plus tard, avec justice et sévérité, contre ces mêmes peuples dont la désinvolture l'exaspérait ? Où sont Tyr et
Sidon ? Où est l'Assyrie dont les paroles des prophètes se sont accomplies sans déviation. Où est Ninive ? Où est Edom ? Ces villes sont toutes désertes.

Israélite 3 : Où sont Sodome et Gomorrhe ? Elles sont anéanties par la justice et la colère de l'Eternel, démonstration de l'effet du jugement final de toutes les nations. Ce qui est donc prédit pour Babylone arrivera. Babylone tombera, malgré la fierté de cette ville.
Peut-être là où nous sommes ne sera autre qu'un amas d'eau.

Le feu agent destructeur et purificateur, a été déversé sur Sodome et Gomorrhe en démonstration de ce que Dieu fera à la terre à la fin des siècles. Malgré cet avertissement, nos aïeux ont été indifférents à la loi de l'Eternel, vivant dans toutes sortes d'iniquités.

Par ailleurs, on rencontre des impies imprudents, jouant avec leur destinée, et cela, partout où l'on va dans ce monde.

Israélite 1 : Abraham notre père était originaire d'Ur en Chaldée. Il était donc Chaldéen comme le sont maintenant ceux qui sont nés à Babylone. Mais Dieu l'a appelé hors de ce pays. Il devait par la foi partir pour un pays qu'il ne connaissait pas. En effet, il conquit des terres et sa postérité en bénéficierait. Mais. O malheur, o tristesse ! Nous voici nous de la postérité d'Abraham revenu ici non comme Chaldéen, mais comme captifs ; nous avons perdu et le droit de cette cité que nous ne recherchons pas, et la liberté de vivre dans notre pays bien-aimé. Où sommes-nous donc ? C'est terrible de badiner avec sa liberté. On ne doit jamais s'en servir pour s'écarter du droit chemin. En le faisant, on tombe dans l'esclavage qu'on redoute. Evitons de regarder en arrière. Lorsque nous laissons ce que l'Eternel nous dit d'abandonner, et que quand nous y retournons nous tombons dans la honte et la confusion. Qu'allons-nous donc faire pour remonter le courant de notre cher pays ?

Israélite 2 : Espérant en les promesses de Dieu, Babylone sera prise et le conquérant nous fera le plaisir de nous laisser retourner à Jérusalem pour sa reconstruction.

« Et toi, tour du troupeau, colline de la fille de Sion, à toi viendra, à toi arrivera l'ancienne domination." (Michée 5 :1-3)

Israélite 3 : Concernant David, l'Eternel a dit : "j'affermirai sa postérité pour toujours." C'est pourquoi je suis assuré que le prochain empire universel, qui écrasera celui des Babyloniens pensera à la reconstruction de Jérusalem.

Israélites 4 : Le peuple d'Israël n'a pas été suscité pour remplir un rôle de premier plan dans le monde politique, mais plutôt un rôle primordial dans le monde religieux. Il devrait être la lumière du monde. Si toutefois il devait combattre l'ennemi, c'était tout simplement pour chercher la paix et continuer à adorer librement son Dieu. Israël était appelé à être le berceau de la religion, parce que son Dieu qui est vivant domine sur tout l'univers et ne rendra visible son royaume qu'au temps marqué, après l'empire universel de fer dont a parlé le prophète Daniel.

Plusieurs d'entre les peuples n'ignorent pas que deux grandes et solides civilisations ont existé au temps d'Israël, 40 ans avant la captivité: Babylone et l'Égypte. Israël n'aurait donc pas dû se révolter et rechercher sa protection dans l'Égypte le pays rival, après avoir donné son mot au roi de Babylone qui l'avait fait jurer fidélité par le nom de Dieu.

Israélite 1 : L'Eternel, n'avait-il pas dit au peuple d'Israël: "Malheur à ceux qui descendent en Egypte pour avoir du secours qui s'appuient sur des chevaux et se fient à la multitude des chars et à la force des cavaliers, mais qui ne regardent pas vers le Saint d'Israël, et ne cherchent pas l'Eternel. »

Il est aussi écrit "La protection de pharaon sera pour vous une honte, et l'abri sous l'ombre de l'Égypte, une ignominie."

Ils ont oublié que l'Égypte les avait assujettis durant quatre cents ans, cette Égypte non reconnaissante aux bienfaits de Joseph, fils de Jacob, le père d'Israël. Ils ont aussi oublié que leurs victoires ne se trouvent qu'en l'Eternel qui les avait délivrés de la main de Pharaon dont l'armée et leurs chars périrent dans les eaux de la mer rouge.

Israélite 5 : Mais dis-nous comment l'influence Egyptienne et Babylonienne ont-elles pu exercer leur action sur Israël ?

Israélite I : Deux grandes puissances, tu entends bien ? Le roi d'Égypte ne se rétracta que jusqu'au moment où le roi de Babylone prit tout ce qui lui appartint « depuis le torrent de l'Égypte, jusqu'au fleuve de l'Euphrate ».

Israélite I : Avez-vous appris qu'au temps du pouvoir d'un roi d'Égypte, il l'a étendu, sur Joachaz fils de Josias, en le détrônant après 3 mois, et mis sur notre pays une contribution de cent talents d'argent et d'un talent d'or ?"

Pharaon pouvait agir ainsi parce que, ne nous conformant pas à la loi de l'Eternel, nous faisions ce qui est mal à ses yeux. Bien que Manassé grand- père de Josias, se repentît de ses mauvaises actions, sa mauvaise influence eut ses répercussions sur les rois qui le suivirent et entrainaient la captivité d'Israël.

Israélite 5 : Dieu n'a-t 'il pas dit qu'il protégerait son peuple ?

Israélite 1 : Oui, mais la réalisation de ses promesses envers ses enfants est fonction de leur fidélité. Pendant la vie de Josias, la paix régna dans le pays parce que ce jeune roi avait donné de l'importance aux choses divines. Mais malheureusement, il eut une affaire avec le roi d'Égypte, Pharaon Neco, où dans la circonstance il montra une opiniâtreté qui lui a valu la défaite comme dans le cas d'Azaria nommé Ozias qui, lui-même, entêté dans son attitude, a été, avec son encensoir offrir des parfums dans le temple sans qu'il n'eût ce droit n'ayant été réservé qu'aux prêtres. Ozias posa donc un acte d'exagération et d'imprudence.

Le roi d'Égypte avoua à Josias sa crainte pour l'Eternel et son intention de chercher passage dans le pays pour combattre l'Assyrien arrogant et orgueilleux.

Josias n'avait peut-être pas consulté le prophète de l'Eternel pour savoir la volonté de Dieu. C'est pourquoi, il fut frappé au combat, ramené dans son pays et mourut ensuite. On ne doit pas rechercher la volonté de Dieu que pour un temps, mais tout le temps. Josias était malgré cela un bon roi et a été animé de beaucoup d'amour pour son peuple. De plus la restauration du temple et le retour à la loi de Dieu dont il trouva le livre qui était perdu, ont rehaussé son gouvernement. Tous le pleurèrent même Jérémie le prophète.

Israélite 1 : Malheureusement, plus tard, le bon roi Ezéchias erra.

Israélite 5 : En quoi a-t-il erré ?

Israélite 1 : Vous rappelez-vous qu'il était gravement malade, souffrant d'un ulcère et que sur sa demande à Dieu, il guérit miraculeusement après avoir vu l'ombre reculer de dix degrés signe de l'approbation divine ? Double miracle : guérison et recule du temps ! Le bruit se répandit partout et Mérodac Baladan, fils de Baladan, roi de Babylone, Qui a vécu longtemps avant Nebucadnetsar, le grand roi Que beaucoup d'entre nous connaissent, oui, Mérodac Baladan envoya une lettre et un présent à Ezéchias. Horreur ! Loin de louer Dieu et de le magnifier devant ces païens anxieux d'être renseignés des effets de la puissance divine, il a exhibé, dans sa vanité, les trésors les plus cachés de son royaume. Le verdict fut prononcé, à savoir que toutes les richesses de Jérusalem et tous les fils d'Ezéchias seraient emportés pour orner le palais des babyloniens.

Israélite 5 :   Nous parlons de la prise de Babylone, comment se fait-il que
Jérusalem, elle aussi ait été prise ? N'était-elle pas une ville où résidait le peuple de Dieu ?

Israélite 1 : Certainement. Le peuple de Dieu y demeurerait. Mais Dieu ne fait pas "acception de personnes". Ce peuple avait dégénéré. Il se comportait comme les peuples païens. La punition ne leur avait pas été épargnée. Mais, la promesse faite à David reste toujours valable. Comme il a été dit et que nous le comprenons, un peuple du même nom sera formé avec des gens de toute la terre. Et à la fin des temps, la Jérusalem céleste sera établie pour subsister cette fois, éternellement. Si plusieurs fois, la Jérusalem terrestre succombe et reprends pied momentanément, Babylone elle-même sera anéantie, et le sera pour toujours.

Israélite 3 : La prophétie s'est réalisée dans le comportement de plusieurs rois tels Amon, Jojakim, et Jojakin. En ce temps-là on ne voulut pas écouter les paroles de Dieu par Jérémie car les hommes n'aiment pas toujours entendre la vérité, surtout celle qui n'est pas en harmonie avec leurs rêves et leurs désirs. Ils préfèrent écouter ceux qui charment leurs oreilles en annonçant la paix. C'est ce que ces chefs on fait dans le contexte de ce qui concernerait la survie de Jérusalem. Jérémie donna un rouleau à Baruck son ami qui devait lire sa teneur devant le peuple. Il le fit. Le rouleau lui fut enlevé et apporté au roi
Jojakim. Celui-ci après avoir écouté la lecture de quelques pages du rouleau, le coupa et le jeta dans le feu qui brûlait devant lui en ce temps d'hiver. Bien que cela ait choqué les princes qui avaient une idée de l'importance des paroles écrites sur le rouleau, les paroles du Dieu Très-Haut, Jojakim le fit consumer intégralement. Quelle imprudence ! Quelle stupidité ! Il agissait d'après la dictée de son cœur méchant et orgueilleux et ne pensait point aux conséquences de son insouciance. Même alors qu'on fait partie du peuple de Dieu, on ne doit pas s'attendre à voir se réalisé en sa faveur les paroles du psalmiste : "car il ordonnera à ses anges de te garder dans toutes tes entreprises », lorsqu'on est rebelle et réfractaire. Et plus tard, avec Sédécias, ce roi méchant et rebelle, arriva la ruine totale de Jérusalem.

Israélite 5 : Heureusement notre pays n'a pas été totalement détruit comme Gomorrhe, car un tout petit nombre de gens servaient encore l'Eternel. Ainsi celui-ci, non comme dans le cas de Sodome ne déversa point le feu lui-même ; mais il permit à nos ennemis les Babyloniens d'incendier eux-mêmes la ville, et tout ce qui s'y trouvait, même les beaux édifices qui faisaient l'orgueil d'Israël, et la curiosité des nations et des rois.

Israélite 2 : Ils ont méprisé les ordonnances sacrées ; et malgré tout, ils ont prospéré dans leurs activités. C'est comme s'ils pensaient que Dieu dormirait, et qu'à leur attitude n'attacherait aucune conséquence. Dieu n'est pas comme l'homme, il ne se presse pas d'agir contre ses ennemis, Il leur donne un sursit dans sa patience afin qu'ils aient le temps de s'amender ou reconnaitre avec leur entourage la miséricorde divine à leur endroit. Il est donc « lent à la colère ». Les exemples du passé doivent nous rendre plus prudents afin que nous ne nous bercions pas d'illusion quand nous serions tentés de marcher suivant les voies tortueuses de nos cœurs. Dieu exerce sa vengeance au temps convenable, quand le méchant s'accroche plus à ses iniquités et atteint le paroxysme de sa prospérité.

Israélite 4 : N'est-ce pas qu'Israël a failli, pour avoir, comme d'autres peuples méprisés lui aussi, la loi ? Ne sommes-nous pas en captivité ici à Babylone chez ces païens qui ne connaissent eux-mêmes, ni Dieu ni sa loi ?

Israélite 1 : Notre captivité a un double sens, c'est notre punition pour avoir péché sans arrêt et sans vouloir procéder à la magnification de sa loi. Tous les coupables de Juda, n'ont-ils pas été maltraités sérieusement par les Babyloniens ? Et le petit groupe de fidèles, n'a-t-il pas brillé dans son entourage, et même devant le roi ? L'observation des principes divin rend supérieur ceux qui s'y engagent. Daniel, le tout jeune, oui, Daniel le tout jeune homme, ne devint-il pas chef des sages, des sage vétérans ou recrus ?

David dit ailleurs :" tes commandements me rendent plus sages que mes ennemis... Je suis plus instruit que tous mes maitres ».

Israélite 5 : "Oui, c'est ce qui explique que Daniel et ses trois compagnons aient pu apporter la lumière au roi païen

Nebucadnetsar ! Qui dirait que ce grand monarque se convertirait ?

Israélite 3 : Ah ma chère, tu as raison ; Dieu a bien dit : " j'appellerai mon peuple, celui qui n'était pas mon peuple ». Quand on ne sonde pas scrupuleusement la Sainte Parole, et aussi l'histoire qui la confirme, on s'approprie les paroles de David : "L'homme stupide n'y connaît rien, et l'insensé n'y prend point garde."

Israélite 1 : Mes amis, si nous ne marchons pas fidèlement, d'autres viendront et prendront notre place dans la compagnie "des rachetés de Dieu qui iront à Sion avec chants d'allégresse ou une gloire éternelle couronnera leur tête." Je ne veux pas dire qu'Israël n'existera plus. Il existera ; mais des païens obéissants viendront en grand nombre et constitueront ce peuple avec le reste des juifs dociles. Ceux-ci sont sortis de l'esclavage de l'Égypte, des païens sortiront de l'esclavage du péché.

Israélite 3 : Exactement. Et puis Nebucadnetsar, n'est-il pas un exemple frappant de ce que Dieu peut faire pour les païens ? Ce grand roi, empereur de toute la terre, a tracé l'exemple aux petits et aux grands, aux riches et aux pauvres. Il a écouté la voix de
Dieu disant : "Observez ce qui est droit, pratiquez ce qui est juste... Heureux l'homme qui fait cela." Le roi s'est humilie et écrivit lui-même le chapitre 4 du livre de Daniel qui est dans les annales de l'histoire des Babyloniens (Daniel 4 : 1-3, 37).

Israélite 5 : Quant à nos prétendues offrandes et à nos jeûnes, il n'y prend point plaisir. Ce peuple feint de se consacrer des fois, mais leurs cœurs sont éloignés de Dieu et dans leur égarement il modifie la parole du Seigneur n'obéissant qu'à ce qui leur plait. Nul ne se réveille; il s'appuie sur les gardiens aveugles d'Israël. Avez-vous déjà lu les passages d'Ésaïe concernant tous les peuples appelés, reproches et consolations, puis le vrai jeûne.

Israélite 2 : Beaucoup ne se soucient de personne, pas même de Dieu dont parle David dans son cantique pour le jour du sabbat : l'homme stupide n'y connait rien et l'insensé n'y prend point garde". Nos pères ont laissé s'accomplir ses paroles à leur égard : "Si les méchant croissent comme l'herbe, c'est pour être anéantis à tout jamais. " A cause d'eux, nous sommes ici captifs à Babylone. Mais que nul ne défaille ; car Dieu ne fait pas payer l'innocent pour le coupable ! Si nous sommes intègres, la justice luira quand même sur notre route. Le méchant ne servira plus de fouet pour Israël ; car Dieu sera son bouclier.

Certainement le peuple d'Israël vaincra, car d'après la promesse, de la postérité de Juda doit sortir le Messie. La nation se rétablira soixante-dix ans après la prise de Jérusalem. Il faudra donc la restauration de notre peuple comme les prophètes Esaïe et Jérémie ont prédit. Dans l'avenir, le sceptre du dernier empire universel sortira d'Israël, il n'y a pas de doute. Ce sujet m'a intéressé depuis le jour ou Daniel a fait éclater le nom de Jéhovah.

Un temps viendra où, au lieu de se réunir dans la vallée de Dura en vue de l'adoration de la statue d'or de Nebucadnetsar, toutes les nations, en vue d'adorer Dieu, se réuniront dans la vallée de Josaphat.

SCÈNE V

ELIADA ET BELSCHATSAR

(DANS L'APPARTEMENT D'ELIADA)

Belschatsar : (Entre avec son ministre et un garde. Il parle d'un ton sévère) Eliada, le pays est plein de captifs de Jérusalem. Je t'ai vu hier, au milieu d'eux écouter leurs discours. N'exerce aucune charité envers quiconque se déclare enfant de Dieu. Et tu ne dois connaitre que les dieux de ton pays.

Eliada : Mon père, ta fille qui t'aime et te chérit s'incline devant toi.

SCÈNE VI

ÉLIADA ET LES DAMES D'HONNEUR

Eliada : (Fait un signe aux dames d'honneur de s'écarter)

Les dames d'honneur : (s'écartent.)

SCÈNE VII

ELIADA

J'aurais dû rappeler à mon père les paroles du prophète ! Mais ce monarque orgueilleux mordu par le démon de l'ambition ; ne voudra pas se soumettre à Dieu et chercher de toute son âme à accomplir sa volonté. Hélas ! (Elle réfléchit). Il y a de la droiture dans le langage de Jobab et en outre, je l'aime. J'observerai donc ses conseils avec conviction ; et si mon père me le défend, je m'écarterai de la maison royale ; oui, je laisserai le royaume pour m'attacher à Jobab. Je laisserai ce royaume pour pouvoir donner libre cours à mes exercices de piété, à mes élans sacrés, à mon amour pour Dieu. Je m'attacherai donc au peuple de Dieu, du Dieu Tout-Puissant dont parle Jobab. Un père insensé et dévoyé ne doit avoir aucune influence ni aucun pouvoir sur les dispositions de sa fille. Les hommes sont souvent des dupeurs, mais quant à Jobab, il parle avec toute la franchise de son cœur. D'ailleurs n'a-t-il pas fait des prédictions concernant le royaume de mon père ; Le royaume passera... Que me servira la robe royale sans être revêtue de pouvoir. Que me servira ma couronne sans les honneurs et sans gloire ?

Jobab a bien fait de tarder à revenir ; car se serait peut-être catastrophique, sa rencontre avec mon père.

SCÈNE VIII

Jobab : Ton père, est-il parti maintenant ?

Eliada : Certainement ! Il y a belle lurette. Et j'étais si inquiète à l'ouïe de ses paroles ! Mais en venant, il est passé par cette porte-ci et toi par celle-là. Tu as failli le rencontré.

Jobab : Et en fut-il ainsi, quand je l'aurais salué, il n'aurait pas su qui je suis et ne se saisirait pas de moi.

Eliada : C'est consolant. (Ils se mettent)

Jobab : Oui, Eliada. A présent, fais pour moi un récit bien fidèle de tout ce que ton père t'a dit concernant les captifs d'Israël.

Eliada : Concernant les captifs d'Israël... il m'en a sévèrement parlé.

Jobab : Ne peux-tu pas me donner un court aperçu de tout ce qu'il a avancé en ta présence ?

Eliada : Il m'ordonne de ...

Jobab : De grâce achève.

Eliada : De n'exercer aucune charité envers quiconque se déclare enfant de Dieu. En outre de n'adorer autre dieu que ceux de son pays. Regarde (en l'indiquant du doigt) Jobab, la représentation de l'un de ces dieux.

Jobab : Penses-tu qu'il soit puissant ?

Eliada : Viens, adressons-lui quelques prières et voyons si elles ne seront pas exaucées.

Jobab : Quoi ! Fléchir les genoux devant un dieu qui ne voit, n'entend, ni ne comprend ! Chez moi, le paganisme règne mais j'abhorre les fausses divinités grâce aux paroles des prophètes de Jéhovah !

N'y a-t-il pas une différence marquée entre ces derniers et les magiciens, les astrologues, les devins et tous les chaldéens invocateurs de tes dieux ? Qui d'entre eux a pu donner à Nebucadnetsar la révélation et l'interprétation du songe de la statue, qu'il a vu et qu'il avait oublié ? Aucun de ces prétendus sages n'a rien pu en la circonstance, ce qui irrita le roi ton grand-père. Sont-ce ces faux dieux qu'adorent les tiens que je dois adorer moi-même ? Je te le redis encore j'adore Jéhovah, le vrai Dieu grâce aux écrits de ses prophètes !

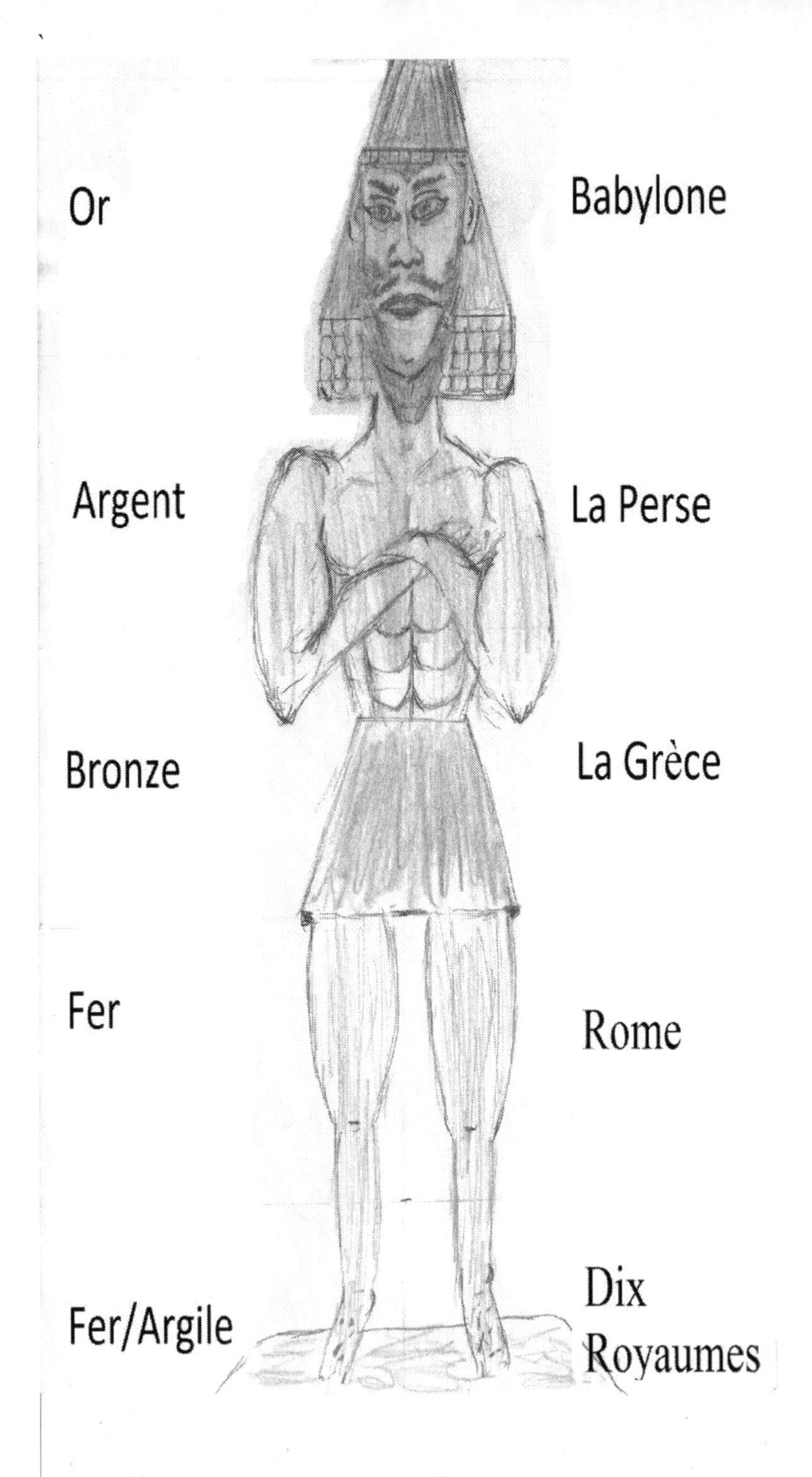

(La statue que Nebucadnetsar avait vu en songe)

Le diable, celui qui a fait errer les hommes, est en conflit avec Dieu. Il ne désire pas reconnaître que celui-ci est son maître, et le maître de tout l'univers.

Eliada - Comment donc est cette affaire ?

Jobab - Le facteur qui cause le conflit entre Jéhovah et le Diable est l'adoration. La lutte a commencé dans le ciel avec le diable qui enviait la place de Dieu. C'est pourquoi il a fait pas mal de manigances pour séduire même des anges, habitants du ciel, et a poursuivi ses démarches auprès des hommes après sa précipitation sur la terre.

Satan, le diable, a toujours essayé de contrefaire les plans de Dieu. Il lutte contre le gouvernement de Jéhovah. Il veut qu'on appuie sa propre constitution contre celle du Dieu tout-puissant, bien que sa constitution à lui soit charnelle et provoque la transgression de la loi de ce Dieu Créateur.

Eliada - Le gouvernement de mon père a des lois. Je comprends que c'est normal que celui de ton Dieu ait aussi des lois qui le régissent

Jobab - C'est nécessaire qu'on reconnaisse les stratagèmes que le diable fait avec beaucoup de finesse. Il fait employer à des humains, de fausses théories pour tromper un grand nombre d'individus. Il veut que tout le monde l'adore même indirectement, s'en qu'on ne s'en aperçoive. Tous ceux qui n'adorent pas Dieu Jéhovah, et adorent un faux dieu, ou n'en adorent apparemment aucun, tombe malheureusement dans la même catégorie.

La contrefaçon de l'adoration comporte deux phases principales : A part l'amour exagéré qu'on a pour les choses qu'on possède, on peut se faire une idole, ou en reconnaître une que prônent d'autres personnes. L'idole peut être un objet quelconque, un astre ou un individu. L'idole peut aussi bien être soi-même. Cela amène donc à la deuxième phase de l'adoration où l'on accepte toutes les théories qui affectent le respect dû au Créateur, lui, Jéhovah dont parlent éloquemment les prophètes. Les écrits de ces derniers sont réellement réconfortants.

Eliada : Les sais-tu par cœur ?

Jobab : Ecoute ce que dit le prophète Jérémie :

"Ils ont des yeux et ne voient point. Ils ont des oreilles et n'entendent point. (Lentement) Ne me craindrez-vous pas, dit l'Eternel ! Ne tremblerez-vous pas devant ma face ? Craindre ici, a le sens de respect.
Et un autre prophète, Ésaïe, dit : "Ne crains rien, Car je suis avec toi ; ne promène pas des regards inquiets, car je suis ton Dieu ; je te fortifie, je viens à ton secours, je te soutiens de ma droite triomphante." "Si tu traverses les eaux, je serai avec toi. Et les fleuves, ils ne te submergeront point. Si tu marches dans le feu, tu ne te brûleras pas, et la flamme ne t'embrasera pas."

Eliada : Ah ! C'est pour cela que Schadrac, Méchac et Abed-Nego n'ont pas été brûlés quand Nebucadnetsar mon grand-père les avait jetés dans la fournaise ardente.

Jobab : Certainement. Les épreuves ne nous viennent seulement quand Dieu le veut pour notre bien.

J'ai appris que tu pleurais amèrement quand, enfant, tu avais écouté l'histoire de ces jeunes Hébreux que Nebucadnetsar ton aïeul avait jeté dans la fournaise ardente.

Eliada : C'était si terrible, et aussi si pathétique !

Jobab : Il en a été de même pour moi, lorsque ma grand-mère, témoin oculaire, brossait devant moi ce tableau combien vivant de ces jeunes Hébreux plein d'enthousiasme dans la cause de leur Dieu. C'était réellement nécessaire que ces faits fussent aussi enregistrés dans les annales de l'histoire hébraïques.

L'influence éthique et politique des Hébreux se révèle substantielle. Ils sont les dépositaires de la loi de Dieu, qui souligne les droits de l'homme, son devoir envers Dieu et son prochain. Les commandements de la deuxième table de la loi servent généralement de critère dans les jugements chez les gouvernements des nations.

Eliada : C’est merveilleux ! Je veux croire en ce Dieu. Mais j'hésite, je tremble, je crains le courroux de mon père.

Jobab : Dieu et ton père, lequel des deux est plus puissant ?

Eliada : Mon père n'est que néant au regard du grand Dieu.

Jobab : (La regarde en souriant) Tes paroles sont pleines de sagesse. Donne-moi ta main. (Il saisit sa main et la baise.)

Eliada : (S'écarte et reste stupéfaite).

Jobab : (Va saisir à nouveau la main d'Eliada et la conduit à quelque pas de la première place) Eliada, ne te soumettras-tu pas à Dieu qui te parle aujourd'hui par le canal de son serviteur Jobab ? Puisses-tu avoir aussi une haute et ferme idée de sa grandeur !

Eliada : Je demeure incertaine.

Jobab : Comment incertaine ?

Eliada : Une volonté plus forte que la mienne me contraint.

Jobab : Laquelle ?

Eliada : Celle de Belschatsar mon père.

Jobab : N'as-tu jamais appris l'histoire de Moïse, qui pour servir l'Eternel avait renoncé à l'honneur d'être le petit fils de pharaon et la gloire d'occuper pour un temps le trône de l’Égypte ?

Eliada : Il renonça au trône d'Égypte ? Je n'ai jamais entendu pareille insouciance.

Jobab : Ce n'est point de l'insouciance comme tu penses. C'est plutôt de l'intelligence.

Eliada : De l'intelligence ! Qui mépriserait un honneur si rare, si distingué ?

Jobab : Seul un être distingué au caractère rare.

Eliada : Qu’est-ce qui a d'incompatible entre la royauté et la fidélité, entre l'honneur et la piété ?

Jobab : Il n'y a rien d'incompatible entre eux. Mais son salut en ce cas est en jeu. Quand on veut satisfaire aux exigences que réclame un royaume dont les principes sont étrangers à la loi divine. On ne peut donc point être occupant d'un trône quelconque, d'un trône fondé sur la mondanité, et être serviteur de Dieu à la fois. Moïse avait le choix. Il devait opter pour le trône d'Égypte auquel sont attachés la richesse, l'honneur, la gloire, la jouissance et aussi la fatalité, ou bien pour l'exil auquel sont attachés les souffrances, le mépris et plus tard la joie d'un bonheur fait de béatitudes sans nombre et sans fin.

Eliada : Les richesses, la puissance, la gloire et les honneurs de Nabonide, de Belschatsar ne sont désormais rien à mes yeux. Je n'aime en eux qu'un grand-père et qu'un père.

Jobab : Et pourquoi n'obéis-tu pas à ma voix en adorant le même Dieu que moi ?

Eliada : Ce Dieu, ne peut-il pas être adoré par toi conjointement à une fille de son peuple, une Israélite ou une fille de ton peuple, une Egyptienne ayant les mêmes aspirations que toi ? Je ne puis servir ce Dieu à cause de ma patrie.

Jobab : Servir le vrai Dieu, est-ce une affaire de nationalité ou bien, de religion particulière ? Veux-tu comprendre que je désire concourir doublement à ton bonheur ? Eliada, mon cœur est le tabernacle de ton amour. En effet, je te convie à ne pas suivre la voie de ton père.

Ma grand'mère m'a amplement parlé du pays. Elle fut Babylonienne et mon arrière-grand-mère persane. Du sang Persan, du sang Babylonien, du sang Egyptien coule dans mes veines. Ainsi donc vous voyez que non seulement l'amour n'a pas de nation, mais la vérité elle, elle non plus, ne devrait avoir de frontière chez les humains. Car tu sais, ils prennent leur source en Dieu qui est le père de tous. Si Dieu était leur but commun, l'amour serait le mobile commun de leurs actions. Au commencement de ce monde, il n'existait ni Babylonien, ni Egyptien, ni Perse et il n'existait aucun adorateur ni de ce faux dieu ci, ni de ce faux dieu là ; mais Eden, la demeure de deux adorateurs du vrai Dieu, d'Adam et d'Ève, celui et celle qui ont donné le jour aux habitants de toute la terre. Naturellement, divers pays devaient exister plus tard, non pour s'entrechoquer mais pour accomplir l'ordre du Créateur : "Croissez, multiplier et remplissez la terre."

Eliada : Jobab, je ne sais que faire... je désire t'obéir mais je ne puis mépriser les ordres du roi.

Jobab : (Furieusement) Avec le même empressement que j'ai voulu t'épargner le malheur menaçant d'atteindre le royaume, je te laisserai tomber entre les mains de tes ennemis quoique cela puisse me déchirer le cœur, afin que tu saches que les paroles de Dieu sont certaines et véritables.

SCÈNE IX

(Optionnelle)

(La scène se passe dans la cour du palais)

UN FILS DE MAGICIEN, UN MAGICIEN

Le fils : Papa, pourquoi les captifs sont-ils si intelligents ?

Magicien : Mon fils, je me suis posé la même question. Et dans mes frottements avec les israélites, j'ai découvert qu'ils tiennent leur intelligence de leur Dieu. Mais ne te trompe pas ; toi ou n'importe quel autre babylonien peut être aussi intelligent qu'eux. Ce qui diffère, c'est leur grand savoir des choses réelles et éternelles.

Le fils : Je ne comprends pas comment Daniel le captif dont plusieurs parlent, puisse être si efficient et si extraordinaire ! Je suis fier de lui, bien qu'il vive à Suze, loin d'ici.

Magicien : Souvent, je me sens très bas, très petit devant sa magnanimité et la noblesse de son caractère.

Le fils : Très bas et très petit devant lui, toi, grand du pays !

Magiciens : Oui, moi, moi, grand du pays. Tu es mon fils, je te le dis franchement.

Le fils : Pourquoi est-il captif ?

Magicien : A cause de ses compatriotes intelligents, mais désobéissants à l'égard de leur Dieu. Connaître de grandes vérités, et les pratiquer toutes, sont deux choses différentes. Daniel lui-même, a toujours été intègre ; c'est ce qui fait sa valeur intrinsèque.

Le fils : Vaut mieux être captif d'un peuple que d'être captif de ses mauvaises tendances, de sa philosophie erronée et de ses coutumes sans fondement. Je désire être comme Daniel. Au lieu d'être un magicien, je désire être prophète du Dieu vivant.

Magiciens : Mais tu es babylonien. De plus, un des prophètes Israélites a prédit que ce peuple sortira de l'exil ; et un jour, dans son infidélité, il n'existera plus en tant que peuple de Jéhovah. À quelle nation élue pourra-t-on donc s'attacher à ce moment-là ? A quoi bon s'attacher toi-même à eux ?

Le fils - Je comprends bien ton point de vue, mon père. Mais d'après un autre prophète, Jérémie, « des nations marcheront à la lumière de Jéhovah, et des peuples à la clarté de ses rayon". Il est dit ailleurs : J'appellerai mon peuple, celui qui n'était pas mon peuple ». Je suis certain que lorsque le peuple d'Israël n'existera plus comme le peuple élu, un peuple spirituel sera suscité. Oui, ce peuple surgira. "Israélite selon l'esprit", moi, je le suis. Et d'autres encore le seront. Ne le comprends-tu pas, mon père ?

Le magicien - Que je comprenne ou que je ne comprenne pas, tu es Babylonien.

Le fils : Babylonien, oui, c'est vrai, je le suis de naissance ; mais Israélite, citoyen des cieux, des cieux qui englobent tout l'univers, je le deviens par ma croyance et par ma nouvelle naissance.

SCÈNE X

(Optionnelle)

Dans la cour

ASTROLOGUES, MAGICIENS DEVINS ET ISRAELIITES

Astrologue : Chez nous, ici, la connaissance des astres est très répandue. Nous en sommes fiers. Babylone est le berceau de l'astronomie.

Magicien : Et surtout de l'astrologie.

Astrologue : C'est exact. Nous connaissons les astres du ciel, et savons aussi bien qu'ils exercent une action sur les humains.

Israélite 1 : Action qu'exercent les astres sur les humains !

Astrologue : Et quoi d'étonnant ? N'es-tu pas imbu de ces choses ? Le zodiaque et ses signes ne jouent-ils pas un grand rôle dans nos études ? Tu es Israélite, c'est vrai. Mais étant dans le pays tu entends toutes nos prédictions faites à l'aide des astres.

Israélite 6 : Je les entends, bien sûr. Mais je raisonne d'après ma compréhension sur les faits : En vertu de la précession de la terre, semblable à une grande toupie, Il y a toujours un décalage interastral : terre et autres astres, à cause du mouvement rétrograde des points équinoxiaux. Les signes qui, à une certaine époque, correspondaient aux astres de la constellation du zodiaque, ne le peuvent aujourd'hui. De plus les astres auraient beau dégager leur influence ou une action fluidique, cela n'atteindrait point l'homme ; car celui-ci n'était point né pour être influencé, mais pour influencer et dominer comme Josué animé d'une grande foi nous en a donné la démonstration en arrêtant le soleil ; ce qui, j'en suis certain sera vérifié plus tard par des savants dans leurs études astronomiques sur la course du soleil.

Israélite 1 : Certaines gens répétant toujours que le soleil se couche bien que l'astre n'ait pas de lit, montrent que Cette expression conventionnelle n'est qu'une image qui explique l'interaction du soleil avec la terre. Ce même style imagé est employé dans d'autres cas, par exemple, le séjour des morts pour désigner la place où l'on dépose les morts. Le sage l'a bien compris quand il dit : “Les vivants savent qu'ils mourront ; mais les morts ne savent rien.” Tout ce que ta main trouve à faire avec ta force, fais-le ; car Il n'y a ni pensée, ni œuvre dans le séjour des morts où tu vas.”

Les mêmes gens qui répètent les expressions courantes déjà citées, ne
diraient-ils pas que ces paroles de Josué sont trop osées ? "Soleil, arrête-toi sur Gabaon, et toi, lune, sur la vallée d'Avalon !"

Mais chose surprenante ! Le soleil, apparemment s'arrêta, et la lune suspendit sa course, jusqu'à ce que “la nation eût tiré vengeance de ses ennemis.”

Israélite 2 : Oui, le soleil s'arrêta au milieu du ciel, et la lune ne se hâta point de se coucher, presque tout un jour. N'est-il pas écrit qu'il “n'y a point eu de jour comme celui-là, ni avant ni après où l'Eternel eut écouté la voix d'un homme”

Israélite 3 : Bien que la terre tourne sur elle-même en un jour et autour du soleil en une année, le soleil, centre de notre système solaire et tournant avec tout le système solaire et par conséquent moins vite que la terre, obéit aux ordres de Josué. Pour les savants, beaucoup de choses demeurent mystères.
C'est pourquoi, profanes dans les affaires de la divinité, ils n'ont pas pu percer le secret de l'opération qui s'est produite dans le miracle de ce jour-là.

Israelite 2 : Le même Dieu qui donna à Josué la puissance d'arrêter le soleil, a fait reculer l'ombre aussi sur le cadran que tous les babyloniens ont vu au temps d'Ezéchias. C'est ce roi Israélite lui-même qui en fit la demande.

Devin : (Il parait très pensif, devant la véracité de ce fait. Et remuant sa tête en signe d'approbation, il appuie l'israélite.) Et cela est écrit dans l'histoire du monde.

Eux tous : Oui, l'histoire du monde.

Devin : Vous autres israélites, vous envisagez la connaissance réelle des états de chose qui me font questionner l'astrologie, cette croyance mythique et mystique des
Egyptiens et de nous autres Babyloniens.

Magiciens : Oui, ils ont beaucoup plus de connaissance que nous ne pouvons pas toujours assimiler. L'autre jour, j'ai entendu un israélite faire un commentaire sur notre astre de prédilection : la terre. Il a dit que d'après Esaïe, la terre est ronde.

Astronome : Nous savons vraiment que le prophète Ésaïe a parlé de la rotondité de la terre. Mais c'est absurde.

Israélite 4 : En effet, personne parmi un certain groupe de penseurs ne peut oser dire maintenant que la terre est ronde. Parce que certains la pense plate. Mais un jour viendra où la connaissance augmentera ; et alors, on donnera raison aux paroles des prophètes.

Magicien : Crois-tu aussi que la terre est ronde ? N'en parle pas fort car en ce siècle où nous vivons, seul ceux qui veulent épouser des idées inconcevables en parlent.

Israélite 6 : Pour moi, la rotondité de la terre ne saurait être paradoxale comme l'est l'action des astres sur les humains. Dire à l'ouïe de vos savants que la terre est ronde, c'est attiré sur soi la moquerie. Et cependant, puisque le prophète Ésaïe qui a fait reculer l'ombre de dix degrés, l'a dit, et que c'est Dieu qui lui en a donné l'inspiration, j'y crois.

Un jour, je l'espère, les scientifiques éditeront et confirmeront les paroles des prophètes. Ils diront : nous sommes convaincus, que la terre n'est pas plate ; mais elle est ronde. Et si les hommes de notre temps pourraient se lever à cette époque lointaine, c'est eux-mêmes qui seraient dans la confusion au lieu d'Ésaïe. Ce Dieu qui a révélé à Ésaïe la forme de la terre qu'il a lui-même créée, dit par Job : "Où étais-tu quand je fondais la terre ? Dis-le si tu as de l'intelligence. Qui en a fixé les dimensions, le sais-tu ?"

Israélite 5 : Que nul d'entre nous ne soit lâche ! Chaque personne doit se conformer à ce que Dieu dit. Je frémis un jour quand je regardais le ciel et que me sont venues à l'esprit les paroles que Daniel a coutume de répéter à nos oreilles, les tenant de ses précurseurs tel David :
«Quand je contemple les cieux, ouvrage de tes mains, la lune et les étoiles que tu as créées : qu'est-ce que l'homme pour que tu te souviennes de lui ?" "Levez les yeux en haut, et regardez ! Qui a créé ces choses ? Qui fait marcher en bon ordre leur armée ?"

Israélite 4 : Ces paroles ont vraiment un sens pour moi. Salomon aussi dont le grand savoir attira l'attention de tous, dit de la sagesse « J'étais à l'œuvre auprès de lui, et je faisais tous les jours ses délices, jouant sans cesse en sa présence, jouant sur le globe de sa terre. »

Israélite 6 : On n'a pas intérêt à sonder les mystères dont la révélation ne procurera pas une foi plus fervente et le salut éternel. Plusieurs étant après une protection, l'argent, la gloire et l'honneur, s'immiscent dans des choses qui sont banales et qui constituent un obstacle pour leur vie spirituelle.

Israélite 3 : A-t-on besoin de protection, on en trouvera en Dieu. Ésaïe dit : "toute armes forgées contre toi sera sans effet."

Israélite 5 : On ne peut réussir en servant deux maitres à la fois ; des maitres au caractère contraire et tout différents. Si on s'attend seulement à Dieu, les révélations de l'adversaire ne nous intéresseront pas. Dieu résoudra nos problèmes même à notre insu.

Israélite 3 : Si nous nous reposons sur lui comme celui qui s'abandonne à l'eau faisant avec succès la planche, nous verrons l'accomplissement de ses promesses fermes et inébranlables.

Israélite 1 : Dans l'ambiance de péché ici-bas, nous ne pouvons bénéficier du privilège que jouissent les être au corps spécial qui renferment des habiletés particulières, des propriétés spéciales.

Israélite 2 : L'ennemi déchu n'a pas perdu ces sortes d'habilités demeurant ange, mais devenu rebelle. Il les offre aussi à l'homme au prix de leur âme.

Israélite 1 : Ceux qui ne sont pas pressés auront un jour ces propriétés, ces habiletés quand ils seront transformés à l'image du céleste. Aucun corps ne leur sera opaque, AVEC LE GRAND AVANTAGE QUE CES PROPRIÉTÉS SERONT TOUT À FAIT SAINES ET ÉTERNELLES.

Israélite 5 : Pour bénéficier des avantages propres aux céleste, Job nous l'explique : "quand je n'aurai plus de chair, je verrai Dieu." Job 19 : 25

Israélite 6 : Bientôt après que le péché aura été anéanti et que nous aurons été transformés, nous redeviendront maîtres de la nature et exerceront pleinement tout le pouvoir y relatif.

Magicien : Vos paroles, mes amis Israélites, me paraissent convaincantes c'est pourquoi tout ce que les prophètes de l'Eternel ont dit concernant le sort de Babylone est à retenir.

Israélite 2 : C'est avec assurance que le Prophète Ésaïe a prophétisé sur les nations, sans manquer Babylone concernant laquelle il dit : "Elle est tombée, elle est tombée, Babylone, et toutes les images de ses dieux sont tombées par terre !" "Ta nudité sera découverte, et ta honte sera vue." "L'Éternel a brisé le bâton des méchants, la verge des dominateurs." Babylone "ne sera plus jamais habitée, elle ne sera plus jamais peuplée."

Astrologue : (Se parlant à lui-même) Même la princesse Eliada commence à comprendre l'importance de ces choses. C'est pourquoi elle en parle sérieusement à son père, le roi qui, pourtant, s'en moque.

Si, à part la prouesse que le Dieu de Daniel lui a fait faire, en lui faisant dévoiler à Nebucadnetsar le songe oublié, oui, si à part cela, la prise de Babylone se fait, je serai convaincu que les autres différents empires universels viendront et passeront au temps marqué comme Nebucadnetsar et Daniel l'ont vu dans leur vision et comme ce dernier en a donné l'explication au premier pour notre instruction et celle des gens dans les temps à venir.

ACTE II

SCÈNE I

LA SALLE DE FESTIN

LE ROI, LA REINE, Eliada, NOGA, LES GRANDS,
Géo, LES CONCUBINES DU ROI, DEUX SERVITEURS

Les grands : Que Bel protège le roi !

Un serviteur verse un peu de vin dans un récipient et en boit ; puis le présente au roi.

Belschatsar : (Goûte au vin) Quel vin exquis ! Nous tous en boirons abondamment. Qu'on apporte les vases d'or et d'argent que mon grand-père Nebucadnetsar, de son propre chef, avait enlevés du temple de Jérusalem !

Géo : Serviteur, à l'œuvre !

Eliada et Noga font des gestes qui marquent le découragement.

Deux serviteurs (sont allés chercher les vases d'or)

SCÈNE II

LE CONSEILLER ET BELSCHATSAR

ENTRETIEN DE BELSCHATSAR ET SON CONSEILLER.

Le Conseiller : O roi ! vie éternellement ! Je suis toujours fier lorsque, pour son
bien-être, mon seigneur le roi prête l'oreille à mes conseils pour les exécuter. En cette circonstance où une tragédie se montre à l'horizon, je ne puis me soustraire de mon devoir.

Ton serviteur affirme que les vases d'or et d'argent que tu viens de faire chercher n'ont jamais été utilisés par le roi Nebucadnetsar ton arrière-grand-père. Ne serait-il pas mieux de les laisser à leur place jusqu'à ce que ...

Belschatsar : Je sais être fier des conseils que tu sais me donner et que j'accepte généralement ; et tu peux vouloir qu'il en soit ainsi en cet instant aussi ;
Mais je ne puis te laisser avoir gain de cause ; car il me plait d'utiliser ces vases qui donneront un charme à mon festin.

Le Conseiller : Mais mon roi, le danger nous menace. Pourquoi pas l'épargner ! Si Nabonide ton père qui dirige Suze et les villes les plus reculées, t'a placé à cause de ta fougue à Babylone pour régner sur cette cité plus importante que les autres, c'est qu'il désire voir le triomphe de l'empire Babylonien.

Belschatsar : Je veux bien qu'il triomphe.

Le Conseiller : En ce cas, ne voudrais-tu pas suivre l'exemple de ton arrière-grand-père Nebucadnetsar qui donna à ses sujets un ordre après l'affaire des trois jeunes hébreux : “que tout homme, à quelque peuple, nation ou langue qu'il appartienne, qui parlera mal de leur Dieu sera mise en pièce, et sa maison réduite en un tas d'immondices parce qu'il n'aura aucun autre dieu qui puisse délivrer comme lui." En outre, il écrivit à tous les sujets de son empire cette lettre que j'ai toujours conservée :

(Il tire la lettre de sa poche et commence à la lire.)

"Nebucadnetsar, roi, à tous les peuples, aux nations, aux hommes de toutes langues, qui habitent sur toute la terre.

Que la paix vous soit donnée avec abondance ! Il m'a semblé bon de faire connaitre les signes et les prodiges que le Dieu suprême a opéré à mon égard. Que ses signes sont grands ! Que ses prodiges sont puissants ! Son règne est un règne éternel, et sa domination subsiste de génération en génération”...

Belschatsar : C'en est assez ! Est-ce pour la première fois que tu m'as fait entendre de telles paroles ? Je puis même te dire l'issue de cette longue lettre : Maintenant, moi Nebucadnetsar, je loue, j'exalte et je glorifie le roi des cieux, dont toutes les œuvres sont vraies et les voies justes, et qui peut abaisser ceux qui marchent avec orgueil.

Le Conseiller : Vous retenez bien ces paroles excellentes mais connaitre et pratiquer sont deux choses différentes.

Belschatsar : N'as-tu pas reconnu que la splendeur des Assyriens a terni ; mais Nebucadnetsar et ses descendants vont de progrès en progrès, de gloire en gloire. Je monte en flèche. La richesse de Babylone me fait avoir un profond sentiment de stabilité et de longévité. Qu'est-ce qui peut m'atteindre ? Ne remarques-tu pas la splendeur et la force de Babylone ? O ! Babylone la perle des empires ! O ! Babylone l'ornement des nations. Plusieurs ont en vain essayé d'attaquer cette ville qui est comme une forteresse.

Bien que les roches ne soient pas courantes dans la Chaldée, des matériaux solides sont utilisés dans toutes les constructions. Qui pourrait donc essayer d'ébranler ce mur magistral fait de terre cuite et de briques ? Babylone restera invincible.

Le Conseiller : De grâce, ô mon roi !

Belschatsar : Je t'ai assez entendu. Le comprends-tu ?

Le Conseiller : (Fait une révérence et s'écarte.

Belschatsar : (S'en va)

SCÈNE III

LE CONSEILLER

L'idolâtrie et l'ivrognerie constituent toujours des causes de grands problèmes. Le roi honorant plutôt des dieux fictifs et s'enivrant presqu'en tout temps, sa lucidité n'est pas toujours équilibrée. Oh qu'il est misérable malgré la splendeur de son royaume !

Que m'importe, les paroles désobligeantes du roi! Il s'attendait à ce que la flatterie, entortillant ma conscience avec le mensonge, la méchanceté et la profanation, l'encensent, et l'élève au plus haut degré. Ce n'est pas la flatterie, non ce n'est pas la flatterie qui me ferait rester dans son estime.

Je comprends bien pourquoi Belschatsar n'a pas donné à Daniel une place dans son gouvernement. Il ne peut être l'ami de ceux qui marchent dans la droiture. La conduite de Daniel est trop distinguée pour qu'il s'accorde avec lui. Très rares sont les bonnes gens qu'il accepte dans sa compagnie.

Je comprends bien pourquoi Daniel répète souvent la parole de David, Israélite comme lui : "si les méchants croissent comme l'herbe, c'est pour être anéanti à tout jamais."

SCÈNE IV

LES CONVIÉS, LES SERVITEURS, UNE EXTRÉMITÉ DE MAIN, BELSCHATSAR,
UN GRAND, LE CONSEILLER

Les conviés : louange à nos dieux ! ! Honneur à notre roi ! Louange à nos dieux ! Honneur à notre roi ! Puisse ton trône s'affermir !

Les serviteurs : (Apportent les vases. Font une révérence et les remettent à Géo qui les dépose sur la grande table devant le roi,. Géo verse du vin dans des coupes sur les plateaux en or. Les serviteurs prennent les plateaux des mains de Géo, et servent les convives.

Les conviés : (Boivent) Vive le roi !

(Une extrémité de main parait et écrit en face du chandelier sur la muraille du palais MENE, MENE, TEKEL, UPHARSIN).
(Projection)

Belschatsar : (Change de couleur, ses genoux se heurtent l'un contre l'autre. Il crie avec force). Qu'on fasse venir les astrologues, les chaldéens et les devins. Qu'on les fasse venir promptement !

Les conviés : (Se regardent avec stupéfaction).

Un grand : (Est allé chercher les personnes en question).

Le Conseiller : (Fait un geste montrant sa désapprobation et son horreur pour le festin. Se parlant à lui-même, il dit) Comme tous se détournèrent de l'adoration forcée de la statue d'or que Nebucadnetsar avait érigé pour suivre la scène des 3 jeunes hébreux qui ont triomphé des flammes de la fournaise ardente, ainsi tous les convives du festin de Belschatsar ne s'intéressent plus au festin pour pouvoir considérer la main qui vient d'écrire sur la muraille, puis, l'écriture, elle-même formée de lettre de feu. Voilà où nous en sommes ! C'est écœurant, mais vrai. Si les doigts de Dieu effraient tant Belschatsar, qu'en sera-t-il de son bras ?

SCÈNE V

(Les sages entrent avec un grand à leur tête. Ce dernier les signale au roi).

Belschatsar : Quiconque lira cette écriture et m'en donnera l'explication sera vêtu de pourpre, portera un collier d'or à son cou, et aura la troisième place dans le royaume.

Un Chaldéen : Les mots sont chaldéens ; mais je n'y comprends rien.

Un devin : Serait-ce l'hébreu ? Que peut signifier ces mots ? C'est introuvable.

Un astrologue : Cette phrase est un mystère ! Qui peut le percer ?
Mon roi (avec tristesse) nous ne pouvons t'en donner l'explication. Nous le regrettons fort.

SCÈNE VI

Chez la reine mère

LA SERVANTE ET LA REINE MÈRE

Une servante : (explique l'incident : l'écriture sur la muraille à la reine-mère.)

La Servante : O toi, reine mère ! Tous les convives sont en émoi dans le festin. L'as-tu déjà appris ?

La Reine : Quel est donc la cause de cet émoi ?

La Servante : C'était totalement effrayant de voir subitement une partie de main d'homme tracer sur la muraille de la salle une écriture que personne n'a jamais vue. Aucun des sages n'a pu la lire et encore moins l'interpréter.

La Reine : Cela a dû être très étonnant.

La servante : Puisque tu sais parler du roi Nebucadnetsar et de la sagesse qu'il a empruntée des Israélites, ne pourrais-tu pas trouver dans ce cadre ou dans un autre, une solution à ce cas ?

La Reine : (Réfléchit) La question peut être simple. Mon intervention auprès du roi, lui apportera certainement un soulagement.

SCÈNE VII

BELSCHATSAR, LA REINE MÈRE, LES CONVIÉS, ÉLIADA, GÉO

Belschatsar : (Tremble et parait tout pâle)

La reine- : (Sa main sur le dos de Belschatsar.) O roi, vis éternellement ! Que tes pensées ne te troublent pas, et que ton visage ne change pas de couleur ! Il y a dans ton royaume, un homme qui a en lui l'esprit des dieux saints ; et du temps de ton père, on trouva chez lui des lumières, de l'intelligence, et une sagesse semblable à la sagesse des dieux. Aussi le roi Nebucadnetsar, ton père, le roi ton père, l'a établi chef des magiciens, des astrologues, des chaldéens, des devins parce qu'on trouva chez lui, chez lui Daniel, nommé par le roi Belschatsar, un esprit supérieur, de la science et de l'intelligence, la faculté d'interpréter les songes, d'expliquer les énigmes, et de résoudre les questions difficiles. Que Daniel soit donc appelé, et il donnera l'explication »

Un magicien : C'est une suggestion excellente. Au temps du roi Nebucadnetsar ton
Grand-père, c'est à cause de Daniel que nos vies ont été épargnées. Les dieux astartés, n'avaient rien pu faire pour nous en la circonstance. Le décret du roi était arrêté.

Belschatsar : (Continue à trembler)

La reine- : Tu trembles, tu changes de couleur. Je suis certaine que le Médecin de Daniel peut apporter un baume à ta souffrance et guérir ta mélancolie si tu acceptes à te repentir.

Tous les conviés : (Ont les yeux sur la reine et les sages).

Eliada : Daniel nous dira tout.

Géo : Daniel ! Ce soir il sera avec nous. C'est à Suze qu'il habite. Je vais en toute hâte le chercher. (Il sort).

SCÈNE VIII

GÉO, DANIEL, BELSCHATSAR

Géo : (Revient avec Daniel et le présente au roi avec révérence). O mon roi, Daniel est devant toi.

Daniel : (Fait une révérence).

Belschatsar : Es-tu Daniel ce Daniel, l'un des captifs de Juda, que le roi, mon grand-père avait amené de Judée ?

Daniel : O roi, je suis ce Daniel dont on t'a parlé.

Belschatsar : J'ai appris que tu as en toi l'esprit des dieux, de l'intelligence et une sagesse extraordinaire. On vient d'amener devant moi les sages et les astrologues afin qu'ils lisent l'écriture inscrite sur la muraille, et m'en donnent l'explication des mots ; mais aucun d'eux ne le peut. J'ai appris que toi, tu peux donner des explications regardant des problèmes difficiles, et résoudre des questions ambigües. Maintenant si tu peux lire cette écriture et m'en donner l'explication, tu seras vêtu de pourpre, tu porteras un collier d'or à ton cou, et tu auras la troisième place dans le gouvernement du royaume.

Daniel : “Garde ces dons et accorde à un autre tes présents ; je lirai néanmoins l'écriture au roi, et je lui en donnerai l'explication ». O roi, le Dieu suprême avait donné à Nebucadnetsar, ton grand-père, l'empire, la grandeur, la gloire et la magnificence ; et à cause de la grandeur qu'il lui avait donnée, tous les peuples, les nations, les hommes de toutes les langues étaient dans la crainte et tremblaient devant lui. Le roi faisait mourir ceux qu'il voulait, et il laissait la vie à ceux qu'il voulait, il élevait ceux qu'il voulait, et abaissait ceux qu'il voulait.

Mais, lorsque son cœur s'éleva et que son esprit s'endurcit jusqu'à l'arrogance, il fut précipité de son trône royal et dépouillé de sa gloire ; il fut chassé du milieu des enfants des hommes, son cœur devint semblable à celui des bêtes, et sa demeure fut avec les ânes sauvages ; on lui donna comme aux bœufs de l'herbe à manger, et son corps fut trempé de la rosée du ciel, jusqu'à ce qu'il reconnût que le Dieu suprême domine sur le règne des hommes et qu'il le donne à qui il lui plait.

Et toi, Belschatsar, son petit-fils, tu n'as pas humilié ton cœur quoique tu susses ces choses.

Tu t'es élevé contre les Seigneur des cieux ; les vases de sa maison ont été apportés devant toi, et vous vous en êtes servis pour boire du vin, toi et tes grands, tes femmes et tes concubines ; tu as loué des dieux d'or, d'argent, d'airain, de fer, de bois et de pierre qui ne voient point, n'entendent point et ne savent rien, et tu n'as pas glorifié le Dieu qui a dans sa main ton souffle et toutes tes voies. C'est pourquoi il a envoyé cette extrémité de main qui a tracé cette écriture. Voici l'écriture qui a été tracée : Compté, compté, pesé, et divisé. Et voici l'explication de ces mots. Compté Dieu a compté ton règne et y a mis fin.
Pesé : Tu as été pesé dans la balance, et tu as été trouvé léger. Divisé : ton royaume sera divisé et donné aux Mèdes et aux Perse. »

Belschatsar : (Alors que Daniel conclut son exposé. Le roi fait des gestes qui expriment l'inquiétude et la frayeur). Qu'on revête Daniel de pourpre et qu'on lui mette un collier d'or au cou ! Daniel occupera la troisième place dans le gouvernement du royaume. Que cela soit publié !

Daniel : Me revêtir de cela ! M'orner ainsi ! Pas moi ! J'avais bien exprimé mes sentiments avant d'interpréter l'écriture tracée sur la muraille : Pas moi ! Et de plus, occuper cette place dans ce royaume qui va déchoir ! Pas moi, Daniel ! Pas moi !

Si toutefois, on le désire, mon cœur n'y est pas.

SCÈNE IX

Au vestibule, près de la sale du festin

BELSCHATSAR, UN GRAND, LE CONSEILLER, ELIADA

Belschatsar : Enfin, j'ai l'interprétation de l'inscription faite sur la muraille ! Pourquoi nous décourageons-nous ? Buvons ! Qu'importent les circonstances !

Un grand : O mon roi, fais-tu bien de te moquer des Mèdes et des Perses qui se sont unis par mariage ? Cyrus, prince des Perses, n'a-t-il pas déjà fait de grandes conquêtes au détriment de ton empire, et ne seconde-t-il pas son oncle Darius chef des Mèdes en vue de conquérir aussi Babylone ? L'écriture sur la muraille, en face du chandelier du palais n'est-elle pas significative ?

Le Conseiller : Ecoute-moi, ô roi, je te le dis, le royaume est sur le point de s'effondrer. Ne le comprends-tu pas ? Tout nous dit qu'il est à son terme. S'il doit passer quand même, pourquoi n'acceptes-tu pas les avertissements du prophète Daniel, les conseils de notre amie Noga, de ta fille Eliada, de ton conseiller qui désire voir ton bonheur ?

Belschatsar : (Discute avec ce grand, énumérant les rois solides de l'empire et le nombre d'année de son existence).

O Babylone ! Peux-tu craindre l'ennemi ? N'as-tu pas de vastes jardins, d'immenses espaces de terre d'une fécondité étonnante ? Tes murailles ne sont-elles pas très hautes, très épaisses et très fortes, condamnées par des portes d'airain ? Bien sûr que oui. Qui pourrait atteindre notre ville luxueuse et précieuse comme l'or ? Nous sommes inébranlables. Cette prophétie s'accomplirait, certes, si nous n'étions pas en sécurité.
Que toute inquiétude disparaisse de mon cœur !
Mangeons, buvons et que le festin soit animé de beaux accords de musique.

(On entend de loin la musique).

Les conviés : Vive le roi !

Le Conseiller : (Parlant pour son compte) C'est indignant ! C'est décevant l'attitude du monarque. Daniel avait bien raison d'accepter de bon cœur les présents de Nebucadnetsar mais pas ceux de Belschatsar. L'intrépidité du premier, la magnificence de son trône et la splendeur de Babylone, restent mémorables dans l'histoire. D'autre en plus que le rôle du roi dans la prophétie est d'une importance extraordinaire. Lui, il craignait Dieu mais le second est un moqueur qui marche vers sa ruine.

Eliada : (Sortant découragée) En entendant le conseiller, je puis dire davantage que Jobab a parlé vrai.

Belschatsar : (Suit Eliada, la détourne de son chemin, et va jusqu'au fond de la salle avec elle).

Eliada : (S'étonne et fait la révérence).

Belschatsar : Eliada, je te rappelle que tu ne devras prendre soin d'aucun de ces captifs.

Eliada : Les captifs, ne sont-ils pas tous les fils du Dieu vivant ?

Belschatsar : Maintenant tu oses parler d'un Dieu vivant quenj'ignore et dont le prophète prédit le malheur pour le royaume, que se passe-t-il ? Quel est ce brusque changement ? Veux-tu avoir une religion étrangère à celle de ta patrie ? Seras-tu donc un objet de honte pour ta famille et ta nation ? Ma fille réfléchis. Vois si tu peux mépriser l'amour de ton père, la sympathie de tout le royaume pour toi ? Vois si tu peux nous trahir en cherchant un Dieu inconnu et en plaidant sans cesse la cause des Israélites ? Ceux-ci sont asservis. Mais pourquoi leur Dieu ne les avait-il pas sauvés de nos mains ? Tu désires être, toi aussi sous l'égide d'un tel être ?

Eliada : De cet être qui, pour accomplir son dessein, garde encore chez nous les captifs d'Israël.

Belschatsar : Tu raisonnes ainsi ? Ne crains-tu pas la fureur de mes dieux ?

Eliada : La fureur de tes dieux ne peut pas m'atteindre. Je parle de mon Dieu qui domine sur toute la terre.

Belschatsar : Depuis quand adores-tu un Dieu autre que les nôtres ?

Eliada : Depuis le moment où l'amour de ce Grand Dieu a rayonné dans la vie de Daniel, l'un des prophètes de Juda que le roi Nebucadnetsar, mon grand-père avait amené de Judée. Tout ton empire est informé que Daniel possède un esprit autre que celui de tes dieux.

Belschatsar - (Paraît très pensif)

Eliada : -Oui, par la sagesse de Daniel qui surpasse infiniment celle des chaldéens, des astrologues, des magiciens et des devins, par sa justice, par la pureté et la bienveillance de sa vie quotidienne, par son dévouement aux intérêts, d'un peuple, et d'un peuple idolâtre, il se montre fidèle aux principes qui lui avait été inculqués pendant son enfance. Fidèle à celui dont il est le représentant, cet homme est admiré et honoré de tout le royaume. Ainsi en est-il de Hanania, de Michaël et d'Azaria surnommé par les chefs des eunuques : Shadrac, Meshac et Abed-Négo. Tu n'as pas oublié comment ces derniers ont été victorieux de la fournaise ardente. Leur Dieu atténua l'action de la chaleur. Tu les connais tous, leur vie est un vivant récit jalonné de bienfait. Ils ont été pour ton père et sont maintenant pour toi, une source de bénédiction. Quelle belle vie que celle de ces nobles hébreux ! Quelle grande puissance que celle de leur Dieu, mon Dieu !

Belschatsar : Que m'importe la noblesse de ces hébreux ! Que m'importe la puissance de leur Dieu ! Ce que je sais, c'est que mon royaume à moi, est puissant et immuable.

Eliada : Mon père, sois conscient de la suprématie de ce Dieu. N'est-ce pas lui qui dissipe tous les mystères et fait connaitre l'avenir ? A Nebucadnetsar ton grand-père, il a révélé que des royaumes domineraient successivement sur toute la terre. Et qu'après la chute du dernier où il y aura un accord formé par l'alliance non solide de quelques rois, il suscitera un autre Roi dont la domination ne passera point.

Puis à toi, il vient de donner l'interprétation des paroles de feu écrites sur la muraille par une partie de main d'homme : "Mené, Mené, Tekel, Oupharsin. Compté, compté, pesé et divisé. Tu as été pesé dans la balance et tu as été trouvé léger".
Vois, mon père, il t'a instruit de toutes ces choses par l'intermédiaire de Daniel dont toi-même tu as publié qu'il

occuperait la troisième place dans le gouvernement de ton royaume puisque Nabonide ton père règne à Suze la capitale occupant la première place, et toi à Babylone, occupant la deuxième.

Belschatsar : Dois-je humilier mon cœur ? Loin de moi cette pensé. Je m'apaiserai quand j'aurai anéanti complètement la prétention de tout peuple, et surtout celle d'Israël qui croit pouvoir redevenir une nation organisée. Ils verront ; ils verront, ceux qui s'attachent aux discours de leurs ancêtres. Je ne te promets point de pardon quand tu useras de bienveillance envers ces captifs.

Eliada : C'est par contrainte, que je savais t'obéir après avoir compris la grandeur et la puissance de Jéhovah, mais cela avait affecté douloureusement mon âme. Maintenant, sache que je prends position pour la vérité !

SCÈNE X

(Appartement d'Eliada)

(NOGA ET ELIADA)

Noga : (Entre).

Eliada : Noga, celui dont tu m'as parlé est venu après ton départ. Il m'a déclaré son amour en attestant Dieu et les prophètes.

Noga : Les prophètes, ne sont ce pas ceux qui parlent aux noms d'Osiris, de tous les dieux ? Et surtout de Marduk le dieu suprême des babyloniens, connu des fois, sous le nom de Baal, de Bel et beaucoup d'autres encore ?

Eliada : Non mon amie, il m'a parlé des prophètes de Jéhovah.

Noga : Jéhovah ! J'ai entendu ce matin, les captifs commenter ses paroles.

Eliada : Vraiment ?

Noga : Certes. Je n'y vois que justice.

Eliada : Mais Jobab n'a insisté que sur les prédictions d'un seul prophète, prédictions qui ont réellement suscité de la douleur dans mon cœur.

Noga : C'est le prophète Daniel ?

Eliada : Oui Daniel.

Noga : Et comment ont-elles pu susciter de la douleur dans ton cœur ? Ne sont-elles pas toutes véritables ?

Eliada : Hélas ! Suis-je perdue !

Noga : Quelles sont les prédictions qui t'effraient ?

Eliada : Daniel a prédit que le royaume de mon père passera. Et en ta présence, lors du festin, il a affirmé que ce royaume sera divisé et donné aux Mèdes et aux Perses. Que serai-je ce jour-là ? Ecoute Noga, nous avions autrefois à craindre l'Égypte qui constituait un véritable problème dans le climat politique étranger. Nous n'avions pas à redouter les Mèdes, avions-nous appris. Nebucadnetsar a gardé ses relations amicales avec eux. Mais Belschatsar lui, qu'il est imprudent !

Noga : N'ai aucune crainte. Seulement, mets en pratique les conseils de Jobab.

Eliada : Penses-tu que ces conseils puissent me servir de guide ?

Noga : Si tu fais attention aux prédictions de Daniel, tu attireras sur toi une grande bénédiction.

Eliada : Jobab a fait miroiter à mes yeux le bonheur qui suivra mon obéissance à ses paroles. Noga, la véhémence de son langage n'est que la manifestation de son amour pour moi.

Noga : Eh ! Quoi ! Il t'a déjà affirmé qu'il t'aime ?

Eliada : Je le crois. (Souriant).

Noga : Il veut donc t'épargner les malheurs qui devront avoir lieu bientôt.

Eliada : Il me l'a dit ma chère amie. En effet, je m'attache à Jobab.

Noga : Tu tâcheras donc de lui plaire, car il désire te sauver du danger.

Eliada : Je m'étais fortement penchée sur les paroles de Jobab. M'étant demandé :
Puis-je agir contrairement à l'ordre de mon père qui parle tout autrement que Jobab ? Celui-ci veut que je prenne un soin jaloux des captifs d'Israël et de m'attacher à la loi de leur Dieu.

Noga : Tel est ton devoir pour t'assurer la paix.

Eliada : Hélas ! Mon esprit est troublé !

Noga : Comment, n'aimes-tu pas Jobab et ta personne aussi ?

Eliada : Je l'aime plus que moi.

Noga : Oh ! Mais montre une preuve d'amour. Ne te laisse pas ballotée de côté et d'autre. Si tu te détourne des paroles de Jobab pour obéir à celles de ton père qui te dit de faire le mal, la haine n'est-elle pas dans ton cœur ?

Eliada : Non, je ne saurais haïr Jobab. Je l'aime, je l'aime intensément.

Noga : Et pourquoi ne veux-tu pas t'incliner devant ses conseils salutaires ? Quoique ses pères, les Égyptiens eussent agi avec malignité envers les fils d'Israël, lui, il s'est détourné de cette mauvaise voie et s'intéresse au peuple du Dieu Très-Haut. Toujours, il approfondit les paroles de Daniel et des prophètes où se découlent de nombreuses vérités. Il veut que tu t'intéresses à ce peuple captif, que tu adores son Dieu.

Eliada : Et pourquoi le veut-il ?

Noga : Parce qu'il t'aime et veut voir ta paix et ton bonheur. Il ne voudrait donc pas te voir tomber bientôt sous les mains des oppresseurs. N'est-ce pas mon amie ? Ne vois-tu pas combien est considérable le sacrifice qu'il a accompli pour venir t'enseigner le chemin de la vie ? Il s'est Exposé AU danger.

Eliada : Jobab n'est-il pas Egyptien, et moi, princesse Babylonienne ? Etant la première fille du pays, je ne puis transgresser les ordres du roi. Si j'obéis à ceux de Jobab, les autres filles, ne voudront-elles pas ne suivre ?

Noga : Elles auraient suivi l'exemple d'un jeune témoin de L'Éternel, et tout irait pour le mieux parmi les filles de Babylone.

Eliada : Mon amie, ma sœur, je suis perdue, je suis perdue ! Je ne puis obéir à Jobab.

Noga : Obéis te dis-je et tu auras la paix.

Eliada : Si j'obéis à l'un ou à l'autre, je serai encore troublée.

Noga : Obéis à Jobab et tu auras ce que ton âme a si longtemps cherché.

Eliada : Le bonheur que tu veux dire.

Noga : Oui, le bonheur et la paix.

Eliada : Tu parleras au roi de prendre de nouvelles décisions en vue de conserver son royaume, n'est-ce pas ?

Noga : Je le ferai volontiers mon amie.

Eliada : Mon père va sans doute passer dans quelques instants. Je sors. Parle-lui avec toute la sincérité et la chaleur de ton être.

SCÈNE XI

(Appartement d'Eliada).

Belschatsar : (Entre)

Noga : O Roi, puisses-tu vivre éternellement. Je désire te parler des Israélites.

Belschatsar : (Avec mépris) Parle.

Noga : Ton pays est rempli de captifs Israélites. Eux tous désirent obtenir la liberté. Ton joug est pesant disent-ils.

Belschatsar : (Ne répond rien).

Noga : Mais ne fais-tu pas attention aux prophéties de Daniel, l'un des principaux de ton royaume ? Tu sais que sa sagesse surpasse celle de ces autres collègues et ses paroles ne sont que vérité. Parce que tu te montres insensible aux paroles du Très-Haut, tu peux penser alors que ton royaume sera divisé et donné aux ...

Belschatsar : Ne m'irrite pas, Noga. Penses-tu vouloir m'entrainer vers l'adoration de Jéhovah ? Sache que je domine sur toute la terre.

Noga : Mais un autre que toi domine sur l'univers. La prophétie est immuable. Elle s'accomplira certainement alors même que tout semblerait être contre elle.

Belschatsar : Silence ! (S'en va furieux)

SCÈNE XII

APPARTEMENT D'ÉLIADA

ELIADA ET NOGA

Eliada : Lui as-tu tout dit ?

Noga : Ton père est en furie et ne veut pas comprendre les prédictions de l'époque et du jour.

Eliada : Ne manque pas de l'apaiser et de le ramener à la repentance.

Noga : Je suis dans la torpeur. Tout est entre tes mains.

Eliada : Courons au-devant du roi, rappelons-lui avec tact que la frivolité et l'ivrognerie d'un chef sont des indices de calamités et de désastres pour un royaume. Il doit donc s'en défaire. Qui sait si Jéhovah ne nous délivrera pas le jour de la prise de Babylone !

Noga : Courons !

****

SCÈNE I

(Optionnelle)

La scène se passe dans la cour du palais dans un endroit écarté.

Elda, Ketsia, Léa, Rébecca, Thirtsa, Bilha, Jémima,
Milca, Ruben LES Israélites

(Deuxième scène des Israélites)

Elda : Mes sœurs, nos pères ont été réellement rebelles envers l'invitation de Dieu à la repentance. Ils ont méprisé les exhortations des saints hommes ; ils ont couru après les faux dieux qu'adorent les nations étrangères ; et de jour en jour, leur infidélité s'est accrue. Voilà, voilà ce qui a entrainé la captivité d'Israël. Dieu n'est pas un dieu de bois, il n'est pas un dieu d'or, ni de quelque autre métal. C'est le Créateur, celui qui soutient l'univers. Il est très jaloux, et ne tolère donc pas que son peuple se détourne du chemin de la persévérance. Nous avons désobéi à sa volonté ; maintenant nous sommes sous le joug de Babylone.

Ce n'est pas impossible de voir que dans les siècles à venir des hommes adorent eux aussi d'une façon plus raffinée le dieu soleil que les Babyloniens adorent, tout en faisant sa représentation. C'est là le piège dans lequel seront pris ceux qui ne font pas attention à la pure vérité. Sans s'en apercevoir, peut-être, ils adoreront la créature au lieu du Créateur.

Kétsia : Parlons de nous autres, maintenant. Qui pourra nous délivrer de l'oppression de Belschatsar ; ce roi si orgueilleux, si cruel ? Hélas ! Quel désespoir pour notre race ! Elle qui possédait une puissance tout autre que celle des païens. Oh ! Quelle douleur ! Nous sommes abandonnés ! Nous sommes perdues !

(Elles toutes fixent leurs regards sur Kétsia)

Elda : Ne t'alarme pas. Dieu entendra la voix de ses enfants repentants. Certainement : ils seront délivrés. Nous nous repentirons donc, nous nous humilierons devant L'Éternel miséricordieux et compatissant. L'Éternel aura pitié de nous. Et si le roi s'obstine encore à poursuivre son rêve d'effacer de la terre la mémoire d'Israël, le Dieu vengeur parlera et mettra fin à nos longues misères.

Léa : Certainement car l'arrogance des Babyloniens dépasse maintenant les bornes. Et elle est gênante. Mais ce n'est pas une raison pour nous de nous décourager. Car le Dieu que nous servons est puissant et éternel. Il n'est pas comme les faux dieux des nations. Les victoires qu'il fait remporter à son peuple sont toujours accompagnées de faits inconcevables, de miracles et de merveilles. Pourquoi ne faisons-nous pas comme Ezéchias qui se rendit dans la maison de L'Éternel et déploya la lettre insolente de Sanchérib roi d'Assyrie devant ce Dieu qui a le souffle de tous, de tous les potentats entre ses mains. Sanchérib, roi d'Assyrie ne fut-il pas saisi d'un esprit d'égarement quand il apprit que Tirhaka le roi d'Ethiopie s'est mis en marche pour lui livrer la guerre ? Le retour de Sanchérib, du pays de Sibna, n'entraina-t-il pas sa perte par les siens après que l'ange de l'Eternel eut frappé 185000 hommes dans le camp des Assyriens ?

Après nous être donc consacrés entièrement à Dieu, disons comme Josué : Restons « tranquille ; l'Eternel combattra pour nous..." Nous n'avons point de lettre insolente du genre de celle de Rabschaké, comme au temps d'Ézéchias, à présenter à Dieu. Mais nous pouvons, pour qu'il agisse en notre faveur, répéter en sa présence les paroles méprisantes de Belschatsar et de son entourage.

Rébecca : Les Assyriens eux-mêmes, habitants de la Mésopotamie où régnait en maîtresse, la grande Babylone, la cité sœur, n'avait-elle pas senti la valeur d'Israël aux yeux de Dieu ? Oh ! L'arrogance de Rabschaké serviteur de Sanchérib, roi des Assyriens qui au lieu de parler en Araméen sur l'instance d'Eliakim, fils de Hilkija, chef de la maison du roi Ezéchias, s'exprima en langue Judaïque pour terrifier le peuple sur la muraille ! Les hommes de Juda se turent devant les paroles insolentes de Rabschaké messager de Sanschérib roi d'Assyrie, qui parlait mal de l'Eternel. Bien qu'il fût en petit nombre, parce que Sanchérib amena dix des tribus en captivité, le peuple de Dieu restant, constitué de deux tribus Juda et Benjamin ne fut point ébranlé car la victoire n'est pas dans le nombre mais dans la confiance en Dieu. Dieu fut avec lui et il était dans le droit.

La puissance de Dieu détourna les plans des ennemis et les écrasa. Israël, après avoir lu la lettre de Sanchérib la déploya devant l'Eternel qui les rassura par le prophète Ésaïe, de leur victoire en perspective. Quatre-vingt-cinq mille hommes de l'armée Assyrienne, moururent sans aucune intervention humaine. Et quant au roi Sanchérib, il fut brutalement retranché des siens.

Thirtsa : Dieu a toujours fait des miracles pour ses enfants, lorsqu'ils se confient en Lui. Son bras étendu" de l'Égypte pour les ramener en Canaan, de même, il nous fera sortir de cette captivité. L'empire Babylonien doit tomber sous peu. Sous le prochain royaume qu'occuperont les ennemis de Belschatsar, j'espère retourner à Jérusalem pour la reconstruction de cette ville et du temple sacré. Nous avons assez de preuves de la grandeur de Dieu et de sa fidélité. Mais le péché qui a hanté nos pères et les a rendus si rebelles à la loi, a intercepté en cette période, l'attente d'Israël et la sollicitude divine.

Bilha : Le songe de Nebucadnetsar n'a pour but unique ni de répondre au désir du roi lui faisant connaitre l'avenir, ni ce qui adviendra des royaumes universels ; mais aussi et surtout, de faire connaitre au peuple de Dieu de ce temps et des temps qui suivent que même s'il passe par des tribulations, il sera un jour dans son propre royaume, un royaume éternel, un royaume de paix dont Dieu sera le fondateur et également le chef suprême. N'est-il pas merveilleux d'avoir la sainte et noble aspiration de devenir des citoyens de ce royaume, des princes dont la couronne est inflétrissable ?

Ketsia : Jérusalem ! O terre de la promesse seras-tu, toi aussi à jamais dévastée ? Combien de fois l'ennemi ne répétera-t-il pas ses coups, n'attaquera-t-il pas ton temple et tes monuments ? O terre sainte, ô terre bénie, souillée par des impies, ne seras-tu pas régénérée et fortifiée par celui qui est déjà prêt à te délivrer ? Enfin, après tes tracas, tes péripéties ne seras-tu pas le siège éternel du royaume d'amour, de justice et de paix ? Ne seras-tu pas le siège du dernier empire universel ?

Jémima : Oh que cette pensée nous réconforte tous ! "Si ses fils abandonnent ma loi et ne marchent pas selon mes ordonnances, s'ils violent mes préceptes et n'observent pas mes commandements, je punirai de la verge leurs transgressions, et par des coups leurs iniquités ; mais je ne lui retirerai point ma bonté et je ne trahirai pas ma fidélité, je ne violerai point mon alliance et je ne changerai pas ce qui est sorti de mes lèvres. Comme la lune, il aura une éternelle durée. Et quelles douces paroles ont été dites à Abraham : "toutes les nations de la terre seront bénies en sa postérité". Et combien Ésaïe dans ses paroles ne les a-t-il pas réconfortées ! "Que l'étranger qui s'attache à l'Eternel ne dise pas : l'Eternel me séparera de son peuple ! Et que l'eunuque ne dise pas voici, je suis un arbre sec ! Car ainsi parle l'Eternel : Aux eunuques qui garderont mes sabbats, qui choisiront ce qui m'est agréable et qui persévéreront dans mon alliance, je leur donnerai dans ma maison et dans mes murs une place et un nom préférable à des fils et à des filles ; je leur donnerai un nom éternel, qui ne périra pas. Je les ramènerai sur ma montagne sainte, et je les réjouirai dans ma maison de prière car ma maison sera appelée une maison de prière pour tous les peuples."

Ketsia : Ton discours me fait soupirer surtout à l'ouïe du rétablissement définitif du royaume.

Thirtsa : Dieu a la clé de toutes les merveilles.

Milca : La multitude des Égyptiens armées, et revêtues d'armures, qu'a-t-elle pu devant la résistance des Israélites ?

Bilha : Qu'étaient les puissantes murailles de Jéricho devant la simple marche des Israélites autour d'elle ?

Milca : Qu'en est-il de l'exploit de Josué qui, inspiré par Dieu et dans un langage compréhensif commanda au soleil de s'arrêter ?

Avec conviction, nos frères Israélites en ont parlé à ces grands de Babylone et ceux-ci en ont été impressionnés.

Rébecca : De même, personne ne put comprendre comment l'ombre recula de dix degrés dans l'affaire d'Ezéchias ce qui attira l'attention des astronomes Babyloniens.

Léa : Les miracles pullulèrent en faveur des Israélites. Vous n'avez certainement pas oublié comment les Madianites aveuglés par leurs méchancetés se sont entretués devant les simples torches de Gédéon et de celles des siens, quand ils voulurent combattre
Israël ?

Bilha : Une armée invisible et invincible entourait le prophète Elisée. Ainsi tout seul, il mit en déroute une puissante armée Syrienne

Jémima : Que pouvaient les Philistins représentés par le géant Goliath devant la force d'Israël démontrée par le petit garçon David ?

Milca : Et maintenant, que pourra Babylone devant les décisions divines concernant sa chute, de l'ascendance des Mèdes et des Perses et des autres royaumes qui suivront ? Où sont ceux qui connaissent les astres ?

Ruben : Ce n'est pas de rares fois dans l'histoire d'Israël que le Très-Haut a mis en évidence son pouvoir, sa puissance. Oui, il fait d'elle une nation d'élite parce qu'elle est une race sainte qui depuis son existence, a fait retentir l'Echo de la puissance de Jéhovah, le Dieu de l'univers. Les Israélites, s'ils n'avaient pas oublié le secret de leur force et de leur victoire, ils auraient toujours été à la tête. Malheureusement ils ont failli plus d'une fois. Mais choses intéressantes, c'est que si Israël chancelle et tombe elle se relèvera car d'elle, un lumignon fumera toujours et ne sera jamais éteint ; puisque comme la montagne de Sion, il ne peut être ébranlé. Cette minorité se convertira en majorité, ou plutôt, elle embrassera toutes les nations de la terre car celles-ci restaurée, ne supportera que les citoyens Israélites.

Thirtsa : Et qu'en sera-t-il des autres peuples ?

Ruben : Entendons-nous bien ! Comprenez bien la pensée. Je veux dire que pour hériter la nouvelle terre dont nous parle Ésaïe, et pour pouvoir fouler sa capitale, la nouvelle Jérusalem, la Cité Sainte, il faut qu'on soit Israélite ; et pour être Israélite, il faut se conformer à tous les règlements spirituels qui régissent cette nation, telles l'acception de la grâce du Messie promis que préludèrent des sacrifices sanglants préfigurant le grand sacrifice unique expliqué par

Ésaïe ; puis l'observation des dix commandements de Dieu gravés autrefois sur deux tables de pierres et transportés plus tard sur des tables de chair d'après la promesse transmise par Jérémie.

Léa : Certaines choses demeurent secrètes pour nous qui vivons au commencement de l'époque des empires universels. Mais nous pouvons quand même comprendre et parler de plusieurs activités qui ne sont plus mystères pour nous.

Les Israélites : Dieu bénira nos efforts.

Ketsia : Invoquons, louons le nom de l'Eternel des armées.

Les Israélites (Répètent à l'unisson ces paroles :

O Eternel, toi seul Créateur,
A toi sont tous les biens du monde.
Tous les grands rois, les grands seigneurs
De cette terre très féconde
En crimes, en méchancetés
Ne sont rien devant ta face sainte
O Eternel, O Dieu d'équité,
Veuille écouter nos tristes plaintes !
Veuille écouter nos tristes plaintes !

Ketsia : Mes sœurs, notre refuge ne se trouve qu'en Dieu seul. Approchons-nous de lui avec foi. Il saura prendre soin de nous et enlever ainsi le trouble de son peuple bien-aimé. Adorons chères amies, prions le Roi des rois ; il enlèvera l'opprobre de son peuple. Si ce n'est pas par ce roi qu'il le fera, ce sera par un autre que lui-même aura suscité.

Heureusement, malgré notre misère, notre présence à Babylone exerce une bonne influence sur plusieurs. Eliada, la princesse, et beaucoup de grands sont vivement impressionnés par les paroles de Daniel et des autres prophètes. On a plus de courage quand on sait que son exemple de patience dans la souffrance élève d'autres à Dieu.

(Elle Répète à genoux, la tête inclinée, et les mains jointes.)

Jéhovah est tout-puissant.
Jéhovah est tout-puissant.

A lui, est tout l'univers. ;
A lui, est tout l'univers.
Ce Dieu grand et compatissant
Peut lui seul, briser les fers
De notre DURE servitude.
Bientôt, nous aurons la sollicitude.

Les autres : (dissent avec elle les paroles suivantes)

A toi Roi des rois,
Seigneur très clément,
S'élèvent avec foi
Tous nos chants.

A C T E IV

SCÈNE I

(Dans la cour du palais)

ELDA ET NOGA

Elda : (Courant au-devant de Noga, fait une révérence)
Aimable demoiselle !

Noga : Tu désires...

Elda : Que tu m'entendes !

Noga : Parle.

Elda : Et que tu me comprennes !

Noga : Je t'écoute.

Elda : Mes sœurs et moi portons un joug très lourd. Nous souffrons, gémissons et soupirons après un temps de repos.Tu es une amie de la race royale, je le sais. Je viens donc solliciter ton concours.

Noga : Et que pourrai-je devant la fureur du roi ?

Elda : Tu parleras au tendre et jeune cœur de la princesse, elle qui est de même sexe que nous. Elle saura convaincre son père.

Noga : Ma foi en ton Dieu ne m'a pas laissée muette en cette occasion. J'ai parlé au roi et à la princesse favorablement de ton peuple. Le premier s'irrite au point de se détourner de moi. L'autre reste des fois indécise.

Elda : Fais-moi avoir accès auprès de la princesse. Je t'en supplie.

Noga : Mes efforts supplémentaires ne serviront peut-être à rien. Une seule chose : prie l'Eternel ton Dieu et très bientôt tu auras le privilège de voir la princesse. Toutefois, je m'évertuerai à nouveau à faire ce que je puis.

Elda : (Révérence et s'en va).

SCÈNE II

BELSCHATSAR ET NOGA

Belschatsar : (Va suivi de ses gardes dans l'arrière-plan de la salle de festin et s'assied sur une chaise royale. S'adressant à Noga) : Noga, quelle prédiction fait le prophète Daniel au sujet du royaume ! Moi Belschatsar et

mes descendants nous ne dominerons pas à toujours ?
Quels chagrins me déchirent le cœur !

Noga : La coupe de Babylone est remplie jusqu'à la lie ; le royaume passera quand même. Mais, mon roi, tu sauveras ta vie et tu auras l'estime de Jéhovah si tu t'humilie.
Pourquoi ne te repens-tu pas de ta conduite envers le Très-Haut ?

Belschatsar : Moi, m'incliner devant quelqu'un ?

Noga : C'est lui qui t'a créé ; et il soutient ton existence jusqu'à maintenant.

Belschatsar : Oublies-tu mes victoires remportées en Tyr et en Égypte ? Ignores-tu que Babylone est la ville la plus opulente du monde ? Je dois tout cela à nos dieux.

Noga : Jéhovah a voulu te laisser faire à ta guise, pour sa gloire prochaine.

Belschatsar : Je dois interroger les dieux de mon pays ; ils sauront me dire vrai.

Noga : Quand Daniel fait des prédictions ou une interprétation, toujours elles se réalisent. Pourquoi avoir recours à des créatures ? Ces dieux sont faits de mains d'homme et ne te sauveront pas quand la colère de l'Eternel fondra sur toi.

Belschatsar : Si je ne les adore...

Noga : Si tu n'adores pas le Dieu vivant.

SCÈNE III

(La salle du royaume)

ELIADA, BELSCHATSAR, NOGA.

Eliada : (Court et s'incline près du trône du roi). N'as-tu pas pitié des pauvres Israelites qui gisent dans la souffrance ? Si tu vois comment les femmes gémissent sous le poids douloureux du mépris et de l'injustice ! Mon père, délivre-les !

Belschatsar : Ah ! ma fille, je n'entends rien.

Eliada :(S'en va découragée, puis se tourne vers le roi comme pour lui dire quelque chose)

Belschatsar :(La chasse par un signe)

Eliada :(S'en va).

Noga : O mon roi, souviens-toi de Nebucadnetsar, ton père qui s'était élevé au-dessus des hommes après avoir reçu du Dieu suprême l'empire, la grandeur ; il laissait la vie à ceux qu'il voulait et faisait mourir ceux qu'il voulait. Il s'enorgueillissait et s'élevait même contre le Seigneur des cieux. Pour cela il fut chassé du milieu des hommes et fut semblable aux bêtes des champs. Son corps fut trempé de la rosée jusqu'à ce qu'il connût que le Dieu du ciel domine sur les nations. Tu sais toutes ces choses ; et tu n'as pas humilié ton cœur. Tu loue les dieux d'or, d'argent, d'airain, et de pierre. Je te conseil de te détourner de ceux-ci.

Belschatsar : Jamais ! (Il va se prosterner devant son dieu avec un sourire, puis il s'en va).

SCÈNE IV

(Dans la cour du palais)

NOGA

(Découragée après la réponse du roi, elle va s'asseoir quelque part pour réfléchir).

SCÈNE V

Dans la cour du palais

ÉLIADA

Le roi, les chefs et tous les chaldéens ne comprennent rien. Ils sont si hautains, si orgueilleux, ils se sentent tellement forts et équilibrés qu'ils ne font même pas attention à ces paroles d'Ésaïe comme les antédiluviens dont a parlé Elda, oui, comme les antédiluviens qui se moquèrent de Noé. C'est la ruine qui attend tous les rebelles, tous ceux qui croient avoir des racines profondes et inébranlables, tous ceux qui se confient en eux-mêmes, en leur prétendue sagesse, leur sagesse mondaine, n'employant point leurs yeux pour voir, leurs oreilles pour entendre, leur intelligence pour comprendre, et nul de leurs sens pour capter le message divin. La longanimité de Dieu contrairement à l'attitude des hommes, les fait croire qu'il n'existe pas, qu'il dort ou qu'il ne tient pas compte des mouvements de révolte de l'humanité. Mais quand la coupe est remplie, ne déborde-t-elle pas en un instant ? Aussi, au temps marqué, Dieu agira-t-il pas et mettra-t-il un terme à l'arrogance humaine.

SCÈNE VI

Dans la cour du palais

ELDA ET NOGA

Elda : (, se met à genoux dans un coin, joignant les mains, levant les yeux au ciel.)

O Eternel, toi qui créa l'univers, qui soutient les êtres et règles des lois, daigne entendre la voix d'une jeune fille Israelite qui réclame de toi la paix, le bonheur pour son peuple. Nous avons péché ; nous revenons à toi avec le cœur contrit et l'esprit humilié, réclamant de toi le pardon. Veuille, o mon
Père, réaliser nos vœux. Que bientôt nous quittions cette terre étrangère et allions demeurer dans le cher pays que tu nous avais confié !

Noga : (S'approche d'Elda). Jeune fille Israélite !

Elda : (Après quelques minutes de recueillement. Et toute tremblante) Tu es ?

Noga : Noga, l'amie de ton peuple.

Elda : Tu as tout fait pour moi ?

Noga : Tous mes efforts sont vains. Je suis passée pour insensée aux yeux du roi après lui avoir parlé en faveur d'Israël. La princesse, elle aussi a défendu les tiens. Si elle continue à intercéder pour eux, sa bonté persistante passera pour une révolte. Elle attirera davantage contre elle, la colère de Belschatsar son père.

Elda : Seule la colère de Dieu est grande et redoutable.

Noga : Remets ton sort à l'Eternel ton Dieu. Peut-être le roi ne sera plus impitoyable en face des supplications de sa fille. Va maintenant au-devant d'elle.

SCÈNE VII

(Dans la cour du palais)

ELDA ET ELIADA

Elda : (Révérence) Illustre princesse, permets que je te parle à nouveau.

Eliada : Je t'écoute.

Elda : Nous, les Israélites nous étions en Égypte, et accablés par les durs et exigibles travaux du pays. Dieu nous promit l'héritage des terres de Jérusalem et beaucoup d'autres. Il a accompli sa promesse. Alors que nous vivions dans notre pays, le roi, ton grand-père a ravi notre paix en nous amenant captifs ici à Babylone. Ne veux -tu pas exercer une charité en intercédant auprès du roi en faveur des Israelites ?

Eliada : Que viens-tu faire en ma présence ?

Elda : Je viens t'informer de nos multiples souffrances.

Eliada : Ne sais-tu pas que les captifs n'ont pas le droit de me parler ? Israelites qui sont ceux-ci, d'après mon père, pour que j'aie à avoir tant de souci ? Ne sais-tu pas que nul n'a le droit de me parler si ce n'est avec la permission de mon père, le roi des rois ?

Elda : Tu es, je le sais la fille d'un grand roi terrestre. Mais permets que je te dise ceci : ignores-tu que le puissant royaume de mon père peut faire disparaitre en un clin d'œil celui de ton père ? Quoi que je sois captive, j'ai plus à espérer que toi. Car je suis fille du Dieu Tout-Puissant, le suprême Roi, le Roi des rois et le Seigneur des seigneurs.

Eliada : (En tremblant) Pars. Mon père désire que je ne connaisse point ce Dieu ET QUE JE NE M'UNISSE PAS À SON PEUPLE.

Elda : Je souhaite que pour ton bien-être personnel et éternel, tu le connaisses, et que de plus, tu l'adores !

J'ai appris que tu es indécise. Je prierai mon Dieu pour toi.

Éliada - (Avec tristesse et un air de repentance) Merci Elda. Dans ta magnanimité, Dieu saura te délivrer ainsi que ton peuple.

SCÈNE VIII

APPARTEMENT D'ELIADA

ELIADA

Hélas ! Que mon âme est troublée ! Je n'ai pas obéi aux Conseils de Jobab et j'ai agi sans miséricorde envers la jeune captive Israélite. J'ai obéi à mon père parce qu'il est plus avancé en âge que Jobab et moi. Mais d'après les prophètes, leur Dieu est l'Ancien des jours. Je devais donc courber la tête devant les conseils de Jobab et les instances de la jeune captive, EUX QUI SONT ASSOCIÉS À CET ANCIEN DES JOURS. Je ne voudrais donc pas que ma conscience me ravage journellement dans mon fort intérieur à cause du tort que je lui fais, et qu'à part cela, que la colère de Jéhovah ne fonde sur moi. Que puis-je faire ? Elle réfléchit). Puisque je vis sous le même toit que mon père, je dois plier sous ses ordres, et cela, jusqu'à une certaine mesure.

Mais de toute façon, je ne mettrais plus les pieds dans la salle du festin où l'insouciance de Belschatsar est trop marquée et où l'abomination bat son plein.

(Elle réfléchit.) Seigneur ! Qu'ai-je fait ? Pourquoi ai-je repoussé Elda l'Israélite ? Repousser cette fille c'est mépriser son Dieu. "Mieux vaut tard que jamais."
Je me repens de mon comportement. Je déplore mes hésitations qui m'ont rendue trop vacillante au point de multiplier mes erreurs. Je me sens trop barbare. C'est dur de se laisser influencer par des impies et de ne pas pouvoir prendre position pour la vérité. Que m'importe si Belschatsar m'enlève les privilèges royaux, je ne me laisserai pas faire. Je n'obéirai à mon père que quand il se révèlera un homme, un homme, un homme raisonnable qui ne se laisse pas balloter par les flots de l'orgueil indomptable, de la froide insouciance, de l'égoïsme audacieuse, de la tromperie effrontée, de la haine implacable de la laide méchanceté et de la perversité sans mesure. Je ne le laisserai pas insinuer imperceptiblement en moi ses malices ; je ne veux pas me laisser dominer par un être à une taille morale si basse.

Mon père, étant attaché au mal, il ne peut comprendre les conséquences que peut avoir son comportement. Il agit comme s'il pense qu'il ne passera jamais et qu'il vivra pour toujours.

Les tendances coupables et l'iniquité sont à mon père ce que Délila était à Samson, sa proie. C'est répugnant et déconcertant.

Me ranger de son côté, c'est participer à ses forfaits écrasants et humiliants.

Aujourd'hui, mes yeux sont grand ouverts. Je prends donc position catégoriquement pour la justice et la vérité ; qu'importe les conséquences !

Je vais chercher Elda, l'Israélite. À part mes dernières paroles dans ma conversation avec elle, Je veux m'excuser plus largement auprès d'elle, lui parler et l'encourager, même si mon père refuse de libérer les Israélites.

(On entend des cris au loin alternativement et simultanément)

Victoire ! Victoire ! La mort à Belschatsar ! La mort à Belschatsar !

(Éliada est troublée)

SCÈNE IX

Dans la cour du palais

JOBAB

Oh ! Je souhaite qu'Eliada ne Se Soit pas continuellement mis dans le camp de son père entêté dans sa dureté !

Lorsqu'on donne aux gens des avertissements concernant les conséquences de leur comportement, ils pensent qu'on veut plutôt les effrayer. Alors, ils sont pris dans le piège de leur insouciance et se voient frapper sous le coup du jugement qu'ils pourraient épargner. C'est ce qui est arrivé à Belschatsar et ses collègues.

Et cette fois encore, avec pleine clarté,
Daniel seul a pu dire au roi la vérité concernant l'avenir.
Les sages ont échoué.
Aucun astre, en ce cas n'a pu rien révéler.
"Qu'il te sauvent, tous ceux qui connaissent le ciel",
Qui observent les astres, disant l'irréel !
Babylone est en chute, et Belschatsar l'ignore.
Où sont les chaldéens ? Où sont ceux qui implorent
Les astres des cieux pour sonder l'avenir
Ils ne prédisent pas, et ne font que gémir.
Ils ont bafoué le roi, et ils se sont bafoués
Pour s'être trop longtemps dans l'illusion, baignés.
Babylone est tombé, elle qui en son cœur,
Disait avec orgueil, au sein de sa splendeur :
"Oui, moi, et rien que moi !" A terre, elle est assise
Couverte de poussière, étant trop insoumise.
Oui, la sagesse humaine est toute limitée.
Elle ne s'accroîtra que si elle est greffée
A celle du Très-Haut qui est grande, insondable
Par ses riches vertus et ses dons innombrables.

Daniel avait raison : Babylone est tombée !

SCÈNE X

Dans l'appartement d'Éliada

NOGA ET ELIADA

Noga : (Entre)

Eliada : D'où viennent ces cris de victoire ?

Noga : Ma princesse, as-tu fais attention aux prophéties de Daniel concernant le royaume?

Eliada : (En tremblant). Comment ? Est-ce aujourd'hui que s'accomplissent ces prophéties ?

Noga : Ta pensé est bien juste.

Eliada : (S'étonne) Noga, où sommes-nous ?

Noga : Je viens de voir Jobab parmi tous les vainqueurs. Ne désespère pas ; car son amour pour toi n'est pas altéré.

Eliada : Mais où donc est mon père ?

Noga : Ton père... ; ton père...

Eliada : Noga parle.

Noga : (sa main sur le dos d'Eliada) Reste ici, tu le dois que ta fierté ne t'abandonne guère devant quiconque se présente devant toi. Jobab te sera bien fidèle. Il saura comme il l'a promis, venir en ce lieu avant que les Mèdes ne l'atteignent, afin de t'arracher de leur fureur.

SCÈNE XI

ÉLIADA

(On entend des bruits formidables et prolongé marquant une catastrophe.)

Eliada : J'ai peur, je suis consternée... Puis-je avancer vers tous ces cris mêlés ? Mon père se réjouit dans son festin et ne médite pas sur les paroles de feu écrites sur la muraille.

(Géo suit de loin les paroles d'Eliada.)

ACTE V

SCÈNE I

Dans l'appartement d'Éliada

ELIADA ET GÉO

Géo : Tu te lamentes à cause de la réjouissance de ton père ! Ecoute plutôt ces bruits. Tu sais que cette nuit nous avons célébré une grande fête. Toute la ville s'est livrée au festin. Et dans cette solennité, tous ont bu et se sont adonnés à la débauche. (Il tremble et regarde comme ayant craint quelque chose). Cyrus ayant appris que ces réjouissances allaient avoir lieu dans la ville, pensa immédiatement que la surveillance serait moins sévère. Il a toujours su que nous nous croyons être en sécurité grâce à nos murs extérieurs. Cyrus utilisa les canaux qu'il avait fait creuser depuis longtemps. Il y fit entrer les eaux de l'Euphrate. Et peu à peu, les eaux de ce fleuve sous la muraille et à travers la ville diminuèrent jusqu'à atteindre un niveau assez bas pour que les soldats de Cyrus puissent y pénétrer. Par ce moyen, ils sont entrés cette nuit dans la ville, puisque la garde de celle-ci a été négligée.

Eliada : Ils ont tout dévasté ! Les Mèdes et les Perses que j'appréhende tant vont me faire prisonnière ? Mais où donc est mon père ?

Géo : Voici le tableau qui marque l'attitude des chef Gobriates et Gadate appartenant à l'armée ennemie.

Les premiers ainsi que leurs hommes étant entrés dans la ville, frappent à mort tous ceux qu'ils trouvent dans les rues. Plusieurs des nôtre s'enfuient et d'autre poussent des clameurs. Les gens de Gobriates font de même, comme s'ils prennent part aux réjouissances. Puis, se hâtant de courir, ils atteignent le palais où les portes étaient closes. Ceux qui devraient attaquer les gardes du palais se précipitent sur eux alors qu'ils boivent autour d'un feu. Tout à coup un combat s'engage et provoque de si grands cris que le palais tout entier s'émeut. Et le roi ton père, commandant à ses soldats d'ouvrir la porte pour voir ce qui se passe sur la cour, se tient debout, inquiet, son épée nue à la main. Le groupe de Gadate court le premier et entre par les portes du palais, se jette sur les gardes du roi. Celui-ci...

Eliada : Qu'ont-ils fait de mon père ?

Géo : Princesse (va près d'elle) Ils l'ont tué.

Éliada : Oh ! Oh ! Oh ! Où suis-je ? Où suis-je ?

Géo : La prise de Babylone est très poignante. La scène est encore fraîche devant mes yeux.

La prise de Babylone ! Je vois encore cette scène dans le champ de ma pensée. C'est comme si je me sens en cet instant au milieu de cette catastrophe épouvantable.

(Optionnel) Représentation d'un tableau similaire : Projection de jeux de lumière de différentes couleurs sur la scène et sur l'auditoire ; grands bruits appropriés, et certains faits qui regardent cette calamité.

Eliada : (Pousse un grand cri et tombe sur la chaise en pleurant).

Géo : (La soutient)

Eliada : (Continuant à pleurer) Ils vont venir vers moi, puisque mon père n'est plus. Je suis seule désormais.

Géo : Eliada, sache que tu seras seule lorsque les Perses auront percé mon corps... Jusqu'à cette minute, je survis tous les autres ministres et je t'offre mon bras pour toujours.

Eliada : Je suis assurée que mon bienfaiteur ne descendra jamais de mon estime.

Géo : Je veux obtenir une récompense.

Eliada : Comment?

Géo : Je veux avoir ton cœur...

Eliada : Mon cœur appartient à un autre que toi, je ne puis te le donner.

Géo : Tes paroles constituent une dague qui me perce le cœur. (Tristement) Exerce ta clémence envers ce misérable. Daigne me secourir en m'ouvrant tout ton cœur cet asile très pur.

Eliada : Je ne le puis. Seul mon tendre Jobab y trouve son refuge.

Géo : Jobab, celui qui rend hommage à Jéhovah le Dieu du peuple d'Israël ?

Eliada : Le Dieu de l'univers qui vient d'anéantir la gloire de mon père. L'existence de ce grand Dieu me parle. Son existence que je sens me console.

Géo : Jobab, de qui tu obtiendras un dote de malheur ? Car les dieux de ton père, ennemis de Jobab, sauront venger le roi.

Eliada : Dois-je oublier Jobab ?

Géo : Pour l'amour de ton père...

Eliada : Je remarque en Jobab un fils de Jéhovah qui surpasse en puissance tous les dieux de mon père.

Géo : Hélas !

Eliada : Pars ! Je désire rester seule pour attendre mon sort.

Géo : Lequel ?

Eliada : Quelques minutes me séparent de la mort ou de la sinistre vie de captive.

Géo : Princesse ton prochain sort ne peut empêcher que mes pensées soient captives d'une captive.

Eliada : J'aime le jeune Égyptien qui, non comme toi babylonien, ne profite pas du contact d'un peuple saint, pour tirer des leçons de sagesse et d'intelligence.

Géo : Je ne suis pas heureux. Non, je ne le suis pas. Les Perses m'ont abandonné entre tes mains où se trouve une épée plus tranchante que les leurs.

Eliada : Je ne m'en sers pas, Seigneur ; je suis bien trop clémente.

Géo : Et tu me refuses un bien qui me procurerait une joie éternelle. (Commence à s'en aller, puis retourne) Eliada !

Eliada : Pars, te dis-je. La solitude me consolera peut-être.

Géo : (Reste comme pour la protéger). Je reste Eliada. (Il tire son épée) Je veux te protéger contre l'ennemi cruel.

Eliada : (Se parlant à elle-même) Dieu est lent à agir, mais il agit quand-même. Aujourd'hui je comprends mieux l'interprétation du songe de Nebucadnetsar, mon arrière grand- père que je n'ai même pas connu. La tête d'or de la statue a disparu. Babylone est tombée, tombée pour toujours !

Hélas ! Que de tourments ! Je n'aurai plus le trône. Je serai asservie par le vainqueur Cyrus. Pourquoi vivre ici-bas, puisque tout est misère, chagrin.
(Elle réfléchit) Mais que dis-je ?

Je n'ai pas le trône conçu de manèges humain, mais j'aurai le trône fait d'intelligence divine. O Dieu, je te donne mon cœur repentant qui a soif de pardon. Je sais que tu es bon, que tu m'accepteras. Tu vois, mon Dieu que j'étais sur le chemin du devoir envers Elda l'Israélite qui plaidait pour son peuple, Je m'étais même repentie de ma mauvaise attitude envers elle lorsque la calamité a arrêté mes élans.

Maintenant et pour toujours, sois mon ami, mon conseiller, mon Maitre, sois tout pour moi. Je suis assurée que c'est toi-même qui a sauvé ton peuple de l'oppression de Belschatsar.

Et tu les aideras sous le nouvel empire, parce que je crois que tous les rois dépendent de toi.

Moi aussi, j'attends la délivrance de toi.

SCÈNE II

Dans l'appartement d'Éliada

ELIADA, GÉO, ET LES SOLDATS PERSES

Géo : (Reste tremblant)

Des soldats : (Entrent et ne font aucune révérence. Deux sont
Placés, un de chaque côté de la salle sur l'ordre du chef qui lui-même se tient debout au milieu.)

Un soldat : (Va désarmer Géo et le conduit loin d'Eliada)

Eliada : (Tremble) Qui êtes-vous ?

Le chef : Tu es prisonnière, princesse. Sache que ton père est frappé de mort, et que le royaume ne lui appartient plus.
Ce royaume universel, LE ROYAUME DE BABYLONE, Il est livré aux Mèdes et aux Perses.

SCÈNE II

ELIADA ET DEUX SOLDATS

Dans l'appartement d'Éliada

Eliada : (Prisonnière dans sa chambre, est surveillée par deux soldats)

Je me repens d'avoir pour un temps, agi avec tant d'indifférence et tant d'ingratitude à l'égard de Jobab et envers le peuple de Dieu. Seigneur, pardonne-moi, je te le dis, cette fois encore. Seigneur j'ai besoin de ton secours ! Ciel !

Au milieu du malheur, Jobab me fuit !

Il y aurait tant de bonheur à écouter Jobab et à servir Jéhovah ! Mon père lui, adorait malheureusement des dieux d'or et d'argent et de plusieurs autres sortes.

De plus, mon grand-père avait fait élever une statue tout en or pour contrecarrer la signification de son songe ou seule la tête de la statue était d'or. Ils ont tous fait de ce métal leur idole. J'en ai marre en pensant à tout cela. Nebucadnetsar, mon aïeul, a pu heureusement, s'en défaire. Maintenant que moi, je connais le vrai Dieu, je veux me distinguer des filles de mon peuple et leur donner ce bel exemple. Plusieurs, sans doute, me suivront. Je veux exercer une influence bénie, dans la captivité comme dans la liberté.

Je ne veux point garder les vestiges de l'adoration des idoles. Je le fais donc en me dépouillant de ses ornements. Qu'aucune trace de choses extraordinaires de ses bijoux me rappellent ma vie passée ! Elda m'a racontée l'histoire de Jacob qui au moment d'une réforme dans sa famille, a recueilli tous les bijoux que portaient les gens et les a enfouis sous le térébinthe. Désormais, je veux plutôt me préoccuper à parer mon cœur d'ornements sacrés. Ce n'est pas le fait de jeter mes bijoux, qui me donnera le salut. Mais m'en étant dépouillé, j'oublierai la vie mondaine pour embrasser une vie simple et être le plus modeste possible. Oh ! Le châtiment et l'épreuve ont vraiment la puissance de transformer totalement les cœurs.

La seule entrave morale, c'est l'avantage que j'ai abandonné, celui d'être attaché à Jobab, avantage perdu qui me fait soupirer.

SOUPIRS

Que je souffre ardemment ! Et que je tremble aussi !
C'est toi mon pauvre cœur qui me harcèle ainsi
Sans vouloir me laisser un moment respirer.
Tous tes rumeurs m'harassent et me font soupirer.
Que je souffre ardemment ! La crainte me saisit !

Pourquoi gémis-tu donc mon cœur à tout instant ?
Es-tu assujetti à quelque sentiment
Ou de doute, pou de peur que tu ne vaincras pas,
Qui règnera puissant jusques à ton trépas ?

Que je souffre ardemment ! Que je souffre ardemment !

Ne veux-tu pas lutter contre un tel oppresseur,
Te détourner de lui et en être vainqueur ?
Mais, dis-moi ce que c'est, Ce que me vaut l'amour ?
En nul autre que lui, je ne trouve recours.
Que je souffre ardemment ! Je perds toute vigueur.

Et qui donc est l'auteur de ton malheureux sort ?
Est-ce un être accablant que tu aimes encor ?
Est-ce un être méchant, un être sans pitié,
Qui ne peut te laisser exercer ta bonté ?
Que je souffre ardemment ! Ils me fuient, les trésors.

Siège de mes vertus, O puissant conseiller !
Parle-moi franchement : Oh ! Puis-je m'appuyer
Sur celui que j'admire et qui pourtant, me fuit ?
Je n'entends rien de lui. L'inquiétude me nuit.
Que je souffre ardemment ! Sur lui, puis-je compter ?

Tu ne veux rien me dire en cette circonstance
Où ma tremblante voix te crie avec instance.
Je t'écoute parler ; mon cœur, mon pauvre cœur,
Dévoile le secret ! Éclaire ma candeur !
Que je souffre ardemment ! Ma douleur est intense.

Que m'importe l'honneur de celui qui me fuit !
Que m'importe mon mal, s'il ne vient que de lui !
Pauvre cœur ! Tu t'attaches à ce jeune seigneur
Et tu l'aimes toujours même dans ton malheur.
Oui, je souffre ardemment ! Mon chagrin me poursuit.

Mais fort Heureusement, un être, avec clémence,
Est toujours disposer à calmer la souffrance,
Lorsque découragé, quelqu'un sincèrement,
Veut s'approcher de lui pour vaincre les tourments.
Son nom est Jéhovah, le Dieu de délivrance.

SCÈNE III

Dans l'appartement d'Eliada où elle est prisonnière

Les soldats, Jobab et Eliada

Jobab : (Passe et ne se soucie point de la présence d'Eliada. Il fait signe aux soldats de s'en aller.)

(LES SOLDATS S'EN VONT)

SCÈNE IV

Jobab et Eliada

Eliada : Dieu ! Qui vois-je ? Jobab en ma présence ! Mon esprit est troublé. (Fixant les yeux sur Jobab) Jobab !

Jobab : (Regard, et détourne ses regards d'elle ; puis se promène.)

Eliada (Soupirant) Jobab !

Jobab : (Fait encore le même geste)

Eliada : Jobab, n'entends-tu pas mes soupirs, mes gémissements provenant de mon cœur trop bouleversé ?

Jobab : (Ne s'occupe pas d'elle)

Eliada : Prince, tu te détourne de ta bien-aimée qui doit jouir de toute ton affection ?

Jobab : (De façon hautaine) Ma bien-aimée et aussi l'auteur de mon amertume. Qui es-tu, toi ?

Eliada : La fille du prédécesseur de Darius, roi de Babylone. Tu le sais bien. Je suis faite prisonnière immédiatement après la destruction du royaume de mon père.

Jobab : Qu'est-ce qu'il y avait d'admirable dans la conduite de ton père ?

Eliada : Rien ; mais mon grand-père Nabonide ne tenait qu'à la gloire de Belschatsar son fils et l'appelait avec fierté : “mon fils premier né, la postérité de mon cœur.”

Jobab : Une gloire surtout passagère dont l'issue est fatale.

Eliada : J'en souffre ardemment.

Jobab : Et pourquoi n'as-tu pas suivit mes conseils en renonçant.
Aux dieux de ton père Belschatsar pour adorer le Dieu vivant dont le règne est éternel ?

Eliada : J'ai agi avec trop de lenteur. Je m'en repens. Je sais que je ne suis plus digne de ton amour et je cherche en retour le seul trésor inépuisable : l'amour de Jéhovah.

Jobab : Ne t'avais-je pas montré la clé de ce trésor ? T'en es-tu appropriée ?

Eliada : Prince Jobab !

Jobab : Princesse Eliada ! (Un moment de silence) Eliada, ma toute petite Eliada ! Tu crains déjà Jobab !

Eliada : Plus d'une fois tu t'es révélé insouciant, inexorable.

Jobab : Probablement, tu dois te rappeler les dernières paroles que je t'ai dites à notre précédent entretien.

Eliada : Elles furent si fâcheuses et me firent tant souffrir !

Jobab : Ces paroles ne constituèrent qu'un masque dissimulant mon amour et l'épreuve à laquelle j'ai voulu te soumettre. En effet, tu as été réellement rebelle à mes conseils, bien que salutaires pour toi. Vois quelle inquiétude te ravage. Ton opiniâtreté a amplifié le poids de tes problèmes.

Eliada : Jobab, j'ai péché contre le Très-Haut et contre toi ; j'en suis victime. Mais je dois confesser que ...

Jobab : Tous connaissent dans leur vie, des hauts et des bas, n'est-ce pas Eliada ?

Essaie d'apaiser les palpitations précipitées de ton cœur, puis, parle.

Eliada : Ayant voulu éviter les réactions de Nabonide mon grand-père et surtout celles de Belschatsar mon père, j'avais au préalable, résolu de n'obéir qu'à ses ordres seul, négligeant tout autre conseil.

Jobab : Ce qui est bien navrant pour toi. J'avais prévu la chute de ton père et la tienne aussi. L'entêtement des humains est toujours très néfaste. Les Égyptiens mon peuple n'étaient pas meilleurs aux Babyloniens. Le Nil dont les eaux berçaient le bébé Moïse, et la mer Rouge qui offrit un chemin aux israélites, appartiennent À L'Éternel ; mais le pharaon et les Égyptiens en furent indifférents jusqu'à offrir leur vie aux vagues courroucées.

De même, l'Euphrate appartient à Dieu ; mais Belschatsar ton père et les babyloniens ne s'en rendaient pas compte dans leur incrédulité au point que Cyrus a pu par l'emploi de ce fleuve, accomplir ce soir le dessein du Créateur : faire disparaitre la tête d'or de la statue.

Eliada : Toujours, un combat se livrait en moi. Mais je n'ai pu des fois que succomber devant les menaces de mon père. Pardonne, Jobab, pardonne à mon attitude.

Jobab : A présent, tu sais qui est le protagoniste de ta défaite. Mais Dieu a tenu compte de tes lutes et de tes messages à ton père.

Eliada : Tu ne vois donc en moi qu'une captive, qu'une abandonnée !

Jobab : Tout cela ne peut te diminuer à mes yeux. Ne te confies-tu pas en mon amour ? Ne sais-tu pas que je t'aime plus que les gloires de ce monde ? Mon cœur s'attache au tien.

Eliada : Prisonnière ! Oui, prisonnière ! La pensée de cette vie me torture. Quelle affliction !

L'inquiétude, comme tu le vois, la déception, le tourment viennent tour à tour dans mon Cœur. Quelle vie noire !

Jobab : Si tu es obéissante, comme tu le comprends d'ailleurs, la joie et le bonheur joncheront ton chemin.

Eliada : Est-ce possible, Jobab ? Ne suis-je pas condamnée à mener cette vie de prisonnière pour toujours ? Aide-moi, Jobab ; aide- moi à être victorieuse de mes tribulations.

Jobab : Aie confiance dans mon amour. Je te soutiendrai jusqu'au bout.

SCÈNE V

ELDA ELIADA ET JOBAB

Elda : (En saluant avec révérence) Mes respects a vous tous !
Que fais-tu là, princesse Eliada ? Es-tu prisonnière ?

Eliada : Que le Dieu vivant me pardonne. Je reconnais sa puissance, son amour, sa miséricorde, et la grandeur d'âme de ses enfants.

Elda : J'ai pensé grandement à toi après la mort de ton père, et je suis venue te visiter maintenant.

Jobab : Tu agis contrairement à son attitude passée qu'elle a intensément regrettée. Nous t'en félicitons !

Elda : (Etonnée, les regarde tous deux).

Jobab : Vois-tu, Elda, comment l'amour de Dieu peut transformer le cœur de
Quiconque vient à lui ?

Eliada : Je suis convaincue que tout mon être sera totalement transformé.

Jobab : Ecoute, Elda, je vais demander de considérer le cas d'Eliada afin que les Mèdes et les Perses la mettent en liberté. Prie L'Éternel pour nous. J'aime cette petite Eliada

! Je veux recevoir avant longtemps la bénédiction nuptiale avec elle pour que d'elle, je fasse ma femme.

Elda : C'est excellant, puisqu'elle a une nouvelle conception de la puissance de Dieu, ce qu'elle avait commencé brièvement à me faire comprendre peu avant la chute de l'empire babylonien.

Eliada : J'affirme que l'Eternel est Grand, Tout-Puissant, et que son amour est immuable.

Elda : Ne veux-tu pas l'accepter sans détour ?

Eliada : Oui, pour toujours. Sache que je l'ai fait antérieurement
Avant la prise de Babylone, car votre influence, vous autres, du peuple de Dieu,
m'a vivement influencée.

Elda : Ne souffre plus. Tes paroles montent jusqu'aux cieux : et Dieu t'a pardonnée.

Eliada : Je vois, je sens que je suis dépouillée de toute souillure, de toute iniquité. Je sens que je possède la vraie paix et le bonheur éternel. Et je crois fermement que les autres royaumes dont parle le prophète Daniel exerceront certes leur influence sur la terre ; mais lutteront en vain pour leur stabilité. De vaillants guerriers banderont leur énergie pour briser ici, conquérir là et dominer partout ; mais ils passeront et la vérité, la parole de Dieu triomphera. Alors, sans nulle ombre de doute, le jour viendra où le dernier empire universel paraitra. Il ne sera jamais anéanti puisque ce sera le règne de Jéhovah, le Tout-Puissant, le Créateur, le Roi des rois et le Seigneur des seigneurs.

CONCLUSION

A travers tous les temps les hommes ont toujours été rebelles.

Les antédiluviens se moquèrent de Noé et périrent dans les eaux du déluge.

Au temps du premier empire, Belschatsar s'était moqué des avertissements divins. Il périt puis Babylone tomba pour faire place au royaume des Mèdes et des Perses avec Darius.

Au temps des Mèdes et des Perses, Codomanus qui est Darius III, petit-fils de Darius II fut le dernier à occuper l'empire. Puis, Alexandre Le Grand devint le conquérant d'alors; et la Perse tomba.

Au temps de la Grèce, Ptolémée, Cassandre, Lysius et Seleucus
Puis Antiochus épiphane Ont sombré. Avec le temps, la Grèce
Tomba en tant qu'empire universel. Et Gaüs Octavius ou Augustus devin le nouveau conquérant avec l'empire Romain.

Au temps des Romains, les Césars, plusieurs empereurs et enfin
Flavius Théodorius clôtura le règne des empereurs Romains.
Rome tomba. Cette fois, plus jamais d'empire universel n'a surgi.

On a parlé de certains autres empires, tel l'empire Mongole et autres. Mais ceux que la Bible a mentionnés, occupent une place très significative dans l'histoire du monde et son dénouement.

Dans ces derniers temps, plusieurs se bouchent les oreilles en face de la vérité comme le firent les antédiluviens. Ces rebelles périront, malheureusement. Mais il y a un espoir pour les obéissants.

Oui, l'histoire de l'humanité est une tragédie qui commence au péché d'Adam pour aboutir à la destruction finale des méchants et à un dénouement très heureux : La vie éternelle regardant les fidèles.

De même que Cyrus a eu le temps de faire creuser des canaux qui détournaient les eaux de l'Euphrate, de même que les Babyloniens lors de la fête, ne s'étaient pas souciés de la garde de la ville, de même Satan prépare des pièges pour les hommes et les attaques dans leurs moments d'insouciance où ils ne prient, ni ne veillent, dans quelque temps qu'ils puissent vivre.

Heureux le roi, le chef qui comme Nebucadnetsar, reconnait la main de Dieu dans toute la création.

Heureux le chef d'Etat qui comprend que son pouvoir quelque étendu et prolongé qu'il soit, est passager et dépend de la puissance d'en haut.

Heureux le roi qui non comme Belschatsar ne perdra à la fois le trône temporel, et la gloire éternelle.

Heureux le roi dont le trône dégage la justice et l'équité.

Heureux le roi qui apprend à étudier les instructions divines et reconnaissant dans la prophétie, les signes relatifs à son temps, y prend garde et promulgue un décret comme celui de Nebucadnetsar en l'honneur du Dieu suprême.

Heureux le roi ou tout chef de gouvernement qui ne se confie pas dans sa grandeur mais s'humilie devant le Créateur.

Heureux tous ceux qui comprennent à travers la prophétie appuyée et éclairée donc par l'histoire, que la parole de Dieu est certaine et véritable, et que la petite pierre vue par Nebucadnetsar, ayant mis en pièce la statue toute entière pour faire place à une grande montagne qui représente le dernier empire universel devant durer toujours, enrayera la souffrance et les tracas du monde, et apportera ainsi, la paix et le bonheur sans mélange et sans fin à l'humanité tout entière.

O Roi des nations, que ton règne vienne ! Que ta justice s'étende sur toute la terre et sur tout l'univers !

((((((((*))))))))

UN COUP D'OEIL SUR L'HISTOIRE ET L'AVENIR DU MONDE, ALLANT DE PAIRE AVEC LA PROPHÉTIE

Connaissons-nous l'avenir du monde ? Est-il possible de le savoir ?

Y aura-t-il un conquérant universel ? Si oui, qui le sera ?
Un regard sur l'histoire du monde et sur la réalisation de la prophétie faite depuis l'an 606 avant J.C., nous en éclairera.

« Et nous tenons pour d'autant plus certaine, la parole prophétique à laquelle vous faites bien de prêter attention, comme à une lampe qui brille dans un lieu obscur, jusqu'à ce que le jour vienne à paraître, et que l'étoile du matin se lève dans vos cœurs ; …c'est poussé par le Saint-Esprit que des homes ont parlé de la part de Dieu »
(2Pierre 1 :19-21).

Le psalmiste déclare : "Ta parole est une lampe à mes pieds, et une Lumière sur mon sentier ».
(Psaume 119 :105)

" L'herbe sèche, la fleur tombe, mais la Parole de Dieu demeure éternellement."
(Ésaïe 40 :8)

De même qu'on ne peut voir certaines parties du ciel à l'œil nu, et
Qu'il nous faut un télescope pour nous habiliter à en faire des observations, de même, pour connaître l'avenir de notre monde, il nous faut, en Conséquence, un télescope spirituel qui n'est autre que le secours de la prophétie biblique.

Quelle nation dominera donc le monde, et qui en sera le héros ?

Pensons donc aux multiples faits qui se sont déroulés sur notre planète.

Le premier empire universel, l'empire Babylonien, est représentée par La tête d'or d'une statue vue en songe par le premier monarque de cet empire. Il a subsisté de l'an 606 à 538 av. J.C.
Babylone, ville extraordinaire, ville apparemment imprenable, a joué
Un rôle remarquable, dans l'histoire du monde. Le roi éminent
Nebucadnetsar, en était fier. Cet empire Babylonien, devait-il demeurer à toujours ? La parole sacrée que l'histoire du monde a confirmée, nous a donné des instructions y relatives.

Puisque Nebucadnetsar appelé aussi Nabuchodonosor, se demandait ce qui arriverait à la suite des temps où il vivait, Dieu n'a pas tardé à lui envoyer un moyen qui révélerait l'avenir À lui et à d'autres.

De même que le corps a des yeux l'esprit en a également. S'il y a des yeux physiques, il y en a aussi de spirituelle. Les yeux physiques fonctionnent avec tous les nerfs optiques qui lui permettent de voir tout ce qui se passe dans la réalité. Les yeux de l'esprit peuvent être employés volontairement ; alors, c'est dans le cadre de nos réflexions. Ils sont employés également involontairement ; alors, c'est dans le cadre de nos songes, de nos visions.

L'esprit de Nebucadnetsar travaillait beaucoup à un certain moment. Le soir de sa hantise, il eut un songe qui constitue le tableau de l'histoire du monde, le panorama des temps. Chose désagréable ! Il oublia le songe.

Que pensons-nous des songes ? Que pensons-nous des visions ? Que pensons-nous de ces tableaux qui, pendant notre sommeil, ou pendant nos moments de ravissements, se dessinent devant nos yeux, et dans lesquels, nous évoluons parfois ? Que pensons-nous de ces activités nocturnes, et parfois diurnes qui interviennent dans notre vie ? Que pensons-nous de ces mystères ?

L'un de mes fils a souligné ce qui suit :

« Un bref aperçu des songes dans le contexte du rêve de Nebucadnetsar.

Les rêves sont une partie importante de l'expérience humaine bien que leurs implications soient souvent ignorées.

Il y a trois genres de rêves :

a) Rêves naturels ou physiologiques :
Tout le monde a ces rêves chaque jour bien que la plupart du temps nous oublions nos rêves. Ces rêves son plus ou moins banals et subjectifs et reflètent une combinaison de mémoires, aussi, de désirs futurs et parfois un mélange de pensée actuelles.

b) Rêves pathologiques qui proviennent d'une anomalie médicale ou émotionnelle. Par exemple si quelqu'un est très soucieux ou inquiet ou déprimé, cette personne peut avoir des songes qui paressent angoissantes et parfois même bizarres.

c) Rêves surnaturels : Dieu emploi les songe parfois pour communiquer avec les hommes en général.
(Genèse 37:6 ; 1 Rois 3:5-14).

Souvent Dieu révèle ces désirs et parle aux prophètes par le biais des songes
(Nombres 12:6 ; Daniel 7:1).

Dans le cas de Nebucadnetsar, Dieu ses servie du songe de façon surnaturelle pour communiquer ses désirs à ce monarque. Dieu préfère parler par le songe parce qu'il emploi des images et symboles qui restent gravés dans notre mémoire. C'est pour cela qu'en prêchant, Christ souvent employait des illustrations remplies d'images. Dans le cas de Nebucadnetsar, Dieu l'a empêché de ce souvenir de son songe pour que :
Le songe puisse être ultimement révélé publiquement ; (voir Daniel Chapitre 2) pour montrer que Dieu était la source de ce rêve et avait le pouvoir de donner ce même rêve à son serviteur Daniel ; Pour établir aussi un contraste éclatant entre un serviteur de Dieu et un charlatan menteur.

Dieu peut parler à tous et chacun à travers les songes. Dieu aime se moyen de communication parce que cette manière nous permet de nous concentrer, tout en étant sourds aux bruits externes qui nous distraient souvent.

Pour les rêves surnaturels, Dieu emploie le lobe frontal, une partie du cerveau, différente de ce qu'il emploie pour les rêves naturels ou physiologiques.

Parfois lorsque Dieu nous donne un songe pour un but précis, le songe est répété plusieurs fois.

Dans le cas de Nebucadnetsar, nous lisons : « Nebucadnetsar eut des songes. Il avait l'esprit agité, et ne pouvait dormir.
Le roi fit appeler les magiciens, les astrologues, les enchanteurs et les Chaldéens, pour qu'ils lui disent ses songes. Ils vinrent, et se présentèrent devant le roi.

Le roi leur dit : J'ai eu un songe ; mon esprit est agité, et je voudrais connaître ce songe » (Daniel 2 :1-3).

Bien que le songe fût échappé à la mémoire de Nebucadnetsar, il sentait que le songe était important, à tel enseigne que son esprit fut bouleversé et "agité".

Dieu permet parfois que des songes paraissent ambigus ou énigmatiques de la même manière que Dieu nous donne la liberté de choisir entre le bien et le mal. C'est à nous, avec l'intelligence que Dieu nous a donné, de déchiffrer le contenu du message. Parfois il peut déchiffrer ce message pour nous par un interprète comme Joseph qui intervint comme tel pour pharaon ; et Daniel, pour Nebucadnetsar. »

Jean-Ronel Corbier, MD
Neurologue, Pédiatre

Alors, en parlant du songe de Nebucadnetsar, l'un des jeunes captifs Hébreux fut le porte-parole de Dieu. (Voir le poème à la fin de l'exposé

Bien que Babylone fût le berceau de l'astronomie et de l'astrologie. Les astrologues
Les chaldéens, les magiciens et aucun de ceux qui prédisaient l'avenir, n'ont rien pu dévoiler concernant les manœuvres des Mèdes et des Perses leur rival, pour renverser avec fracas, le royaume de Babylone. La tête d'or
Que Nebucadnetsar avait vue dans la statue de son songe, a disparu avec la prise de Babylone conformément avec les prédictions du prophète Ésaïe et l'interprétation du prophète Daniel.

Évoquant cette scène, nous pouvons donc émettre les paroles suivantes :

Le second empire mondial représenté par les bras et la poitrine d'argent, A vu le jour en l'an 538 et expira en 331 av. J.C.
Le prophète Daniel a également exercé une influence bénie dans
Le nouveau règne. Il se distingua au milieu des païens qui s'adonnaient à l'adoration des faux dieux, et même du roi, pour le berner. Bravant les menaces orgueilleuses, insolentes et iniques des impénitents, ses collaborateurs, la

présence divine en lui a neutralisé la fureur des lions dans la fosse desquelles il fut jeté. Ainsi la confiance du roi Darius en Dieu s'est intensifiée à un point tel qu'il a fait triompher le prophète de ses ennemis.

Comme dans l'empire Babylonien, plusieurs figures illustres dans l'empire Médo-Persan, ont Joué un rôle notoire en relation avec la prophétie. Cyrus dont le comportement a été prédit par Ésaïe, a rendu manifestes les paroles sacrées. (Voir ci-dessous : La Meilleure Nouvelle Jamais Entendue numéro 2). Les stratagèmes employés par le premier ministre Haman pour détruire les juifs, ont échoué à l'avantage de la prophétie. Par l'entremise de Mardochée, homme de Dieu fidèle, et de sa petite cousine Esther devenue reine dans l'empire Persan. Puisque Jésus devait naître parmi les juifs, il a fallu que ce peuple subsiste pour que cette prophétie s'accomplisse dans la suite. Alors, plus tard, Artaxerxès a réalisé totalement le sens de la prophétie à propos du retour du peuple d'Israël de la captivité à Jérusalem.

Les Mèdes et les Perses dont l'empire finit avec Darius III, ont démontré dans leurs activités et tout ce qui s'est passé chez eux, combien la prophétie se réalise avec certitude.

Le troisième empire universel, l'empire Gréco-macédonien, représenté par le ventre et les cuisses d'airain, a existé de l'an
331 à 168 av. J.C.

Les conquêtes d'Alexandre Legrand lui ont fait avoir la prédominance politique. Mais son intempérance l'a détruit dans sa pleine jeunesse. On a fait comprendre que «le héros qui a pu dominer le monde n'a pas pu se dominer lui-même. » N'ayant pas d'enfant, sa chute entraîna une division dans l'empire. Quatre généraux Lysimac, Cassandre, Ptolémée et Séleucus ont dû donc prendre la relève. Ainsi morcelé, l'empire est devenu bien trop boiteux pour subsister très longtemps.

D'autres leur ont succédé et n'ont point arrangé la situation. L'arrogance de certains n'a pas ménagé les juifs. Nous voyons Antiochus Épiphane qui les a déshonorés avec fureur.
Cela fait penser à ce qu'Israël serait s'il avait suivi les prescriptions divines. Nous disons donc :

Tandis que Belschatsar régnait à Babylone,
Que Darius, des Mèdes, portait la couronne,
Qu'Alexandre, des grecs, Occupait le royaume,
Que tous les grands seigneurs, sur le monde, régnaient,
Alors, de son côté, Israël brillerait
Sur toutes les nations du monde enténébré.
Oh ! S'il pouvait garder son prestige sacré !
S'il avait bien veillé sur le trésor confié !
Quel roi, pourrait sur elle, avec autorité,
Peser ses puissants fers, et lui dicter l'erreur ?
Tous lui seraient soumis : Tous les grands empereurs…

Mais, ô honte ! Ô pitié ! Le flambeau très brillant
Que ce peuple portait, où est-il maintenant ?

L'empire universel, représenté par les jambes de fer, de l'an 168 av. J.C. à 476 ap. J.C. a vu le jour avec Gaüs Octavius ou Augustus. En ce temps-là, les hordes grecques furent chassées par les romains qui avaient gagné la bataille à Pydna.

Au temps de l'empire précédent, des gens très agressifs ont voulu
Détruire les juifs ; ainsi la prophétie concernant la naissance de Jésus,
Le Sauveur du monde, ne se réaliserait pas. Au temps des romains,
Une autre tentative tendait à anéantir directement Jésus.
Puisque les mages d'orient, ayant vu une étoile inaccoutumée, ont compris que c'était la réalisation des prédictions de Balaam sur le même thème, ils se sont enquis auprès du roi Hérode. Ce dernier étant informé par les prêtres, de la prophétie regardant Jésus le roi des juifs, a voulu se défaire de lui. Sa réponse aux mages les rassura de ce qu'ils croyaient. Alors à leur tour, ils devaient faire savoir à Hérode, où dans la ville se trouvait le nouveau-né.
Avertis par
Dieu, ils n'ont pas été les dupes d'érode dans son mauvais dessein. Ils poursuivirent leur chemin après avoir trouvé, adoré Jésus et lui faire des présents.
Le massacre de tous les bébés de deux ans ou moins, n'a pas atteint
Jésus dont les parents avaient déjà pris la fuite pour se rendre en

Égypte jusqu'à ce que la fureur soit passée. Plus tard, à la fin du séjour de Jésus sur la terre, les soldats romains avec leur grande férocité, produit du gouvernement de fer, ont maltraité et tué le
Messie sur la demande des pharisiens.

Les chrétiens, eux, ont connu des tracas au temps des Romains. Par exemple, Néron qui faisait la pluie et le beau temps, leur a fait connaître beaucoup de tortures. Un de ses actes malveillants consistait à incendier la ville qu'il voulait reconstruire, et a mis le dégât sur le compte des chrétiens qui furent châtiés. Bientôt, il a dû se rendre lui-même de lieu en lieu pour se cacher et pour se préserver des citoyens en furie contre lui. Mais il a été vaincu.

D'après les prévisions de Jésus, il a prédit que Jérusalem serait
Attaquée par les romains, et que le temple qui fait l'orgueil des juifs, serait alors détruit. Cela arriva en l'an 70 de notre ère. Les juifs attentifs qui suivait les conseils de Jésus, se sont enfuis de la ville, lorsqu'ils ont vu l'armée romaine s'en approcher et reculer soudain de la ville. Les incrédules qui ne prêtaient pas attention à la prophétie, y restèrent. Beaucoup, s'étant réfugiés dans le temple, ont péri dans son incendie. Notons que l'empereur Titus avait donné l'ordre aux soldats de procéder à la dévastation
De la ville sans y inclure le majestueux et superbe temple. Mais les
Soldats furieux et endurcis n'ont pas suivi l'ordre impérial, et ont
Tout dévasté. La prophétie s'est donc réalisée.

Dans une autre période, l'empereur dioclétien a massacré des
Chrétiens En grand nombre. Beaucoup de gens du peuple
Prenaient plaisir à voir périr les chrétiens dans les arènes où des bêtes sauvages affamés trouvaient aisément leur proie.

Les tactiques de l'ennemi contre la piété des chrétiens ont pris
Une autre forme. Au cours des ans, la pure doctrine a été
Modifiée. Des pratiques anti-bibliques ont pollué la religion.
Des païens pouvaient sans effort, s'y adapter. Alors, l'entrée de Constantin lui-même à l'église a appuyé ces modifications.

Son décret anti scripturaire a été accueilli avec avidité. Socialement l'église progressait, mais spirituellement, elle Dégringolait.

Ainsi, on a pu voir dans la suite, à la chute de l'empire romain, que le zèle de la persécution S'était transféré à l'église qui elle-même, persécutait les vrais Chrétiens qui étaient demeurés attachés à la saine doctrine. L'église a pris le maillet dans l'œuvre de la persécution.

L'empire Romain finit enfin avec Flavius Théodorus dont le trône fut divisé entre ses deux fils.

En fin de compte, les hordes barbares ont envahi la monarchie de fer de Rome, ce qui a causé une division dans l'empire, et a fait surgir en Europe, dix groupements, alors, dix royaumes épars : ceux des Alamans, des Francs, des Suèves, des Wisigoths, des
Anglo-Saxons, des Lombards, des Burgondes des Hérules, des Ostrogoths, des Vandales, dont les sept premiers sont devenus les Allemand, les Français, les Portugais, les Espagnols, les Anglais, les Italiens, les Suisses, et les trois derniers, anéantis à cause de leur rébellion à reconnaître que Jésus-Christ est Dieu.
Tandis que les royaumes occidentaux de l'Europe ont continué à subsister, la Rome païenne fut suivie de la Rome papale.

Nous ne sommes donc plus au temps de la tête d'or. Nous ne sommes nullement au temps de la poitrine et les bras d'argent.
Nous ne sommes certainement pas au temps du ventre et des
Cuisses d'airain. Nous ne vivons pas non plus au temps des jambes de fer, car les différents royaumes que ces symboles représentent : Babylone, la Perse, la Grèce, Rome, ont tous disparu en tant qu'empire. Quant à Babylone, seul sa place géographique demeure.

Alors nous sommes au temps des dix orteils de la statue de Daniel 2.

En dépit de leurs visées, presque tous les royaumes de l'Europe
Représentés par les orteils de la statue, ont été transformés en républiques.

Et de même que le fer ne peut s'allier à l'argile, de même les
Royaumes de l'Europe n'ont pas pu s'unir, malgré les multiples
Mariages qui se faisaient entre les différents chefs de ces nations
en vue de pouvoir dominer le monde dans leur union. Bien que la
Plupart de ces rois aient eu entre eux, un lien de parenté, et que la
Reine Victoria fût appelée la Grand-mère de l'Europe, ils n'ont pas pu atteindre cet idéal. Les hommes aiment l'honneur d'une façon si démesurée, qu'ils ne peuvent pas se passer de lutter quand ils pensent que les choses ne vont pas à leur avantage. On encense trop le moi. L'homme est égoïste, et cherche toujours son intérêt personnel au détriment d'autrui. C'est pourquoi ces rois se sont mis à faire la guerre, les uns contre les autres. Mais la guerre ne pouvait leur procurer ni la victoire, ni la paix, et ni le bonheur. La parole de Dieu dit que les hommes "ne connaissent pas le chemin de la paix. L'union n'a donc pas été possible pour les pays de l'Europe afin qu'ils dominent le monde. C'est la prophétie qui s'est accomplie et elle continuera à s'accomplir dans tous ses aspects, jusqu'à ce que Jésus revienne ; car «quand ils diront : Paix et sûreté, une ruine soudaine les surprendra. »

Les dix orteils de la statue du songe ont été informés de toute la culture des quatre empires passés. Le plus souvent, la même tendance des chefs passés les a influencés et les a animés.

Conquérir, gouverner le monde, tel était leur but ultime.
Par exemple :
Charlemagne, malgré les multiples victoires de ses armées,
N'a pas pu conquérir le monde.

Charles-Quaint a essayé d'agir contrairement à ce que dit la Prophétie ; mais la nature elle-même a déjoué ses plans.

L'empereur Français Napoléon Bonaparte a dit : "Dans cinq ans,
Je dominerai le monde."

Napoléon n'a pas manqué de dire encore : "Je voulais trouver un système Européen, un code de loi européen, une cour d'appels ;
Il n'y aurait qu'un peuple à travers l'Europe…L'Europe serait devenu bientôt une nation." Watchman, August 1941.
Oui, Bonaparte a voulu étendre sa domination non seulement en Europe,
Mais dans d'autres parties du monde. Si tous les pays de l'Europe étaient unis, il lui serait très facile de pouvoir dominer le monde. Malgré toutes ses conquêtes, de simples facteurs ont contribué à sa défaite.

Alors que ce Napoléon faisait de rapides conquêtes, il ne lui restait que peu de chose pour réaliser son rêve. Ayant averti le dirigeant de Waterloo qu'il allait marcher contre son pays pour le combattre, ce dirigeant lui a fait dire : « L'homme propose, Dieu dispose ». Il a répondu : « C'est moi qui propose ; c'est moi qui dispose ». Il a montré une arrogance outrée dans sa déclaration.

Pendant qu'il se dirigeait vers Waterloo, Dieu a fait surgir sur lui un flot de neige tellement surprenant et extraordinaire, qu'il a dû rebrousser chemin. Son plan a été déjoué. Et bientôt après, il fut subjugué par l'ennemi et déporté à Sainte Hélène où avant sa ruine, il a connu les rigueurs de la chaleur.

On peut trouver ce qui suit dans notre ouvrage Solution Unique :

…

Bonaparte, en ce cas, jeta le désarroi
Dans les cœurs abattus. L'avenir lui parla
Quand plus tard, la justice ordonnait : Halte-là !
Il se vit à son tour, dans de grands embarras.
Ce qu'on aura semé, on le moissonnera !"
Surtout, lorsqu'opiniâtre, on s'abstient de conseils
Et de la Providence, et des gens en éveil,
Ne faisant qu'à sa tête, écœurant tant de gens,
Oubliant le futur, grand écho du présent.

…

Ce chef et ses suppôts, assoiffés de conquêtes,
Ravagèrent partout, se mirent en vedette,
Visant à l'ascendance sur le monde entier,
Défiant, du Tout-Puissant, les oracles sacrés.
C'était dur de vouloir contrecarrer le plan

Élaboré par Dieu qui prévoit tous les temps.
C'est donc, avec raison, que se sentant ému,
Il s'exclama : "Dieu-Tout-Puissant, tu m'as vaincu
». …

Arnold a dit dans ses conférences sur l'Histoire Moderne : "La délivrance de l'Europe de la domination de Napoléon n'était affectée ni par la Russie, ni par l'Allemagne, ni par l'Angleterre, mais par la main de Dieu." (Lectures on Modern History)

Adolphe Hitler lui-même, de la Germanie, osa dire : « Je fonderai un empire qui Durera mille ans. »

Ce même Hitler encore, à propos de la deuxième guerre mondiale, a osé dire : "A mon peuple : Nous n'avons rien besoin de Dieu Nous ne lui demandons rien, excepté qu'il nous laisse tranquilles. Nous voulons faire notre propre guerre avec nos propres fusils sans Dieu. Nous voulons gagner notre victoire sans l'aide de Dieu." (Hitler's Proclamation in March 1941.) On pense qu'Hitler aurait même voulu que D'après eux, la prophétie concernant le dernier empire universel qui sera fondé par Jésus-Christ, devrait être éliminée.

Récemment, des gens ont fait de leur mieux pour que les nations puissent s'unir et avoir ce qu'ils appellent "one world order" L'ordre d'un seul monde". Dans cet esprit, pendant que l'on parlait de l'intention de l'ex président Bush à la radio concernant la guerre qui devait avoir lieu à Kuwait, quelqu'un prenant la parole sur les ondes, a dit : « Si l'on veut que la guerre se fasse, « the one world order will become a one world disorder ", ce qui veut dire : l'ordre d'un seul monde deviendra le désordre d'un seul monde. »

Ce serait bien qu'on puisse s'unir dans l'amour, et procurer la paix et le bonheur à l'humanité. Mais Dieu a prévu que les homes ne voudraient pas rechercher l'union dans la paix, et que seul son empire apportera le bonheur.
Ses prophéties bibliques sont alors faites en ce sens.

Concernant des hommes réfractaires, on peut lire ce qui suit dans la Meilleure Nouvelle jamais entendue :

Ceux qui osèrent donc vouloir contrecarrer

Le plan du Tout-Puissant clairement déclaré,
Avec précision dans sa sainte parole
Qui doit être pour tous un phare, une boussole,
Et tous ceux qui voulurent vaincre l'Éternel
En visant un cinquième empire universel
Qu'ils fonderaient alors par leur propre puissance
Acquise par l'effort ou par des alliances,
Tous ceux-là ont été eux-mêmes confondus,
Et par le Tout-Puissant, totalement vaincus.
L'histoire donc confirme avec beaucoup d'éclat
Que l'Écriture sainte pour toujours, primera.
La parole de Dieu luit par la prophétie
Qui dévoile sans cesse sa suprématie.

Si nous étudions la prophétie Du livre de Daniel au chapitre 7,
Nous aurons plus de détail concernant l'avenir du monde.
La prophétie de Daniel 2,
Elle-même, À part la dernière partie qui indique la future domination de Jésus,
Met de l'emphase surtout sur le côté politique de l'histoire du monde.
Tandis Que Daniel embrasse les deux aspects : politique et religieux, Toutefois, ces deux prophéties soulignent comment Dieu lui-même perce ce qui paraît être un mystère pour les hommes.

Nous constatons que l'itinéraire tracé par la prophétie est compatible
Avec les faits historiques.

D'après Daniel 2 et les faits de l'histoire du monde, nous vivons encore au temps des orteils qui resteront jusqu'au Retour de Jésus, le noble conquérant de notre monde.

Plusieurs grands ont joué leur dernière carte pour pouvoir devenir chacun, le chef suprême du monde. Mais ils ont failli. Leurs échecs sont la preuve flagrante que la parole de Dieu est certaine et véritable.

Bientôt, le royaume de Dieu s'établira sur la terre. Ce sera le Dernier empire mondial qui apportera paix et bonheur à tout le genre humain.

Soupirons-nous tous après l'établissement de ce royaume où nous n'aurons plus à connaître l'injustice des impies, la faim, la soif, la maladie, la misère, l'anxiété, de courts moments de joies mêlées de contrariétés et de douleurs ?

Allons-nous tous avec ardeur, comme dans l'oraison dominicale,
Nous exclamer : "Que ton règne vienne !"

Veuillez méditer sur les paroles suivantes du poème que j'ai composé après mes réflexions sur la condition de notre monde :

LE SENTIER DU BONHEUR

Vois-tu chez les nations cette lutte incessante,
Ces combats sans merci, ces clameurs angoissantes,
Luttes à l'intérieur, luttes à l'extérieur,
Pollution des cœurs, pollution des meurs
Et de chaque élément de notre pauvre terre ?
Ce spectacle navrant ne peut que te déplaire.

Vois-tu l'individu, qui, dans son égoïsme,
Son orgueil trop osé, va jusqu'au barbarisme ?
Il l'étale bien sûr, au sein de son foyer
Qui en est affecté. Vois-tu la société
Qui n'est que le reflet de diverses familles
Où l'amour leur manquant, tous les vices fourmillent ?

Si le rouge et le blanc, le noir comme le jaune,
Si le pauvre engourdi qui attend une aumône,
Si le riche qui, lui, de biens, fait des amas,
Si cette nation-ci, si cette nation-là,
Si tous considéraient avec intelligence,
L'amour, chef des vertus, la paix serait immense.

Expérimentes-tu les astuces des hommes,
Des soucis persistants, des tourments, une somme
Innombrable et croissante ? Éprouves-tu des fois,
Du chagrin, du dégoût des choses d'ici-bas ?
Soupires-tu alors avec impatience,
Après un temps de paix, un temps de délivrance ?

Il faut qu'incessamment, ce tableau disparaisse

Et qu'un héros de prix vienne régner sans cesse.
Qui donc peut librement, agir et mettre un frein
Aux cuisantes douleurs de tout le genre humain ?
- C'est moi, c'est le martyr de la croix du Calvaire.
Je mourus et revis pour chasser ta misère.

Mais pour que les sueurs qui, sur moi, ruisselèrent
Et tous les flots de sang qui, sur la croix, coulèrent
De mon flanc, de mes mains et de mes pieds meurtris,
Te procurent la vie, et ainsi, un abri
Contre la destruction de ce monde infidèle,
Il te faut me laisser gagner ton cœur rebelle.

Alors que maintenant, comme Avocat, je plaide
Lorsque l'on vient, confus, solliciter mon aide,
Viens donc serrer les rangs près de tous mes clients
Desquels je ne réclame ni or, ni argents,
Mais le cœur tel qu'il est, pour que, sans aucun doute,
L'iniquité cruelle, hideuse y soit absoute !

AH ! Que nul quel qu'il soit, n'intercepte la grâce
Que pourvoit mon amour que jamais rien ne lasse
De te convier toujours à l'entente avec moi !
Réfléchis et agis ! Car bientôt, sans mon bras
Propice maintenant, qui te sert de refuge,
Chacun comparaîtra devant le juste Juge.

Ceux dont l'indifférence entrave la conscience
Qui, soumise à autrui, vivent dans l'ignorance,
Ne se souciant jamais de mon amour bien doux,
Non plus de leur devoir, verront tout mon courroux
Se déferler sur eux, car je deviendrai Juge.
La ruine arrivera comme au temps du déluge.

Mais je ne voudrais pas te voir périr, mon frère.
Je te conjure alors, d'accepter la lumière.
Quand l'insensé voudra suggérer ses méfaits
A ton esprit troublé, rumine le secret,
Je te le dis, ami, qui mène à la victoire :
L'amour, rien que l'amour, c'est ce que tu dois croire.

Si tu es incompris, garde ton équilibre.
Pour faire ton devoir, sache que tu es libre.

Et les fruits les meilleurs, sont tous ceux de l'amour,
Résistant aux tracas, subsistant à toujours.
Cette règle infaillible, si tu veux la suivre,
Aux finales douleurs, tu te verras survivre.

Oui, pense, pense encore à la future vie
Que ne connaîtront seuls tous les êtres qui plient
Sous mes ordres bénis. Je viens, je viens bientôt
Et réserve aux humains, la douceur, le repos.
Fuis donc l'égarement ! Et marche dans la voie
Que moi-même, je trace pour ta douce joie.

En guise de tes pleurs, je t'offre l'allégresse.
L'indigence fera donc place à la richesse ;
L'inquiétude, à la paix ; les maux, à la santé ;
Cette vie éphémère, à l'immortalité.
Alors, avec splendeur, d'une clarté sans voile,
Tu brilleras toujours, ainsi que les étoiles.

Je t'ouvre le sentier du bonheur infini.
Entres-y sans tarder ! Et accepte aujourd'hui
Ma grâce, mon amour ; puis décèle à tes frères
Ce trésor sans égal et extraordinaire !
O viens, oui, à l'instant ! Je serai chaque jour
Ton guide, ton soutien jusques à mon retour.

L'auteur

LA MEILLEURE NOUVELLE JAMAIS ENTENDUE (numéro 3)

Le royaume de paix, le royaume éternel
Voilà ce que jadis, Jéhovah aux mortels
A promis de donner pour leur parfait bonheur.
Ceux donc qui par la foi, ont placé tous leurs cœurs
En la sainte promesse, et ont mené la vie
Requise par le Roi, verront cette patrie.
Après avoir lutté, remporté la victoire,
Ils verront de leurs maux, s'effacer la mémoire.
Le royaume de Dieu, le royaume d'amour,
C'est ce que les prophètes ont prêché tour à tour.
Daniel, dans sa vision, a remarqué la pierre
Que Nebucadnetsar empereur de la terre
A préalablement contemplée en son songe
Concernant l'avenir de ce monde éphémère.
Et le jeune captif découvrit le mystère.
Le contact avec Dieu illumina Daniel.
Il fut plein de vigueur, mais loin d'être charnel,
Ses régimes de choix sous l'angle alimentaire,
L'avait prédisposé à hausser la bannière
De la pure sagesse, don très essentiel
Qui, sans altération, lui vint tout droit du ciel.
Il dit au grand monarque le songe oublié
Que les grands de la cour ne purent déceler,
Voire l'interpréter pour éclairer le roi
Qui, sans penser à Dieu, établissait ses lois.
Une statue spéciale, et à taille géante,
Comportant des fractions tout à fait imposantes,
La tête faite d'or, tout pur et très luisant,
La poitrine et les bras eux, fabriqués d'argent,
Et, poursuivit Daniel d'un ton bien animé :
Puis le ventre et les cuisses nettement formés
De ce métal : l'airain, à son tour, attaché
Aux deux jambes de fer précédent les deux pieds
Constitués clairement et de fer et d'argile :
Cette statue immense se montra fragile
Quand de loin, une pierre par aucune main,
Sur elle fut lancée et l'abattit soudain.
Ainsi, l'airain, l'argent, l'or, l'argile et le fer
Furent brisés d'un coup, et aussitôt dans l'air,
Leurs ruines par le vent, se dissipèrent toutes.
Alors, le roi anxieux, était bien à l'écoute.

Puis Daniel ajouta : la pierre qui avait mystérieusement renversée d'un seul trait
La terrible statue en frappant ses orteils,
Devint une montagne énorme et sans pareil
Qui remplit aussitôt la terre toute entière.
Voici le songe, enfin. Nulle parole altière
Ne venait de son cœur ; car lui, frère Daniel,
Ne voulait que prôner le nom de l'Eternel
De qui vint sa sagesse et son intelligence.
En présence du roi, dit-il, plein d'assurance,
Nous allons maintenant, donner l'explication :
O roi, continua-t-il, sans nulle interruption,
Tu es le roi des rois, car le Dieu des cieux
T'a fait don de l'empire ; et c'est ce même Dieu
Qui généreusement t'a donné la puissance,
La force et puis la gloire ; oui, la prédominance
Sur les êtres humains, les animaux des champs
Et les oiseaux du ciel, du levant au couchant,
Partout en ces bas lieux. Sache-le donc, ô roi :
Tu es la tête d'or. Après toi surgira
Un royaume d'argent, bien moindre que le tien ;
Après quoi, un troisième qui sera d'airain ;
Enfin, un quatrième, fort comme le fer,
Qui brisera, rompra tout sous ses coups amers.
Les pieds et les orteils, tu les as vus bien clair,
En portion d'argile et en portion de fer ;
Ainsi donc ce royaume sera divisé.
Mais en lui, se tiendra quelque chose marqué
De la force du fer, parce que tu as vu
Le fer, métal très dur, mêlé comme il a pu
Avec cet élément : l'argile du potier.
La force et la faiblesse, deux types opposés !
La représentation du fer et de l'argile
Explique justement combien sera fragile
Ce royaume forgé, et comment ses leaders
Se mêleront alors, recherchant sa splendeur
Par leurs propres moyens, les alliances humaines.
Mais ils ne seront point, déclaration certaine,
Réellement unis, de même que jamais,
L'argile avec le fer ne peuvent, tu le sais,
L'un à l'autre, s'allier. Dans le temps de ces rois,
Lui, le Dieu des cieux, lui seul suscitera
Un royaume parfait qui durera toujours ;
Et ne passera point - car il est fait d'amour - -
Sous la domination d'aucun peuple ici-bas.
Il brisera ainsi, et anéantira

Les royaumes d'orgueil, et il subsistera,
Lui, éternellement. Voilà bien ce qu'indique
La pierre de ton songe spécial, symbolique.
Oui, cette unique pierre que toi tu as vue
Venir de la montagne par-dessus les rues,
Et déchirer les airs sans être projetée
Par nulle main, et qui alors, très décidée,
A brisé tout à fait, le fer, l'airain, l'argile
Comme l'argent et l'or. Le roi resta tranquille.

Daniel lui, a conclu : Le Dieu grand, omniscient
A fait connaître au roi le mystère des temps.
Le songe est véritable et l'interprétation
En est franche et parfaite. Divine compassion !
Oh ! Le secret donné ! Oh ! Le songe expliqué !
Tout était pour le roi important et sacré.
Ce païen, lui aussi, reçut comme tout juif,
L'avantage éternel d'être à Dieu, attentif.
Et au lieu de s'aigrir comme tout insensé,
Qui ne peut digérer la sainte vérité,
Nabuchodonosor se jeta sur sa face,
Et au Seigneur des cieux, s'est plu à rendre grâce.
En vérité, dit-il, ton Dieu est le vrai Dieu
Et le Seigneur des rois. De plus, ce qui m'émeut,
C'est qu'il sait révéler les secrets, les mystères
Que ne peut point percer ici, sur cette terre,
Aucun être doté de la plus haute science.
Daniel fit éclater du Seigneur la puissance.
Ce messager de Dieu a su avec aisance,
Ruiner l'opacité qui était très intense
Entre les derniers temps et les siècles d'alors.
Le roi, bien renseigné de ce monde, le sort,
Plaça donc tout son cœur dans la belle espérance.

Il comprit aussitôt, de Dieu, sa dépendance ;
D'où le devoir pour lui de l'aimer, l'adorer.
Exemple parfumé ! Puisse-t-il embaumer
Tous les chefs des nations et tous les citoyens
Qui de leur Créateur recevront les vrais biens
Procurant du salut, la pure connaissance !
Encore prosterné, lui, avec révérence
Devant son serviteur, en oubliant son titre,
Content, puisque Daniel constituait une vitre
Qui laissa traverser les rayons de l'espoir
Illuminant le cœur où tout était tout noir,
Le roi a dû ainsi, en cette occasion,

Heure très solennelle où tout était profond,
Contempler le spectacle le plus terrifiant
Et aussi le plus beau, auquel en aucun temps,
Personne en aucun lieu, n'a jamais assisté,
Excepté les prophètes qui l'ont témoigné.
Le roi a vu le film d'une scène à venir,
Qui dans l'éternité, oh ! Se fera sentir :
L'avènement glorieux, éclatant de celui
Qui est venu chez nous humblement et sans bruit,
Mais confondra bientôt, par sa magnificence,
Les méchants pratiquant la désobéissance.
Au milieu des myriades d'anges, ses milices,
Il vient donc pour juger le monde avec justice.
Et des rois de la terre, à lui se soumettront
Pour jouir pleinement des multiples rayons
De la clarté divine avec tous ses appâts.
Le roi reconnaissant, oh ! Ensuite éleva
Daniel au plus haut rang parmi tous les savants.
Sa consécration le rendit triomphant.
Ce jeune homme établi chef suprême des sages
Et aussi intendant, reçu de grands hommages.
Mais il pria le roi de donner l'intendance
De la Fière cité, siège de l'opulence
A ses trois compagnons : Hanania, Mischaël
Et aussi Azaria qui de par l'Eternel,
Brilleraient à leur poste, en montrant chaque jour,
Le chemin de la foi, l'espérance et l'amour.
Puis, bientôt converti après ses expériences,
Le roi devint aussi, sans nulle résistance,
Un grand prédicateur de la bonne nouvelle,
La meilleure qui soit, où la paix étincelle.

Joie ! Joie ! Joie !
Bonne nouvelle ! Bonne nouvelle !

(Tiré de la Meilleure Nouvelle jamais
Entendue du même auteur.)

LA MEILLEURE NOUVELLE JAMAIS ENTENDUE
numéro 6

Écoutez ! Écoutez ! Que chaque homme le sache !

Un projet est formé ! Et que nul ne le cache
Quand il en aura vu la beauté ineffable,
La portée infinie aussi bien qu'indéniable !
C'est le plan d'apporter un remède à la terre
Qui chancelle, étourdie, en sa douleur amère.
Or, puisqu'uniquement, l'amour est le remède
Qui efface les maux de chaque homme qui cède
Son cœur A son Auteur en lui obéissant,
Reconnaissant ainsi qu'il le prit du néant,
Un royaume d'amour est offert librement
A chaque être ici-bas, sans distinction de rang ;
Un royaume où jamais, l'angoisse et l'inquiétude
Ne pourront militer contre la multitude.
Quel heureux privilège que d'être un citoyen
De ce parfait empire qui sera sans fin !
Cette nouvelle, alors, cette bonne nouvelle
Unique dans son genre, est la plus essentielle.
Des rois l'ont entendue à travers tous les âges ;
Et puisque du commun, l'erreur est l'apanage,
Certains d'entre eux, épris par le train de ce monde
Où tous les faux plaisirs, les illusions abondent,
N'ont pas su appliquer leurs cœurs à la sagesse
Pour recevoir du ciel, ses précieuses largesses.
Ils n'ont point fait d'efforts afin d'envisager
Les aimables conseils des divins messagers.
Mais le cœur de plusieurs grands rois universels,
A pu, du Roi des rois, devenir un autel.
Nabuchodonosor, en son royaume d'or,
Marqué par sa grandeur, ses précieux trésors,
La rare intelligence de son entourage
Qui passa aux savants un bien bel héritage
Dans l'œuvre de sonder et l'espace, et les cieux
Capable de prouver la puissance de Dieu,
Rejeta son orgueil, saisit l'humilité.
Il se sentit tout fier d'être le serviteur
Du Dieu dont le royaume apporte le bonheur.
O chefs du présent siècle, écoutez, maintenant
Ce monarque vaillant, puissant, intelligent,
Qui fit connaître aux hommes de toute la terre
La justice de Dieu, notre céleste Père.
Son règne, dit le roi, est un règne éternel ;
Sa domination, son pouvoir en sont tells.
Puis certains souverains de l'empire d'argent
Éveillèrent l'esprit, la raison de leurs gens
Par leur décret prônant l'ordre du Tout-Puissant,
Et le respect que tous lui doivent en tout temps.

Nous y retrouvons donc, la main de Darius
Et celle de Cyrus, aussi bien qu'Assuérus.
Cent cinquante ans plus tôt, Cyrus fut dénommé
Par le suprême Chef, son "oint et son berger".
Ainsi, il se montra sérieux dans ses vertus
Comme Dieu l'avait dit, car il l'avait prévu.
Oh ! De multiples grands se sont subordonnés
Humblement à celui qui offre à tous la clé
De la porte spéciale de cette cité
Que rien, rien ici-bas, ne saurait égaler.
O pays merveilleux ! O cadre indescriptible !
O séjour bienheureux O joie inextinguible !
Seulement sa lueur apaise la douleur,
Enfante l'espérance et la paix dans le cœur.
Quelle sagacité et quel tangible zèle
Chez ceux qui ont choisi cette vie nouvelle !
Découvrant des plaisirs, les prétendus délices
Où l'ennemi furieux, tout rempli de malice,
Se dissimule bien, jusque dans les coulisses ;
Ils s'en sont abstenus par de grands sacrifices.
Ils savent que jamais, nul œil n'a vu les choses
Qui forment la promesse où leur foi se repose.
Et quant à les ouïr, même les concevoir,
À aucun humain, cela ne saurait seoir.
Des saints homes de Dieu, dans leurs élans pieux,
Dans leurs ravissements jusqu'au trône des cieux,
N'ont pu voir que ce qui compose le prélude,
Faible aspect du bonheur que dans sa plénitude,
Tous les hommes loyaux goûteront avec joie.
Leurs vertus, du péché, ne seront plus la proie.
Constatant tout le luxe des grands édifices,
Et convaincus aussi de leur pur artifice,
Ils ont fixé leurs cœurs sur le suprême but :
Le royaume de Dieu réservé aux élus.

Bonheur ! Bonheur ! Bonheur !

(Tiré de La Meilleure Nouvelle
Jamais Entendue du même auteur.)

BLACK-OUT

(Ancienne version)

Quel spectacle navrant, offre le voile épais,
Ce voile épais très noir qui s'étend sans délai
Sur New York, ville active où s'exercent sans cesse
Des labeurs en grand nombre, et de plusieurs espèces
!
Où des courants rapides de désinvolture
Dégradent sans arrêt, de Dieu, les créatures !
Point d'électricité ! Soudain elle s'enfuit.
Soudain, de son absence, on aperçoit les fruits.
Alors les appareils électro-domestiques
Et tout ce qu'alimente la force électrique
Provenant de la source qui leur est commune,
Sont devenus sans vie en cette heure importune.
Que de pertes, hélas ! On se voit accepter
Ce que d'aucune main, on ne peut repousser.
Horreur ! Pas de clarté ! Et beaucoup de piétons
S'acheminent inquiets vers leurs tristes maisons.
Cyclistes et chauffeurs, eux tous vont à tâtons.
Et pour se dégager, klaxonnent sans façon.
Qu'il s'agisse d'orage ou bien de sabotage,
Ce grand coup est l'objet de très sérieux ravages.
O promesse illusoire ! O promesse incertaine
De l'homme en déviation de l'immense Fontaine !

Mil neuf cent soixante-cinq instruisit des années.
Hélas ! Soixante-dix-sept rompt, elle, la lignée.
Si la Con Edison, dans son très dur labeur,
N'a pas pu prévenir les causes du malheur,
C'est qu'encore une fois, la science se révèle
Imparfaite sans Dieu, la Source universelle.
Le moment est ardu. O tristesse ! O terreur !
La foule expérimente une double noirceur :
De l'électricité, la dure privation ;
De Jésus le Sauveur, le mépris du pardon.
Oh ! Noirceur dans le cœur ! Noirceur dans l'atmosphère !
Quand s'en plaignent les bons, les méchants s'y adhèrent.
La noirceur est un masque apte à dissimuler
Les coupables actions des êtres dévoyés.

Méditons maintenant. Comme des volontaires
Qui dans cette noirceur, soulagent la misère
De plusieurs égarés, évitant les assauts
Aux chauffeurs très tendus, leur faisant des signaux
Avec leur lampe en main ; comme ces volontaires,
Allons-nous, nous chrétiens, faire ce qui peut plaire
A notre Rédempteur ? Allons-nous détourner
Du chemin désastreux, les cœurs enténébrés ?
Allons-nous publier que le jour terrifiant
Approche sûrement, et que décidément,
Ténèbres et brouillards s'étendront sur la terre
Où seuls les hommes saints seront dans la lumière,
Cette double lumière embrassant leur esprit,
Enveloppant leur corps, au Créateur soumis ?

Si chez les Egyptiens, la noirceur était dense,
Si Gossen en leur sein, brilla avec puissance,
Ce que Dieu a prédit pour son jour qui arrive
Se fera sans que rien ne reste à la dérive.
Mil sept cent quatre-vingt, plus tard, en Amérique,
A vu le jour obscur, autre preuve authentique
Que chaque prédiction provenant de la bible,
S'accomplit nettement d'une façon tangible.
Quel astronome a pu, avec son appareil
Découvrir le secret que garda le soleil ?
Oui, lorsque le black-out provient du doigt de Dieu,
Qui peut en échapper ? Aucun astre des cieux
Ne saurait se montrer ni le jour, ni la nuit,
Exécutant du Maître, un plan bien établi.
Bientôt, subitement, arrivera la fin.
L'entêtement humain sera à son déclin.
Ah ! En vain, voudra-t-on marcher pour réagir ;
En vain, cherchera-t-on la clarté pour s'enfuir ;
Car sous aucun aspect, l'énergie électrique
Ne pourra modifier l'évènement tragique.

Mais la scène à New York et dans tous ses faubourgs
N'est qu'une simple alarme annonçant le Grand Jour.
Quelques rares maisons sont bien illuminées.
Ainsi, moins surprenant, leur est l'adversité.

Avons-nous, nous chrétiens, réservé un surcroît
De force spirituelle, en enchaînant le moi,

Pour laisser en nos cœurs grandir Christ, la lumière
Qui ne s'éteint jamais ? Cette Source première,
Jaillit-elle en chaque âme ? Individuellement,
On doit la recevoir. Lorsque directement,
Se fait la connexion, on est sûr de pouvoir
Briller à tout moment. Lorsque viendra le soir
De ce monde méchant, Lorsque la liberté
Nous sera enlevée, et que la vérité
Ne pourra prendre pied, lorsque l'adoration
Ne sera plus commune en aucune région,
Que le chant, la prière, en aucune occasion,
Ne se feront en chœur; que l'église en action,
Sera éparpillée, et qu'aucun, en ce cas,
Ne dira plus : Courage ! à son frère très las;
Alors, débordera le puissant réservoir
Qu'on aura bien tenu dans son heureux manoir.

Ainsi, comme un flambeau, se tiendra chaque élu,
Pour braver la noirceur, et luire avec Jésus.
Il le fera partir pour un monde meilleur
Où toujours la clarté luira avec ardeur.

(Facultatif)

À bas cette noirceur qui produit la misère
Et vive la lumière! Lumière! Oui, Lumière!
Lumière!

L'auteur

LES FUTURS ASTRONAUTES

Ici, ce sont les fleurs qui ornent les parterres ;
Et ce sont les métaux, ce sont toutes les pierres ;
Ce sont aussi les fruits qui charment les vergers ;
Et c'est l'air, et c'est l'eau, trésors illimités ;
C'est la verdure aussi qui réjouit les jardins ;
Et ce sont les oiseaux qui chantent leurs refrains ;
Ce sont les animaux, les êtres qui se meuvent ;
Et ce sont les ruisseaux, et ce sont tous les fleuves ;

Ce sont les océans que peuplent les poissons
Et ce sont tous les monts, et ce sont les vallons.
Au loin, c'est la forêt aux multiples tanières ;
Là-bas, c'est le désert qui reste solitaire.
Plus haut, c'est le soleil qui fournit la lumière
Qu'emprunte notre lune, elle aussi qui éclaire ;
Puis Mars, puis Jupiter avec leurs luminaires,
Et les planètes sœurs, du système solaire.
Plus haut, et bien plus haut : Des constellations !
Ce sont tous ces beaux corps qui, d'après la saison,
Se montrent dans l'espace aux points appropriés.
Oh ! L'Architecte est grand, qui fit l'immensité !
La trigonométrie et la géométrie,
Dans leurs aspects divers, en lui, sont réunies.
Allant encore plus loin, bien loin vers l'infini,
Où, de ce même auteur, la forte main agit,
Ce n'est plus le Bouvier, ce n'est plus l'Eridan,
Ce n'est plus le Cocher, ce n'est plus le Sextant ;
Et rien de ce qu'on voit à l'hémisphère austral,
Pas plus ce qu'offre aux yeux, tout le ciel boréal.
Ce n'est plus Cassiopée, et ce n'est plus Grand
Chien ;
Car la voie Lactée, on la laisse bien loin.
Et ce n'est plus Balance, et ce n'est plus Poissons,
Ce n'est plus Sagittaire et ce n'est plus Lion,
Ce n'est plus Capricorne, et ce n'est plus Gémeaux,
Tout naturellement, ce n'est plus le Verseau
Que prônent ses amants magnifiant son âge
Etabli maintenant d'après le décalage
Que, de notre planète, la précession
A très certainement fait avec précision,
Dans les signes connus comme ceux du Zodiaque.
Ce n'est nul de ces signes qui devant l'opaque
Horizon de l'optique de l'homme apparait,
Et que leur guide seul, fait suivre les trajets.
Ce sont des univers inouïs, constellés,
Se perdant en grand nombre dans l'immensité
Où, ces astres divers, ces systèmes solaires,
Ces constellations ces univers austères
Oh ! D'une vie humaine, mettent la durée
Pour lancer leurs rayons sur la terre éloignée
Vers laquelle, des fois, certains rayons voyagent
Pour arriver, bien sûr, et cela, sans ambages,
Après un très long temps, après des centenaires ;
Et aussi bien, plus tard : après des millénaires,
Marquant de l'architecte une science infinie,

Distante de la nôtre encore rabougrie.
Et, plus rapide enfin que ne l'est la lumière,
Tel le fut Gabriel qui, lors de la prière
De Daniel, descendit pour le rassurer bien,
Qu'à sa voix, il partit de là-haut et lui vint,
Les futurs astronautes, au moment marqué,
En feront tous autant par leur propriété.
Le Dieu de l'univers la leur accordera ;
O joie ! en un clin d'œil, il les transformera.
De la physiologie et la biologie,
Le puissant Maître, il est ; car de lui vient la vie.
La physique est de lui, et la chimie aussi ;
Leurs principes variés, de son sein ont jailli.
De l'Esprit, la victoire, aura dans notre corps
Sa répercussion. Par conséquent, fluor,
Oxygène et calcium, fer, hydrogène et chlore,
Carbone et potassium, Nitrogène et phosphore,
Puis soufre et magnésium, eux tous, dans l'organisme,
Seront modifiés en leur métabolisme.
L'esprit graduellement se renouvelle en nous,
Contrairement au corps qui le sera d'un coup.
Si dans une prison, le corps est enfermé,
La pensée à son tour, ne saurait demeurer
Confinée en ce sens ; elle est une puissance
Capable de percer les murs les plus immenses
Pour aller où il veut, et même jusqu'au ciel,
Comme Paul l'a vécu après des temps de fiel.
Notre corps est borné ; notre esprit ne l'est pas
Quand il vise bien haut. Et quand il atteindra
Le sommet idéal, la gênante partie
De notre être initial sera évanouie.
C'est comme la chenille en sa métamorphose
Qui la rend bien nouvelle et apte à autres choses.
C'est comme la chenille, qui, lorsqu'elle est prête,
Devient un papillon aux ailes très coquettes.
De là où elle rampait, elle fait son ascension ;
Cette preuve tangible éclaire la raison.
Le sommet idéal, c'est Dieu le Créateur
Qui aimante celui qui lui offre son cœur.
Mais ceci resterait pour toujours engourdi
S'il se tournait plutôt vers ce monde obscurci.
Le Maître, il est puissant ; Il conduit qui le veut.
Il le mène très haut, et toujours pour le mieux.
Et l'art de conquérir, sans se faire un tyran,
Caractérise bien, son pouvoir tout-puissant.

Notre vie sera comme celle des anges
Dit Jésus-Christ à l'homme encore dans la fange.
L'ange, on ne peut le voir, car son corps est céleste.
Il nous est différent, et ses vertus l'attestent.
Contraires sont les corps ; mais commun est l'esprit
Qui en l'ange et en l'homme, en tout instant, agit.
Deux portions d'hydrogène et une d'oxygène
Donnent l'eau qu'on peut voir couler de la fontaine.
Une portion d'azote et quatre d'oxygène
Donnent l'air invisible. Ainsi la bonne aubaine
Qu'offre l'esprit commun aux anges et à nous,
Est à considérer, tous les jours, jusqu'au bout.
Deux hommes sont en nous : Un homme spirituel
Qui fait face toujours à un homme charnel.
Chacun d'eux est fonction de nos aspirations :
Des mobiles divers qui causent nos passions.
Oui, l'un est élevé, quand l'autre ne l'est pas,
Pour porter au bonheur, ou conduire au trépas.

Les justes, ce sont eux, les futurs astronautes,
De futurs conquérants, exempts de toutes fautes.
Ils auront pour fusée, un solide assemblage.
D'humilité, d'amour faisant d'eux tous des sages
Qui du grand scientifique, ont avec assurance,
Commandé des habits faits pour la circonstance.
L'homme, quel qu'il soit, ne pourra en acheter
Qu'en échange d'un cœur vraiment sanctifié.
Tout ce qui est terrestre et aussi animal
Ne pourra subsister ; tout ce qui sent le mal,
Qui frise le péché, ne pourra résister.
L'argent ne sera donc d'aucune utilité.
Seuls les princes pourront, dans le vaisseau spatial,
S'embarquer librement loin des forces du mal.
Allez-vous, dans ce rang, avant qu'il soit trop tard,
Vous placer promptement, sans vous vouer au hasard ?
Allez-vous donc, ami, recevoir aujourd'hui,
La haute dignité offerte au peuple acquis,
Pour que, cohéritiers avec le Fils du Roi,
Vous ayez des richesses, des richesses de poids ?
De la terre à l'espace, à l'espace infini,
Mieux que les papillons, car de l'Esprit, muni,
Car d'un corps spirituel, pouvant franchir les airs,
Car d'un corps transformé, dépouillé de la chair,
Et du sang corrompu où par hérédité,

Où naturellement, circule du péché,
Le germe destructeur ; car d'un céleste corps
Nous serons tous dotés, et prendrons notre essor.
Et l'âge de l'espace portera donc son nom,
Avec les conquérants provenus des nations ;
Et réunis eux tous, tableau spectaculaire !
Eux, vrais intelligents, élite de la terre,
Pénétreront joyeux, des mondes merveilleux,
Pour jouir des résultats de leur choix judicieux,
Après avoir lutté à travers tous les temps,
En compagnie de Christ, leur solide garant.
Quelle belle entreprise pour tous ces esprits mûrs !
Oui, l'âge de l'espace arrivera bien sûr
À un degré unique, à son vrai apogée,
Par l'exploit des élus rencontrant leur visée.

Exploit ! Exploit ! Exploit !

L'auteur

&&&&&&&&&&&

Table Des Illustrations

Alors, ces leçons destinées à la jeunesse, serviront d'aide également aux parents, aux éducateurs, et à d'autres individus, dans une large mesure.

Cette pièce théâtrale, l'un des multiples autres de Myrtha, parle ardemment au cœur de la jeunesse.

Le père de deux fils était heureux jusqu'au moment où le cadet a pris la détermination de partir, réclamant la portion de ses biens. Ce père riche a cédé au désir de son fils. L'absence de ce fils l'a rendu toujours profondément triste.

Son souhait s'est réalisé. Le retour de ce fils cadet, le prodigue, après avoir gaspillé tous ses biens et a connu beaucoup d'humiliation, s'est repenti, et est entré dans la bonne grâce du père. Cet accueil bienveillant, c'est ce que Dieu fait pour tous les pécheurs repentants.

Le père n'a point approuvé l'attitude du fils aine qui ne s'est pas réjoui avec lui de l'arrivée du fils cadet. Cela marque la carence de charité de certaines gens qui se disent enfants de Dieu ; mais dans leur hypocrisie, ne collaborent pas avec lui dans le travail du salut des âmes.

Cette histoire du temps passé est toujours vivante ; puisque beaucoup de jeunes de tous les temps ont tendance à se rebeller. Ne faut-il pas apporter un remède à cet état de chose?

À cause de la grande longueur de la pièce, sans mentionner le temps employé à sa lecture, nous suggérons que sa représentation se fasse en deux épisodes, ou qu'on la réduise d'une façon intelligente.

A travers tous les temps, Satan à toujours essayer d'accuser les croyants devant Dieu leur Père, comme dans le cas de Moïse, de Josué et de tant d'autres. L'attitude du frère ainé est similaire à cela. De même, les juifs, dépositaires de la parole de Dieu dans le temps, avaient souventes fois minimisé les élans des païens qui voudraient s'approcher de Dieu. Ils les prenaient pour des parias en matières spirituelles, et pensaient que leurs places étaient hors du temple et des synagogues. Même des Israélites entre eux se sentaient l'un supérieur à l'autre, à cause d'une piété apparente, comme chez le pharisien. Des fois, ceux qui sont des pécheurs les plus endurcis sont ceux qui condamnent plus ardemment leurs frères même repentants. Nous devons tous éviter cette attitude.

Et quant à ceux qui ont commis des fautes, ils ne doivent pas se décourager. Le pardon leur est offert avec amour. Ce qui importe dans le cas de chacun, c'est de reconnaître sa faiblesse et de s'appuyer sur les grâces. Divines pour pouvoir s'amender. Ainsi, comme dans la vision de Zacharie, il a enlevé de Josué les vêtements sales, pour le revêtir de vêtements de fête, "Il nous sauvera, non dans nos péchés, mais de nos péchés", opération qui procédera à notre nouvelle naissance.

Puisque Dieu a lui-même convié tous les pécheurs à la repentance, personne ne doit adopter le comportement des anciens ouvriers qui s'étaient fâchés parce que le maître avait donné un salaire similaire au leur, à ceux qui étaient venus s'enrôler à la dernière heure. Les biens du maître lui appartiennent. Puisqu'il n'a pas enlevé du salaire des premiers pour donner aux derniers ouvriers, aucun reproche ne doit lui être adressé pour la répartition de son propre argent. Il a le droit d'en disposer comme il le désire. Dieu, dans son amour, a de même le droit de disposer de ses grâces comme il lui semble bon, comme sa bonté le lui dicte.

Suis-je encore obsédé par des désirs coupables ?
Continué-je à les aimer ou me suis-je évertué de les abhorrer ?
Ai-je repoussé avec violence les pensées qui m'accablent ?
Quand je remarque mon incapacité de vaincre, me suis-je adressé à Dieu dont "la bonté se renouvelle chaque matin" ?
Voudrais-je que ma conscience soit cautérisée et erronée ?
Ai-je profité de toutes les occasions où elle se fait fortement sentir ?
Ai-je cultivé l'habitude de lui donner en moi toute priorité ?

Nombreux sont ceux qui, trop découragés, évitent de prier, se sentant coupable de grands péchés qui, disent-ils, les écartent de Dieu et leur obstruent le chemin du salut. En effet, le péché, étant odieux et vil, "met une séparation entre Dieu et L'homme." De plus, quand le pécheur cherche le salut, et le désespéré, l'espoir, et qu'ils se lamentent sur leur état en essayant de résoudre leurs problèmes pour leur compte, avant d'aller à Dieu par la prière, ils échouent certainement. Plus les difficultés surviendront, plus ils seront confus de la laideur de leur mal, plus ils s'éloigneront de leur unique Sauveur.

Le Fils prodigue lui, reconnaît ses fautes, s'en repent et se dirige vers son père qui l'accueille avec toute la cordialité de son être. Seuls l'amour, la bonté et la générosité du père ont su enrayer sa misère.

&&&&&&&&&&&&&&&&&&&&&&&&&&&&&&&
&&&&&&&&&&&&&&&&&&&&&&&
&&&&&&&&&&&&&&&&&
&

SOURCE : LA BIBLE

PARABOLE DE L'ENFANT PRODIGUE

(Puis il dit encore : Un homme avait deux fils. Le plus jeune dit à son père : Mon père, donne-moi la part de bien qui doit me revenir. Et le père partagea son bien.
Peu de jours après, le plus jeune fils, ayant tout ramassé, partit pour un pays éloigné, où il dissipa son bien en vivant dans la débauche.
Lorsqu'il eut tout dépensé, une grande famine survint dans ce pays, et il commença à se trouver dans le besoin.
Il alla se mettre au service d'un des habitants du pays, qui l'envoya dans ses champs garder les pourceaux.
Il aurait bien voulu se rassasier des carouges que mangeaient les pourceaux, mais personne ne lui en donnait.
Etant rentré en lui-même, il dit : Combien de mercenaires chez mon père ont du pain en abondance, et moi, ici, je meurs de faim !
Je me lèverai, j'irai vers mon père, et je lui dirai : Mon père, j'ai péché contre le ciel et contre toi, je ne suis plus digne d'être appelé ton fils ; traite-moi comme l'un de tes mercenaires.
Et il se leva, et alla vers son père. Comme il était encore loin, son père le vit et fut ému de compassion. Il courut se jeter à son cou et le baisa.
Le fils lui dit : Mon père, j'ai péché contre le ciel et contre toi, je ne suis plus digne d'être appelé ton fils.
Mais le père dit à ses serviteurs : Apportez vite la plus belle robe, et l'en revêtez ; mettez-lui un anneau au doigt, et des souliers aux pieds.
Amener le veau gras, et tuez-le. Mangeons et réjouissons-nous ; car mon fils que voici était mort, et il est revenu à la vie ; il était perdu ; et il est retrouvé.
Et ils commencèrent à se réjouir. Or, le fils aîné était dans les champs. Lorsqu'il revint à la maison, il entendit la musique et les danses. Il appela un des serviteurs, et lui demanda ce que c'était. Ce serviteur lui dit :
Ton frère est de retour, et ton père a tué le veau gras, parce qu'il l'a retrouvé en bonne santé. Il se mit en colère, et ne voulut pas entrer. Son père sortit, et le pria d'entrer.
Mais il répondit à son père : Voici, il y a tant d'année que je te sers, sans avoir jamais transgressé tes ordres, et jamais tu

ne m'as donné un chevreau pour que je me réjouisse avec mes amis.
Et quand ton fils est arrivé, celui qui a mangé ton bien avec des prostituées, c'est pour lui que tu as tué le veau gras !
Mon enfant, lui dit le père, tu es toujours avec moi, et tout ce que j'ai est à toi ; mais il fallait bien s'égayer et se réjouir, parce que ton frère que voici était mort et qu'il est revenu à la vie, parce qu'il était perdu et qu'il est retrouvé.
Luc 15 :11-32

LE BUT : Aider la jeunesse à reconnaître les pièges subtiles placés sur le chemin de la vie ; les pécheurs et les découragés à remonter le courant, et à vouloir tous se soumettre sans réserve à l'influence divine par le Saint Esprit qui contrecarrera et neutralisera l'influence du malin, ce qui donnera une bonne et intéressante allure à leur vie.

Dans cette pièce, Pérée est comme tout autre pays immoral. Le pays de Pérée favorise la corruption et l'iniquité chez la jeunesse. Il y a toutes sortes de programmes qui encouragent même les adolescents à la débauche. Cela ruine la valeur morale du pays. Trop d'effort est déployé en grande partie dans la réalisation de choses absurdes.

Les jeunes de Pérée s'attachent à tout ce qu'il y a de vaniteux. Il s'adhère à tout ce qui marque la perversion. Celui qui en fait, est insociable pour des gens raisonnables, est pour eux une personne désirable et pleine de succès. Leurs pensées, les paroles de leurs bouches, leurs conversations, leurs habillements, leur style de vie, constituent la quintessence de l'indécence. Encouragés par des leaders insouciants, Ils n'aiment aucun standard élevé. Pour eux, un gentilhomme est celui qui peut aisément se faire avec la vulgarité et l'iniquité. Ils donnent des attributs positifs à ceux qui sont à jour avec l'immoralité.

Ce pays avec certains règlements très bas a captivé l'attention de beaucoup de jeunes. C'est comme s'ils ont des promesses de rémunération pour certains genres de dépravations. Comment les jeunes ne s'arrangeraient-ils pas pour déguster autant qu'ils peuvent les fruits apparemment doux de la désinvolture ?

La vente de beaucoup de produits à Pérée, enrichit les fonds des commerçants et appauvrit l'esprit des jeunes ou de toute autre personne qui ne se soucie pas de son bien-être moral. La dépravation de la jeunesse contribue à leur richesse. En d'autres termes, leur fortune dépend du taux d'iniquités que les gens acclament. C'est pourquoi, dans ce pays, les maladies morales sont aussi et même plus répandues que les maladies physiques. La jeunesse a besoin de secours ; Elle a besoin d'éducateurs conscients de leur tâche, capables de reconnaître les symptômes de ces maladies, les refreiner et les guérir préférablement à la base.

Si seulement la jeunesse pouvait savoir qu'il y a un combat qui se livre entre le bien et le mal ! Si elle pouvait savoir aussi qu'elle constitue le prix que gagnerait l'un ou l'autre parti ! Si seulement elle pouvait le comprendre, elle fuirait loin de l'immoralité.

Le monde fait face à un tableau très cynique. Il incombe aux leaders un devoir impérieux. Je suis persuadée que sans une éducation substantielle, et sans un enseignement orienté vers la sagesse et la droiture, nos enfants ne peuvent faire face à la grossièreté de ce monde où, incessamment, ils doivent repousser fermement des pressions malfaisantes. Quand les parents sages et concernés disent : A droite ! Les influences mondaines elles-mêmes disent : À gauche ! Trop de confusion.

Puisque la jeunesse est forte quant à ses possibilités, et souvent faibles quant à sa bonne volonté, elle a certainement besoin d'aide. Elle a besoin que des gens expérimentés la guide. Les jeunes sont comme des plantes qui ont besoin d'être arrosées.

Des lois droites doivent les guider. Laisser ces jeunes esprits absorber tout ce qui paraît bon à leurs yeux, tout ce qui flatte leurs sens, constituera bientôt une grande et constante peine pour eux ; aussi bien que pour les parents, les leaders qui négligent leurs devoirs à leur égard, et la société indubitablement.

Ces mêmes leaders insouciants, fatigués des méfaits de beaucoup de jeunes avec leur comportement désastreux, fruits de leurs laisser aller, désirent eux encore, toujours procéder aux châtiments. C'est bien de vouloir discipliner les jeunes ; mais avant de penser aux punitions, les leaders doivent penser à l'instruction.

Je réalise que la jeunesse doit être exposée à un environnement respectable, à un enseignement positif et solide. Les jeunes ont besoin d'idées de bonne qualité, d'un support de confiance et de valeur morale élevée. Ils ont besoin de ce support comme une forteresse édifiée par leurs parents surtout, de concert avec les dirigeants des nations, les éducateurs à l'école, les dirigeants des institutions religieuses, et tout autre leader travaillant dans ce domaine. Ceux-ci doivent donc former un éventail capable de produire sur les jeunes un vent agréable apte à rafraîchir sans cesse, leurs pensées sur les réalités intéressantes et durables.

Quand on agit avec fermeté envers les enfants, même s'ils pensent que le parent ou le responsable est trop sévère, même s'ils se fâchent contre lui, un jour, quand même, ils remercieront cette main forte, toutefois, aimante qui les a guidés et les a épargnés des dégâts de plusieurs ordres. Ils découvriront que quand ils voulaient prendre le large, et que cette euphorie qu'ils recherchaient, soit dans l'absorption de certaines substances, soit dans des plaisirs, n'était que superficielle et passagère ; ce qui pourrait les faire vouloir dépenser même ce qu'ils n'ont pas, tout en les conduisant à des actes malhonnêtes. Leurs yeux seront grandement ouverts, les laissant voir clairement les déboires de tant de jeunes frivoles qui circulent ici et là. Ils découvriront que leur guide les a tirés du péril insoupçonné, loin de toute utopie.

La tâche est dure, il faut l'avouer ; mais les leaders concernés auront quand même leurs récompenses, ici-bas et dans l'avenir. La bonne éducation engendrera certainement des fruits un jour ou l'autre. Nous mentionnons ces paroles du sage : « Instruis l'enfant dès son jeune âge dans la voie qu'il doit suivre ; quand il sera vieux, il ne s'en détournera pas. » (Proverbes 22 : 6).
Nous devons compter sur les promesses de Dieu qui sont indéniables : "Tous ceux qui auront été intelligents brilleront comme la splendeur des cieux ; ceux qui auront ENSEIGNÉ la justice aux nations, brilleront comme des étoiles, à toujours et à perpétuité. » (Daniel 12 : 3)

Sans un bon standard pour la société, toutes choses sont à l'envers. Pas de standard : Pas de discipline ! La liberté est alors confondue avec l'anarchie. Tous peuvent ne pas avoir la chance de remonter le courant. Faisons de notre mieux pour que les prodigues modernes ne se multiplient pas dans notre société ! Oui, ces prodigues modernes qui gaspillent soit des biens provenant de leurs parents, soit des biens qui leur sont propre, soit des talents que Dieu leur a confiés.

Puisse chaque responsable comprendre sa tâche et devenir un authentique leader pour la jeunesse !

&&&&&&&&&&&&&&&&&&
&&&&&&&&&&&&&&
&&&&&&&

PERSONNAGES

Le fils Prodigue

Le père

Le frère ainé

Jachaziel .... Serviteur du père

Issacar .... Serviteur du père

Dan .... Serviteur du Père

Barthélemy .... Serviteur du Père

Hadassa .... Servante du Père

Saltani .... Ennemi du Père

Priscille .... Servante du Père

Zilpa .... amoureuse du Prodigue

Le passant .... Un escroc, frère de Zilpa

Le patron .... Employeur du Prodigue

Un porcher .... Un travailleur dans la porcherie où est employé le prodigue

Un musicien et son groupe. Protégés du Père

Cinq femmes ravisseuses ... Ami de l'escroc

L'hôtesse .... Employée du restaurant

Le garçon .... Employé du restaurant

Un garde .... Agent de sécurité du restaurant

Une voix .... Guide du prodigue

Deuxième partie

INTRODUCTION

Que d'illusions n'y a-t-il pas dans ce monde ! Que d'attentes n'ont pas été déçues ! Que de rêves n'ont été que des chimères ! Que de chemins entrepris n'ont été que des voies sophistiquées conduisant à la ruine ! La jeunesse est l'objet de grandes tentations ; ainsi, à cet âge candide, souvent des fictions paraissent des réalités, et les mirages de la vie, le bonheur. Seuls ceux qui ont un esprit avisé, des aspirations supérieures, une volonté ferme, ne seront les dupes du tentateur. Seuls ceux qui, malgré leurs chutes, reconnaissent leur égarement et recherchent le secours d'en haut, triompheront.

Ainsi, dans LE RETOUR DU FILS PRODIGUE, on assistera à la représentation des scènes marquant :

1. La chute du fils prodigue causée par les tentations auxquelles il a donné libre cours, et ses passions contre lesquelles il n'a pas su regimber.

2. Son départ pour un pays lointain où il se sent libre de pratiquer la débauche et manifester sa prodigalité.

3. La pleine dégradation qu'engendre son comportement dépravé.

4. Sa repentance, effet de l'ancienne influence paternelle.

5. Sa conversion manifestée par son retour à la maison du père où il s'engage à pratiquer les principes relatifs à une vie noble, ne se laissant pas ébranler par l'indifférence et Les reproches de son frère aîné.

L'amour du père illustre bien l'amour de Dieu qui est le père de tous. Il souhaite que les rebelles se ressaisissent et retournent à lui pour avoir la paix et la vie.

Ainsi, il n'a pas manqué de dire par Ésaïe le prophète : "Une femme oublie-t-elle l'enfant qu'elle allaite ? N'a-t-elle pas pitié du fruit de ses entrailles ? Quand elle l'oublierait, moi, je ne t'oublierai point".

Le fils prodigue, tenté par les plaisirs frivoles, réclame de son père, sa part de biens, prétextant les restrictions du foyer, et la prétendue dureté de son père qui le porte à vouloir partir pour un pays lointain où il sera exempt de réprimandes et de corrections. Son départ laisse un vide dans le cœur du père. Cela produit aussi une tristesse qui s'empare des serviteurs Dan et Barthélemy, qui s'opposent aux accusations de Saltani, l'accusateur du fils et du père. Cette tristesse se manifeste également chez Issacar, Jachaziel et tout particulièrement chez Hadassa et Priscille qui méditent sur la façon dont la jeunesse interprète mal la liberté, en se penchant également sur les effets bons ou mauvais de l'influence.

Scène I

Dans la cour

LE PRODIGUE

Le Prodigue - Je suis las de vivre sous la direction d'un père trop méticuleux, trop dur, trop sévère. Cet être arbitraire n'aura plus l'occasion d'exercer son influence sur ma personne ; car je m'en irai loin de lui après qu'il aura consenti à me donner la part de bien qui doit me revenir. Et mon frère, lui, ne pourra point s'immiscer dans mes affaires.

Pourquoi le désir de m'émanciper ne deviendrait-il pas une réalité ? Comment ne pourrais-je pas être comme beaucoup d'autres jeunes hommes qui agissent à leur guise et n'encourent aucune réprimande, aucune punition ?

Aujourd'hui même, mon père saura mon opinion et mon irrévocable décision.

Scène II

Dans la maison

(Le père est en train de mettre de l'ordre dans ses papiers d'affaire ; puis il compte de l'argent.)

Le Père - Je voudrais que mes deux fils me représentent partout où ils passent. Je voudrais qu'ils comprennent mes leçons de justice. Je voudrais que mes conseils fassent réfléchir sans cesse à leur esprit, des rayons lumineux qui éclaireront leur entourage et procureront la joie et la satisfaction à mon cœur, siège de mon amour pour eux.

Pourquoi ai-je tant de bien ? N'est-ce pas pour les combler de largesses ?

Pourquoi ai-je tout mis à leur disposition ? N'est-ce pas afin que mes enfants sachent que malgré mes réprimandes et parfois mes châtiments, je les aime et les protège ?

Puissent-ils jouir à toujours, des fruits de mon affection !

Scène III

Dans la maison

Le fils prodigue et le Père

Le Prodigue - (Entre) Père, je suis venu te demander la part de bien qui doit me revenir.

Le Père - Mon fils !

Le Prodigue - Elle est décisive, ma résolution de partir. Nulle tentation de ta part ne saurait évanouir mes rêves et mes désirs. Le toit de cette maison pèse trop sur ma tête.

Le Père - Penses-tu à l'avenir ? Ne pars pas mon fils ! Ne pars pas.

Tu ne vois pas les pièges subtils de la route que tes regards juvéniles et ta carence d'expériences ne peuvent apercevoir.

Le prodigue - Laisse-moi mener ma vie comme je veux.

Le Père - Moi, ton père qui a toute l'autorité sur ma maison n'ai-je pas mis un contrôle dans l'exercice de mes actions ?

Ne suis-je pas resté dans les normes de la droiture ? N'ai-je pas modelé mon pouvoir sur la justice ? Ne me suis-je pas associé même à mes serviteurs dans le service du devoir pour la prospérité de ma maison ? Si parfois, j'use d'un ton ferme, c'est parce que je veux te préserver de beaucoup de tracas insoupçonnés qui souvent s'attachent à un comportement irréfléchi.

Mon amour pour toi devrait engendrer ta confiance en moi. Avant ton amitié avec certains de tes amis, amants des plaisirs de Pérée, n'as-tu pas confessé de tes propres lèvres, et avec beaucoup de satisfaction, que mon comportement à ton égard et à l'égard d'autrui est très distingué et très imitable ? Puisse la pensée de mon amour te hanter partout où tu te trouveras !

Le Prodigue - Tu refuses de me répondre promptement. Fuir par la tangente dans tes paroles, ne peut nullement ébranler mon désir.

Le Père - Dans ton subconscient se trouve inscrite la véracité de mes paroles, elles qui ont la vertu de te sauver. Je te le redemande avec instance : Mon fils, penses-tu à l'avenir ?

Le Prodigue - Des personnes sensées ont affirmé qu'on ne doit pas vivre dans le passé et le futur. On doit plutôt vivre dans le présent.

Le Père - Oui, la déclaration est tout à fait bonne.

Le Prodigue - Et alors, je veux jouir pleinement de ma vie. Je suis jeune, je suis fort, je suis libre, je suis ...

Le Père - Si quelqu'un est d'accord avec les personnes sensées sur l'importance du présent, cela ne doit pas être pour interpréter leur pensée au profit de son intention. Mon cher fils, as-tu placé le texte dans son contexte ? As-tu vu comment est souligné le fait que pour vivre heureux, il ne faut se lamenter ni sur les déboires passés, ni étouffer les joies présentes dans la crainte de l'avenir ; ou contrairement, on ne doit ni compter sur les succès d'hier pour refreiner ses efforts d'aujourd'hui, ni vivre dans le beau rêve d'un avenir brillant, évitant d'embrasser la réalité actuelle. Mais il ne reste pas moins vrai que la pensée des victoires passées constitue un tremplin pour le présent, une bonne semence pour l'avenir.

Le prodigue - Peu me chaut l'avenir, père. Agis comme je te dis. Je ne veux pas assimiler tes assertions. Je n'entends qu'une chose : Partir.

Le Père - Es-tu prêt à endosser la responsabilité que requiert une vie privée de la présence des parents ou d'un tuteur ? Es-tu prêt à entreprendre une vie de ce genre ? Mon fils, je suis certain que tu n'es prêt à prendre ni des responsabilités spirituelles, ni des responsabilités matérielles. Le comprends-tu ?

Le Prodigue - Ma décision est déjà prise, père.

Le Père - Je ne puis te contraindre de rester ici. Mais je te demande une chose : Garde le souvenir de l'amour ardent de ton père pour toi.

Le Prodigue - Consens-tu à me donner ma part de bien ?

Le Père - Tu désires ton bien en nature ou en espèce ? Souhaites-tu avoir troupeaux, terres, maisons ou argent ? Qu'attends-tu de moi ?

Le Prodigue - Oh ! Troupeaux, terres, maisons, garde-les pour toi. Je ne veux que de l'argent. Je ne veux que ce qui est portatif.

Le Père - Mon fils, dans mon abondance, j'ai pensé à l'avenir de mes fils et alors j'ai tout conditionné pour eux en fait de biens. Mais jamais, jamais je n'avais pensé à vous les donner comme tu l'entends, toi ; car à ton âge, loin du toit paternel, point de sécurité ! À part ta portion de biens, toutes mes richesses, ne sont-elles pas à ton frère et à toi ? Ne manges-tu pas et ne bois-tu pas ? N'es-tu pas logé et servi gratuitement ? Combien dépenses-tu pour tes habits ? Et enfin, que t'as-tu coûté mon amour ? Je n'en voudrais recevoir comme gain que l'affection et l'obéissance. Mais hélas ! O mon fils ! Tu ne vois pas le danger qui encoure une vie non réglée dominée par des désirs effrénés. La jeunesse étant parfois ivre de désirs frivoles, ne peut équilibrer ses pensées ; elle chancelle et se redresse quand elle est obéissante et soumise ; mais elle chancelle et succombe sous le poids d'un entêtement chronique alimenté par des désirs coupables et fous.

Le Prodigue - Je suis plein de fougue ! Je suis plein de fougue ! Tu le sais, père. La flamme de mes désirs est inextinguible. Tu vois donc que rien ne peut l'éteindre.

Le Père - Je souhaite qu'elle ne résiste pas sous l'action du vent qu'elle affrontera dans le champ de l'image réel de tes rêves.

Le Prodigue - qu'importe !

Le Père - (Prenant d'une jarre un gros paquet et le tend à son fils.) Tiens !

Le Prodigue - C'est bien. Je m'en vais, père. Porte-toi bien ! Adieu ! (Il sort d'un pas pressé, puis lourd, semblant réfléchir.)

Le Père - (Le suit des yeux, avec les deux bras ouverts.) Où suis-je ? Ah ! Ah ! Ah ! Mon fils ! Mon fils ! Mon fils ! Mes entrailles ! Mes entrailles ! Mes entrailles !

Figure 7 Voyage pour un pays lointain

Scène IV

Dans la cour

Monologue de Jachaziel

Ah ! Ah ! Ah ! Je ne puis cesser de me demander ce qui adviendra de celui qui a dégringolé et arrive jusqu'au bas de la pente. Quand les vagues de l'iniquité l'emportent et le submergent, qu'adviendra-t-il de lui ?

Voyons ! Certainement, ce n'est pas aisé de remonter le courant. Mais c'est quand même possible lorsque de l'abîme, on appelle au secours. Souhaitons que lui, il le fasse !

C'est tout à fait déconcertant que les amis du cadet soient si terribles en se révélant si têtus. Le jeune homme ne devrait pas fréquenter de telles gens. Il faut dire sincèrement que beaucoup de parents font connaître à leurs enfants une vie de misère provenant de leur incompréhension, de leur mauvaise attitude.

Mais notre maître, lui, n'est pas de la trempe de ces sortes de parents inaptes qui ont donné leur démission devant le travail qu'ils ont à faire à l'égard des enfants.

Oui, malheureusement, certains parents, comme ceux que nous venons de citer, exercent trop de pression sur leurs enfants. Ils montrent parfois de la dureté, parfois de l'insouciance. Et le mauvais exemple que sans gêne, ils donnent à la maisonnée, fait beaucoup de dégâts. C'est ce qui explique dans beaucoup de cas la réaction sauvage de plusieurs enfants dans le cadre familial et même au cœur de la société qui en subit les conséquences.

Mais le tableau de la vie du père et les enseignements supérieurs donnés à ses fils, devraient les faire tendre à un idéal plus élevé. Toutefois, l'influence du bon parent peut toujours arriver même après un long temps, à primer dans la vie de l'enfant. Je m'attends donc à cela au sujet du fils cadet de mon maître.

Scène V

Dans la cour

Monologue d'Issacar

Quelle douleur aigüe, moi Issacar, je sens dans mon cœur devant l'affaire de ce fils cadet ! Refuser d'obéir à son père fait retentir une note discordante dans sa vie. Et puis, qu'y a-t-il de nuisible à participer aux activités de la maison ? Nous tous les serviteurs du père : Jachaziel, Dan, Barthélemy, Hadassa, Priscille, et tous les autres, pourrions faire tous les travaux ; mais le père veut déraciner chez son fils la paresses et l'égoïsme qui empêchent aux gens d'évoluer spirituellement et socialement. Ce qui attriste davantage le père, c'est que même quand il arrive au cadet de vouloir donner un concours, c'est toujours dans le sens qu'il veut, et comme cela lui plaît, sans tenir compte que dans certains cas spéciaux, un concours spécial est toujours très utile. Dans cette vie, on ne peut pas toujours faire ce qui est agréable à ses propres yeux. On doit penser aux autres, ce qui entraîne l'esprit de service, l'altruisme et toutes leurs fonctions qui produisent dans le cœur, la paix et la joie. Si seulement le cadet voulait se confier au père, il aurait plus de force pour surmonter ses difficultés ; il aurait plus d'amour et de respect pour Dieu et ses semblables.

Lorsque quelque part ou chez un individu la spiritualité et le respect pour Dieu baissent, la décadence morale se montre sans tarder.

La carence de spiritualité, le manque de respect pour Dieu vont toujours de pair avec le déclin moral, qui entraîne une issue fâcheuse tant sur le plan individuel que familial et national. On peut se vanter d'être grand, on peut se vanter de pouvoir se pourvoir de tout ce que l'on veut sans Dieu ; mais la conséquence d'un tel comportement a toujours démontré le contraire.

C'est très convaincant, le dénouement de l'histoire de beaucoup d'hommes éminents qui ont épousé une attitude similaire. Quel avantage a-t-on donc à s'enfler d'orgueil ?

Le poids et l'élasticité de ses capacités n'ont de valeur qu'en Dieu. Sinon, prenant trop d'extension et étant trop rempli de soi-même on risque de s'éclater comme un ballon fragile. Il faut une place primordiale pour Dieu dans sa pensée.

C'est malheureux que plusieurs travaillent sans Dieu leur Créateur et se font dieux pour eux-mêmes. C'est instructif de se rappeler le Pharaon d'Égypte qui ripostait contre Dieu. Son entêtement l'a fait sombrer, et lui, et son armée qui voulaient prendre d'assaut le chemin tracé dans l'eau par le maître de la nature. Si seulement il le reconnaissait comme son maître à lui, ce maître qu'aucun scientifique ne peut questionner et sonder ses activités dans toute leur profondeur, oui, si seulement il pouvait le reconnaître pour son maître, que de désastre n'aurait-il pas épargné !
Cette arrogance caractérise pas mal de jeunes. Mais on peut quand même, remédier à cette situation ; car les jeunes sont comme des plantes qui ont besoin d'être arrosés pour leur croissance et leur formation.

Des lois droites doivent les guider. Laisser ces jeunes esprits absorber tout ce qui paraît bon à leurs yeux, tout ce qui flatte leurs sens, constituera bientôt une grande et constante peine pour eux, aussi bien que les parents, les leaders qui négligent leurs devoirs à leur égard, et la société indubitablement. Ces mêmes leaders insouciants, fatigués des méfaits de beaucoup de jeunes avec leur comportement désastreux, fruits de leurs laisser aller, désirent eux encore, toujours procéder aux châtiments. C'est bien de vouloir discipliner les jeunes ; mais avant de penser aux punitions, les leaders doivent penser à l'instruction.

Mon maître, lui, comprend et observe toutes ces choses. Mais, ô malheur ! Il n'est pas seul à apporter sa contribution au tissage du caractère de ses fils.

Quant au fils cadet de mon maître, son arrogance dépasse les bornes. Il prend la mouche pour toutes les réprimandes. Il feint d'ignorer que "Personne ne vit pour lui-même." Il rejette brutalement le fait que quand on vit dans le monde, dans un continent, dans un pays, dans une société, dans une famille, il existe une relation mutuelle, et que l'on doit se soumettre à des règlements dont la politesse, le savoir-faire et le savoir vivre en constituent la base véritable. De plus, il considère les amis quelconques, les lectures malsaines, les gravures sales, les plaisirs du monde comme son dieu, et non comme des idoles furieuses aux griffe coriace, aux dents de fer qui peuvent dévorer la jeunesse et n'importe qui. Le jeune homme va tête baissée vers l'engloutissement par les insanités qu'il adore. Pitié, non Dieu ! Pitié ! Pitié pour ce jeune homme !

Scène VI

Dans la cour -

Dan et Barthélemy

Dan - Je remarque que la maison est en émoi, depuis la décision du jeune fils de mon maître. Je crois que ta réaction n'est pas contraire à la normale, car nul n'aime voir cette tristesse qui plane ici.

Barthélemy - Cette nouvelle m'a découragé, je me sens accablé.

Dan - Moi, je ne voudrais pas jouer un rôle tout à fait effacé dans la scène de son départ. Je voudrais lui rappeler les biographies de jeunes hommes sérieux que son père notre maître nous a souventes fois suggéré d'approfondir.

Barthélemy - Dan mon cher, la situation est difficile. Si son père n'a pas su réussir dans ses démarches, comment le saurais-tu ? De toutefois, souhaitons qu'il ne fasse pas la sourde oreille ! Et comment vas-tu l'aborder ?

Dan - Mon approche aura un double but : le convaincre d'abord pour qu'il ne parte pas, et le persuader de revenir si, malgré mes instances il veut quand même partir.

Barthélemy - Que lui diras-tu ? As-tu des paroles plus puissantes que celles de son père ?

Dan - Non. Mais ce ne sera qu'un simple rappel des conseils salutaires de son père. Je lui parlerai de Joseph de Daniel, d'Hanania, de Mischaël, d'Azaria et d'autres encore.

Barthélemy - Tu n'oublieras pas de mentionner Salomon et Samson.

Dan - Je n'oublierai certainement pas.

Barthélemy - Leur vie m'ont paru réellement drôle. Salomon avait bien débuté sa carrière. Sa sagesse était tout à fait notoire. Mais malheureusement, l'amour des femmes l'a fait dévier de son rôle. Son idolâtrie témoigna de sa dépravation. À lui, fut prononcé le verdict concernant le schisme d'Israël qui eut lieu sous Roboam son fils.

Des jeunes pensaient pouvoir l'imiter dans son immoralité. Il a eu enfin le bonheur de reconnaître ses fautes et de les abandonner. Alors, les ayant en horreur, il mit la jeunesse en garde contre les plaisirs frivoles et l'exhorta en ces termes : “Jeune homme, réjouis-toi dans ta jeunesse, livre ton cœur à la joie pendant les jours de ta jeunesse, marche dans les voies de ton cœur et selon les regards de tes yeux ; mais sache que pour tout cela, Dieu t'appellera en jugement… Souviens-toi de ton créateur pendant les jours de ta jeunesse... Vanité des vanités, tout est vanité... Crains Dieu et observe ses commandements. C'est là ce que doit tout homme" … Salomon remonta le courant.

Mais par contre, le plus fort des hommes, Samson, devint le plus faible, méprisant les conseils de sa mère et de son père. Il devint le jouet de femmes vulgaires. Il fut enfin le captif de Dalila qui le réduisit à sa plus simple expression. L'amour des plaisirs sensuels a fait boire à Samson, la coupe de la misère, et cela, jusqu'à la lie.

Plus on s'enfonce dans le mal, plus il est difficile d'en sortir. Très rares sont ceux qui le peuvent. On ne badine donc pas avec sa vie. Si d'un côté Salomon représente ceux qui tombent et se redressent, de l'autre, Samson est apparemment le type des esclaves et des martyrs du plaisir.

Dan - en ce cas, Barthélemy, ne pourrions-nous pas ensemble réaliser le travail constructif auprès du jeune homme ?

Scène VII

Dans la cour

Le Prodigue - J'ai fui la présence de mon père pour que ses instances ne me fissent pas changer d'avis. Ma présence ici, ne dégage aucune chaleur. J'ai une existence passive dans la maison. Ceux qui désirent me conseiller ne reçoivent que refus et mépris. Il y a déjà plusieurs jours depuis que j'ai reçu mes biens. Qu'est-ce que j'attends pour voir se transformer en réalité tous mes rêves longtemps caressés ? Je pars donc pour un pays lointain ; je pars pour Pérée. (Il prend ses effets et s'en va à cheval, Adieu, terre de mes parents ! Adieu, ciel de mon berceau ! Adieu ! Adieu ! Adieu ! (Il commence à s'en aller, s'arrête hésitant, puis s'en va.) (Le cheval hennit)

Scène VIII

Dans la maison

Le Père

La conséquence de la tendance sans mesure à la désobéissance chez les jeunes gens, cause une grande négligence dans leur attitude. Personne ne SEMBLE POUVOIR les contrôler, car toute aspiration à la noblesse divine tend à s'évanouir chez la populace. Ce courant d'impiété veut à tout prix, envahir tous les recoins du monde et éteindre dans les cœurs la flamme de la pudeur.

Vers la liberté ! Telle est la devise de la jeunesse. C'est beau, c'est bien, mais point de liberté sans Dieu ! Point de bonheur sans une vision de la sagesse, et sans sa pratique.

Lorsqu'on a la liberté, on ne vit pas dans l'esclavage. La liberté est intéressante. Elle est le contraire de l'esclavage qui se révèle déprimant. Ainsi, celui qui marche allègrement dans la liberté retient ses pieds pour ne pas tomber dans le cadre exécrable de l'esclavage. La liberté a donc une frontière : Celle qui la sépare de l'esclavage.

Mon fils ne comprend pas qu'en servant ses inclinations basses et frivoles, il se met dans un esclavage qui peut l'engourdir et l'engloutir dans les ténèbres épaisses de l'iniquité. Qu'il lui sera difficile d'en sortir !

O Mystère pour ceux qui ne peuvent comprendre pourquoi, malgré la noblesse de mon caractère, j'ai un tel fils, un fils si rebelle, si dur, si désobéissant !

O mystère pour ceux qui ne peuvent comprendre pourquoi, malgré ma richesse, ma renommée et ma gloire, mon enfant chéri est tombé dans une telle misère.

O mystère pour ceux qui ne peuvent pénétrer mon amour et comprendre que la liberté que j'ai accordée à mon fils consiste à le laisser penser, afin que dans ma maison, il ne fût pas comme un automate et n'eût pour moi que le respect basé simplement sur la crainte et non sur l'amour, ma caractéristique.

Mon fils s'est plaint de ce que je suis trop sévère et que la maison ne lui est plus intéressante à cause de la stricte discipline qui y règne. Comment un père sérieux, pourrait-il, malgré son profond amour pour son enfant, permettre que celui-ci agisse suivant les penchants déraisonnés de son cœur ?

Comment un bon père ne donnerait-il pas à son fils des leçons de sagesse, des leçons de service, des leçons d'amour, des leçons de justice, des leçons de tous genres capables de former son caractère ?

Si d'un côté, je suis ferme, de l'autre côté, mon cœur est tendre. Que personne ne dise que je suis faible et lâche si je pleure mon fils dont la présence vaut mieux que l'or. La dame qui avait perdu une drachme, ne l'a-t-elle pas cherchée avec beaucoup d'ardeur ? Méprisait-elle cette pièce d'argent parce que, peut-être, elle en avait d'autres ? Le berger, n'a-t-il pas été à la poursuite de la brebis égarée, cette brebis galleuse qui lui donnait tant et tant de peine ? Avec tristesse, il l'a cherchée et il l'a retrouvée.

Certaines gens, dans certains cas, ont prié de tous leurs cœurs pour que leurs enfants reprennent la voie droite. Aurais-je, moi, bien que ferme, mais père tendre et compatissant, cessé d'aimer mon fils parce qu'il est parti ? Me serais-je abstenu de pleurer son départ ?

Bientôt, sans doute, mon fils éprouvera de l'amour sentimental. Là, encore, ce sera pour s'effondrer. Car quelle jeune fille sérieuse voudrait s'unir avec à un dévoyé

? Quelle sera donc la compagnie de mon fils ? Une fille ne peut l'accepter que pour le dépouiller.

Bien que je souffre horriblement du mal que me cause l'attitude de ce jeune homme que j'aime, ma conscience est nette. Je sais avoir exercé la bonté et la justice envers lui. Tous les attributs que réclame l'amour ont été mis à profit pour servir et l'aider à former un caractère orné de vertus. Oh ! S'il pouvait comprendre mon dessein pour lui, et prévoir l'avenir, ses aspirations rencontreraient les miennes et son comportement ne serait pas différent du mien !

Mon fils est parti ! (Pleurant) il est parti ! Il est parti !

Oh ! Je suis persuadé que sans une éducation substantielle, et sans un enseignement orienté vers la sagesse et la droiture, nos enfants ne peuvent faire face à la grossièreté de ce monde où, incessamment, ils doivent repousser fermement des pressions malfaisantes. Quand les parents sages et concernés disent : A droite ! Les influences mondaines elles-mêmes disent : A gauche ! Trop de confusion.

Puisque la jeunesse est fort quant à ses possibilités, et souvent faibles quant à sa bonne volonté, j'ai essayé de me surpasser pour servir de protection contre la pluie torrentielle, de dépravations qui s'abat sur la société.

Oh ! Je réalise que la jeunesse doit être exposée à un environnement respectable, à un enseignement positif et solide. Les jeunes ont besoin d'idées de bonne qualité, d'un support de confiance et de valeur morale élevée. Ils ont besoin de ce support comme une forteresse édifiée par leurs parents surtout, de concert avec les dirigeants des nations, les éducateurs à l'école, les dirigeants des institutions religieuses, et tout autre leader travaillant dans ce domaine. Ceux-ci devraient donc former un éventail capable de produire sur les jeunes un vent agréable apte à rafraîchir sans cesse, leurs pensées sur les réalités intéressantes et durables. Malheureusement, il n'en est pas toujours ainsi dans notre société ; et cela affecte chez les jeunes, les bons principes offerts par les parents et par ceux qui veulent concourir au bien-être de ces jeunes.

Sans un bon standard pour la société, toutes choses sont à l'envers. Pas de standard : Pas de discipline ! La liberté est alors confondue avec l'anarchie.

Oh ! Je l'avais dit, et je le répète encore. Quand les parents disent : A droite ! Les influences mondaines disent malheureusement : A gauche ! Quelle peine ! Quelle douleur !

Mais, je sais que même si mon propre fils est maltraité par ceux qu'il a choisis pour guides et pour environnement, je suis sûr qu'un jour, mes sages instructions supplanteront ses déviations.

Mon fils est parti ! (Pleurant) il est parti ! Il est parti ! Le coup est dur ! Le coup est poignant ! Qu'est-ce qui peut bander la plaie de cette vive blessure ?

Scène IX

Dans la cour

Hadassa

L'homme, des fois, prend des droits trop osés. Il pense que parce qu'il est libre, il peut employer sa volonté même à son détriment et à celui des autres. Suis-je dans un rêve, ou est-ce que je vis une réalité ? Le jeune homme, est-il vraiment parti, parti, pour de bon ?

Je n'assimile pas comment il puisse mettre son père dans une angoisse si profonde ! Il ne pouvait des fois, s'empêcher, plus que son frère aîné, pourtant, de faire sentir son amour filial, sachant que son père avait en vue de lui faire devenir un bon citoyen, un citoyen utile. Il a paru comprendre et apprécier les sages restrictions de la maison qui pouvaient, lui épargner l'influence destructrice des mauvais compagnons d'alentour. Qui n'éprouverait de la pitié devant ce tableau déconcertant, en face de l'âme endolorie du père ?

(Elle lève les bras, puis elle pleure remuant les pans de sa robe Ciel ! Aie pitié de lui ! Aie pitié de lui !

Scène X

Dans la cour

Saltani, Dan, Barthélemy

Saltani - Ah ha ! Ah ha ! Que vous avais-je dit l'autre jour ? Lorsque vous vantiez le père du prodigue exclamant : Oh ! Que ce père est bon ! Que ce père est puissant dans son langage ! Qu'il est convaincant dans son genre ! Qu'il est attrayant dans ses mouvements ! Vous qui faisiez tant d'exclamations, et tant d'éloges ! Que pouvez-vous dire maintenant ? Les récentes nouvelles prouvent que vous ne disiez que de vaines paroles. Ne me donnez-vous pas raison en ce moment ?

Dan - Te donner raison ! Pourquoi ? Pas la peine de nous intimider, de nous ironiser !

Saltani - Mes amis, révisez vos idéologies ! Vous verrez alors si mes paroles constituent une ironie.

Dan - Moi, je n'en disconviens pas. J'ai bien révisé mes idéologies. Je l'ai fait encore même après les dernières nouvelles. Mais plus je révise mes idéologies, plus elles ont une assise en moi. Et puis, si nous, nous devons réviser nos idéologies, pourquoi pas toi, les tiennes ?

Sache que je suis convaincu que mes paroles n'ont point été vaines. C'était la pleine vérité.

Saltani - Que tu sois sûr de ta croyance ou pas, rien ne te donne raison. Tu ferais bien de te taire comme le fait Barthélemy en ma présence.

Barthélemy - (Ne répond pas.)

Saltani - Tu vois, Dan ? Barthélemy se tait, ne sachant que dire. D'ailleurs, le départ du prodigue prouve que vous tous devez avoir la bouche fermée. Le comprenez-vous ?

Barthélemy - (Fait des gestes montrant que les paroles de Saltani ne l'ébranlent pas.)

Dan - Le défaut du prodigue ne sauraient minimiser les vertus du père. Si, dans l'avenir, des gens mentionnent que : "tel père, tel fils", l'on devra comprendre également que cela se vérifie généralement pour les fils qui vivent près de leur père littéralement ou par la pensée.

A un certain moment, le prodigue vivait de corps dans la maison ; mais son esprit était très éloigné de celui du père. Barthélemy le sait bien, n'est-ce pas, Barthélemy ?

Saltani - Ce sont tes paroles ; pas celles de Barthélemy.

Barthélemy - Parler de mon maître en ta présence ne va nullement arranger cette situation, ni quoi que ce soit y relatif. Le prodigue était une personne et non une chose qu'on maniait à volonté pour l'actionner au gré de qui l'entend. Le père n'employait pas son pouvoir pour le contraindre à bien faire. Toutefois, la puissance des paroles de ce père peut, un jour, porter le fils à la réflexion la plus profonde pour l'encourager à opter désormais pour le bien. Ce père intelligent pourrait donc se sentir beaucoup plus heureux en voyant que son fils agit avec droiture parce qu'il reconnaît les bienfaits découlant de l'obéissance à la voix de sa conscience au lieu de le voir passer tout son temps à fonctionner comme une marionnette. Que dire davantage ?

Saltani - En tout cas, ce mauvais garçon qu'est le prodigue ne retournera jamais, je parie.

Dan - Si beaucoup d'autres fils ne reviendraient pas, je puis affirmer que le prodigue lui, reviendra. Nos multiples prières ferventes le poursuivront et le feront retourner.

Barthélemy - J'abonde en ton sens, Dan. Je suis certain qu'il reviendra.

Dan - Saltani, tu viens de dire que tu paries que le prodigue ne reviendra pas. Que pourras-tu donner si nous gagnons le pari ? Moi, bien que je sache que nous gagnerons le pari, je ne désire rien réclamer avec cette perspective, car, toi aussi, n'as-tu pas gaspillé les biens que tu as reçus ?

Et ce que tu pourrais nous donner ne serait autre chose que les mêmes biens du père transformés en vestiges entre tes mains. Aucune offre ne peut donc me faire ni chaud, ni froid. La victoire du prodigue récompensera ma certitude.

Je n'attends rien de toi ; n'attends non plus rien de moi, et encore moins de Barthélemy pour un prix. Toutefois, de tes propres yeux, tu verras ce qui se passera.

Hélas ! Saltani, tu t'ériges en accusateur, o tristesse ! Accusateur du père et accusateur du fils ! Accusateur des deux à la fois ! Après avoir été un mauvais conseiller pour le fils, alors qu'il a dégringolé, tu le laisse se débrouiller pour son compte dans la noirceur. Pourquoi oses-tu parlé de lui en ces termes ? C'est terrible ! Tu as accusé le fils devant le père ; tu as accusé le père devant le fils ; et maintenant tu accuses les deux devant nous.

Barthélemy - Je trouve que la conversation est bien trop longue, surtout, c'est déprimant d'entendre les paroles si décourageantes de Saltani !

Tu auras beau dire ! Grâce à Dieu, nos vœux se réaliseront à l'égard du prodigue.

Saltani - Je dis non !

Barthélemy - Je dis oui.

Dan - Je dis oui.

Saltani - Non, non, non !

Dan et Barthélemy - Oui, oui, oui. Bien sûr que oui.

Scène XI

Dans la cour

Hadassa, Priscille

Priscille - Hadassa, comment parais-tu si mélancolique aujourd'hui ? Es-tu au courant de la nouvelle du départ du jeune fils de notre maître ?

Hadassa - Certainement. Je ne puis concevoir son absence dans la maison. Son père l'aime tant ! Et lui, le garçon, il paraissait si bien !

Priscille - Mais c'est brusquement que son attitude envers tous, et particulièrement envers son père a été modifiée.

Hadassa - Sa vie dissolue ne s'est révélée que maintenant ; mais l'influence de ses mauvais compagnons a agi lentement et inconsciemment sur son esprit.

Quand on remarque que quelqu'un commence à fuir l'ambiance des gens de bien pour s'attacher à une compagnie de gens à l'esprit perverti et aux manières dépravées, on peut savoir qu'il a perdu le sens et le goût de l'amour pur, de la justice, et est ainsi placé sur une pente très dangereuse.

Priscille - Je ne puis en disconvenir.

Hadassa - Les pensées que nous ne repoussons pas instantanément et que nous ruminons constamment dans notre cœur, s'adhèrent à notre âme et font partie intégrante de nous-mêmes. Suivant leur poids, elles font de nous, si elles sont faibles, des êtres flottants, nous laissant aller au néant, ce que nous ne souhaitons jamais ; et si elles sont fortes, des êtres équilibrés, nous projetant vers l'essor. Un très simple exemple : Tu sais que j'aime toujours à chanter dans mon cœur. Un jour, alors que je répétais longuement au-dedans de moi les paroles d'une chanson, je me suis subitement surprise à les chanter à haute voix, alors que je n'avais même pas l'intention d'ouvrir la bouche. J'ai tout de suite compris cette leçon bien facile : Nos conversations aussi bien que nos actions, sont les fruits tangibles du travail secret qui se fait dans notre esprit ; ou en d'autres termes, nos paroles et nos actes sont les dénonciateurs de nos pensées ; ils sont les images de notre âme, l'écho de notre caractère, le retentissement de notre cœur.

Priscille - Donc la pensée des amis du jeune homme a été comme un fleuve qui coulait à travers son esprit, inondait son caractère et produisit le déluge dans sa vie. Oh ! C'était inquiétant de le voir aller et venir avec ce groupe qui a, plus d'une fois, fait pleurer des parents.

Hadassa - Comment a-t-il pu appartenir à un tel groupe et l'aimer tant ! Son père est si honnête !

Priscille - Le fils ne le serait pas moins si, en addition à son bon côté, il n'avait pas un caractère réfractaire. C'est quelque chose d'inné chez lui ; et il n'a fait aucun effort pour s'en débarrasser.

Hadassa - Qu'elle est dure, la tâche des parents !

Priscille - Je la trouve si lourde que quand je réclame la sagesse d'en haut, je la fais aussi pour tous les parents, pour tous les tuteurs, pour tous les éducateurs. Je fais aussi des supplications pour tous les enfants ; car beaucoup d'entre eux tendent à mépriser les leçons et les corrections qui découlent de la sagesse de leurs instructeurs. Leur caractère frivole les fait trop badiner avec leur avenir.

Hadassa - Oh ! Ce qui est navrant, c'est que généralement leur mépris de l'enseignement leur coûte cher. Plusieurs du groupe dont nous parlions sont partis dans la même condition, sans avoir eu le bonheur de revenir. Ils sont morts dans leur dégradation. Des mères ont dû pleurer en sanglots, et des pères ont poussé des soupirs angoissants.

Priscille - Hélas ! Hélas ! Hélas ! Je ne puis oublier cette question d'influence !
Influence ! Influence ! Influence !

Hadassa - S'il y en a de mauvaises, il y en a aussi de bonnes comme celles de notre maître. Sa conduite et sa connaissance n'ont-elles pas eu un grand effet sur nous ? Bien que son fils n'ait pas su en profiter. Au commencement, il a résisté contre le courant inique de ses compagnons, mais leurs moqueries l'ont fait succomber. Eviter d'être parmi eux à la merci de leur influence, serait bien sa sauvegarde.

Priscille - Et puis, la destinée dépend de l'influence qui marque sa vie.

Hadassa - Tu as bien rencontré le point de vue du sage émis en ces termes : "Celui qui fréquente les sages devient sage ; et celui qui se plaît avec les insensés s'en trouve mal."

Priscille - Évidemment. Salomon a aussi dit : "Paresseux, va vers la fourmi ; considère ses voies et devient sage". Je n'ai pas su m'expliquer comment le jeune homme eût pu passer tant d'heures dans l'oisiveté, bavardant.

Hadassa - C'est ce qui surtout lui a ouvert la porte au vagabondage. Son esprit était trop inoccupé.

Priscille - Et cependant, beaucoup travaillent excessivement et n'ont pas une conduite meilleure à celle du jeune homme à certains égards.

Hadassa - Eh bien ! Les extrêmes ne sont jamais utiles. Si l'oisiveté nuit au progrès, le travail excessif abrutit et affecte les facultés de l'esprit. On peut donc devenir cupide, idolâtre, insensible, colérique pour ne citer que cela. Il n'est pas convenable de s'esquinter pour accumuler des biens ; parce que la richesse n'est pas synonyme de bonheur et de paix. On peut être riche avec le tourment dans l'âme qui provoque la misère ; et pauvre avec toute la quiétude d'esprit qui procure la joie.

Priscille - En ce qui a trait à notre jeune homme, il a trop aimé les amis. Il est vrai que l'homme, naturellement, éprouve des désirs de sympathie, d'affection et d'amitié ; mais pour se faire des amis, on n'a pas à se conformer à l'ignorance, la mauvaise conduite de ses compagnons, se ravalant ainsi à leur niveau. On doit plutôt les inviter à la réforme, ou les fuir s'ils refusent de s'amender. Attachés à eux, si vous ne les vainquez pas, ils vous vaincront. Alors, placé dans un tel labyrinthe, la possibilité est très mince de pouvoir en sortir. "Heureux donc l'homme qui ne marche pas selon le conseil des méchants et qui ne s'assied pas dans la compagnie des moqueurs."

Hadassa- Oh ! Oui.

Priscille - Concernant la question de volonté, que peut-on espérer de ceux qui sont faibles par nature. Pourront-ils changer de conduite quand ils ne peuvent s'adonner qu'à ce qui leur est facile et agréable ?

Hadassa - L'animal est inférieur à l'homme, n'est-ce pas ? Et cependant, ne fait-il pourtant pas comme si c'était naturel chez lui, ce que, sans entrainement, il ne pourrait jamais réaliser dans sa vie ?

Si, dans quelques cas, après un entraînement d'apprivoisement, l'animal sans intelligence reprend un jour, sa vie sauvage passée, il ne devrait pas être ainsi pour l'homme ; car celui-ci possède la raison et peut comprendre les bienfaits d'une vie réglée.

Nul ne peut prétendre n'avoir pas de défaut ; nul ne peut non plus affirmer être privé de vertu. Ainsi, le moindre défaut exercé peut entrainer une multitude d'autres qui entraveront la vie.

La moindre vertu cultivée peut en susciter une quantité d'autres qui feront épanouir notre vie. Ces vertus et ces défauts naturels ou acquis font de nous tous ce que nous sommes. Sans Dieu, la victoire est impossible. Quand le cœur reçoit la vaccination de l'esprit il est immunisé contre les germes fatals du péché dont le fléau sévit avec fracas dans toutes les régions du globe où la société en souffre terriblement. Le jeune Joseph en Afrique, dans le pays d'Egypte, est un bel exemple de fermeté et de constance. Il nous le confirme dans ses paroles : "Comment ferais-je un si grand mal et pécherais-je contre mon Dieu ?" La femme de Potiphar n'a pas pu réussir à le séduire. Le bon plaisir de Dieu exprimé dans son désir, se trouve en chaque individu. Qu'il voyage, ou qu'il reste à la maison, qu'il se couche ou qu'il se lève, cette volonté de Dieu demeure en lui. Tu le sais bien, très bien.

Priscille - C'est la voix intérieure qui nous parle dans toutes les occasions ; c'est cette compréhension naturelle qui nous fait savoir quand nous sommes devant une bonne ou une mauvaise action. C'est elle aussi qui nous fait éprouver un sentiment de satisfaction ou de culpabilité, suivant que nos actes sont droits ou méchants.

Hadassa - N'est-ce pas que tu es sur le terrain !

Priscille - C'est donc la conscience.

Hadassa - Exactement ! Lequel, quelque faible ou fort qu'il soit, n'a jamais eu de combat en son cœur ? Le fort, des fois, ne tombe-t-il pas comptant trop sur sa force, et négligeant ainsi de se soumettre à la voix qui veut dominer en lui ? Le faible lui ne parvient-il pas, des fois, même en tâtonnant et en trébuchant, à la victoire complète ? Hélas ! Des fois, plusieurs se pressent de poser des actions douteuses pour pouvoir étouffer cette voix qui d'après eux, les importunerait en leur donnant trop d'avertissements, des avertissements contraires à leur tendances malsaines.

Priscille - C'est écœurant !

Hadassa - Des tableaux impressionnants touchant le thème de notre conversation, se dessinent dans ma pensée. L'attitude de Dieu en face de chaque circonstance donne une idée de sa longanimité.

Les antédiluviens qui se moquaient de la prédication de Noé, les habitants de Sodome et de Gomorrhe qui méprisaient les principes de sagesse, employant eux tous, leurs moments de loisir à la débauche, sont des figures de rébellion chronique. Ils y attirent tous le châtiment divin. Les Ninivites eux-mêmes qui allaient périr à cause de leur mauvais comportement mais qui, après le message de Jonas s'étaient repentis de leurs fautes, sont des figures de repentance. Ils ont attiré le pardon divin.

Priscille - Je conçois donc que la miséricorde divine rend le salut accessible à tous, et que notre part n'est que secondaire dans la situation. Elle est infime, mais aussi nécessaire, comme quand on placerait un ou des zéros derrière un chiffre. Nous dirons alors que nos efforts de tous genres sont des zéros ; et la grâce de Dieu les fait devenir des nombres valables : 10,100, 1000, et ainsi de suite.

Hadassa - Correctement ! Plus nous collaborons avec la divinité, plus les zéros se multiplient et renforcent le nombre nous regardant, regardant notre capacité spirituelle. Et cette part secondaire nous est échue pour que nous ne soyons pas des automates, mais des êtres pensants, résolus, ce qui nous fait maintenir notre rang, notre appartenance à la race divine. Lui, le prophète Ezéchiel transmet la pensée de Dieu à ce sujet :

"Aussi vrai que je suis vivant, dit le Seigneur, je prends plaisir non à la mort du méchant, mais à sa conversion et à son salut". Il ajoute : "La justice du juste ne le sauvera pas le jour où il tombera dans le péché, et la méchanceté du méchant ne le fera pas périr le jour où il s'en détournera".

Priscille - Puisse le fils de notre maître être libéré de cet affreux et cynique labyrinthe dans lequel il se trouve !

Hadassa - La chambre du jeune homme est propre et fraîche. Son père y tient, espérant que son fils chéri, son fils bien-aimé reviendra. C'est possible, (pleurant et s'essuyant les yeux) oui, c'est bien possible.

Priscille - (Pleure aussi et s'essuie les yeux.)

Scène XII

Dans la cour

Dan

Le pays de Pérée favorise la corruption et l'iniquité chez la jeunesse. Il y a toutes sortes de programmes qui encouragent même les adolescents à la débauche. Cela contrarie le progrès du pays. Trop d'argent est consommé en grande partie dans la réalisation de choses absurdes.

Les jeunes de Pérée s'attachent à tout ce qu'il y a de vaniteux. Il s'adhère à tout ce qui marque la perversion. Celui qui en fait, est insociable pour des gens raisonnables, est pour eux une personne désirable et pleine de succès. Leurs pensées, les paroles de leurs bouches, leurs conversations, leurs habillements, leur style de vie, constituent la quintessence de l'indécence. Encouragés par des leaders insouciants, Ils n'aiment aucun standard élevé. Pour eux, un gentilhomme est celui qui peut aisément se faire avec la vulgarité et l'iniquité. Ils donnent des attributs positifs à ceux qui sont à jour avec l'immoralité.

Ce pays avec certains règlements très bas a captivé l'attention de beaucoup de jeunes. C'est comme s'ils ont des promesses de rémunération pour certains genres de dépravations. Comment les jeunes ne s'arrangeraient-ils pas pour déguster autant qu'ils peuvent les fruits apparemment doux de la désinvolture ?

La vente de beaucoup de produits de ce pays enrichit les fonds des commerçants et appauvrit l'esprit des jeunes ou de toute autre personne qui ne se soucie pas de son bien-être moral. La dépravation de la jeunesse contribue à leur richesse. En d'autres termes, leur fortune dépend des iniquités que les gens acclament. C'est pourquoi, dans ce pays, les maladies morales sont aussi et même plus répandues que les maladies physiques. La jeunesse a besoin de secours ; Elle a besoin d'éducateurs conscients de leur tâche, capables de reconnaître les symptômes de ces maladies, les refreiner et les guérir préférablement à la base.

Si seulement la jeunesse pouvait savoir qu'il y a un combat qui se livre entre le bien et le mal ! S'il pouvait savoir aussi qu'il constitue le prix que gagnerait l'un ou l'autre parti ! Si seulement il pouvait le comprendre, il fuirait loin de l'immoralité.

Puisse le prodigue lui-même, se ressaisir et reconnaître les pièges cachés dans les offres délurées de ce pays !

Dan et Barthélemy déplorent la condition morale du prodigue. Ils s'apitoient sur son départ, et souhaitent son retour. A Pérée, le prodigue, après avoir abusé de sa liberté, perd son bien, et subit les rigueurs douloureuses de sa misère. Le passant qui s'offre pour le guider dans les plaisirs, les femmes qui lui font faire des dépenses excessives, l'hôtesse et le garçon, employés du restaurant étonnés de sa prodigalité, son amoureuse Zilpa sont des personnages qui brossent les scènes de sa dégradation. Jachaziel lui, pense que la richesse obtenue trop prématurément, a enfoncé le prodigue davantage dans le mal.

Scène I

Dans la cour

Dan et Barthélemy

Dan - Qu'est-ce que notre bonhomme doit être en train de faire maintenant ? En as-tu une idée, Barthélemy ?

Barthélemy - Oh ! Non. Je n'en ai aucune idée. Mais ce que je sais, c'est que, s'il garde encore les mêmes sentiments, il doit être sur le point de s'enliser dans de profondes misères.

Dan - C'est dur d'être rebelle.

Barthélemy - Et plus dur encore que d'être un rebelle insolent.

Dans tout ceci le mal s'avère plus grand quand on croit que seul sa pensée doit avoir le dessus et que tout le reste est futile. Quand on est opiniâtre, quand on sent que le monde est seulement soi avec ceux que l'on décide d'aimer, on devient de plus en plus arrogant et insolent. Mais chacun est libre de penser et d'émettre son opinion, pourvu qu'il le fasse de bonne foi pour l'intérêt de la collectivité.

Dan - Tous ceux qui se sont enfoncés dans la boue de la rébellion ont eu un sort fâcheux.

Barthélemy - Oui. C'est vrai. Tu sais déplorer leur attitude en ma présence. Nous abhorrons tous ce comportement.

Dan - Malheureusement, une dame, occupant une très haute position, a détourné de la droiture, son mari et beaucoup de ses sujets. Elle, Jézabel, était très rebelle. Elle fleurissait apparemment ; mais elle succomba au milieu de ses méchancetés. Qu'il n'en soit pas ainsi pour le fils cadet !

Barthélemy - Peut-être, il est en train de chercher à jouir de cette prétendue liberté après laquelle il soupire.

Dan - Je le crois bien.

Barthélemy - Je le redirai tout le temps : je suis navré à la pensée qu'il agisse de la sorte et qu'il en souffre sûrement.

Dan - Tu sais, ce fils a mal interprété le sens du mot liberté.

Barthélemy - S'est-il un jour arrêté pour se demander ce qu'est en réalité la liberté ?

Dan - Je pense que non. Malgré nos multiples avertissements, il ne voulait jamais accepter les règlements. Il désirait plutôt que les lois inchangeables de la droiture se modifient d'après les caprices de son âme branlante. Agir ainsi, c'est pour lui, être libre, même si cela dérange son environnement, et plus tard, sa propre vie. Bien que parfois, il se soit montré courtois, Il refusait de comprendre que le respect de son prochain et le respect de soi-même est à la base de la liberté chez chaque individu et dans toute société.

Si chacun, sous prétexte d'utiliser sa liberté, faisait ce qu'il voulait de ses propres droits et des droits de son prochain, cette liberté se transformerait en un véritable désordre ; et lui, non plus, ne pourrait à son tour, jouir des bienfaits que procure la situation d'homme libre.

Barthélemy - Dans tous les temps, la jeunesse a toujours cherché des voies détournées. Elle cherche le plaisir dans l'intempérance, dans le mauvais emploi des produits de la nature, dans le mauvais emploi des fonctions de son propre corps, dans l'incontinence et tout ce qui la berce d'illusion devant les mirages de ce monde et les fait tomber dans la dégradation.

Dan - Madame Le sage a expliqué la liberté en plusieurs termes à ses élèves qui semblaient tordre la signification de celle-ci. Ne pas être libre, c'est être dans l'esclavage. On est ou bien libre, ou bien esclave.

La liberté qui dépasse ses frontières tombe automatiquement dans l'autre camp. Elle s'évanouit pour faire place à l'esclavage. " L'excès en tout nuit."

Souvent, un individu donne à sa liberté un sens si illimité, un sens si incompréhensible, un sens si désordonné, un sens si bas, que cette prétendue liberté arrive jusqu'à la barbarie, jusqu'à la confusion jusqu'au néant où elle cesse entièrement de porter son nom.

C'est pourquoi, l'homme naturel, n'ayant que des dispositions à chercher le bien-être de la chair, agit d'après ses basses inclinations, ses drôles de pensées.

Beaucoup d'irréfléchis, loin d'être sages, confondent la liberté avec le libertinage. La première s'épanouit avec l'honnêteté. Le deuxième fonctionne avec la dépravation. Le sage ne saurait jamais s'adonner au libertinage qui, faisant beaucoup de ravages, jette dans l'esclavage. Le libertinage est donc la détérioration de la liberté qu'on a en partage.

Même quand on n'est apparemment pas irréprochable, on a toujours besoin d'une influence supérieure pour purifier les mauvais traits cachés de son for intérieur. Ce travail ne peut se faire que par l'intervention d'un Rédempteur. Quand on couve le mal avec la liberté pour couverture, on devient ipso facto, esclave de la méchanceté qui enlaidit et enlève tout crédit à son détenteur.

L'acceptation de ce Rédempteur même par anticipation, produit une inspiration profonde qui donne de la sagesse, de l'intelligence et de la compréhension indiquant les dimensions de la liberté.

Si, dans une atmosphère de paix, de respect et de bonheur, l'on devait trouver les dimensions de la liberté, on constaterait qu'elle va à l'infini ; mais dans un cadre d'immoralité, ces dimensions sont réduites à néant.

Barthélemy - Oui mon cher Dan, pour revenir au point initial de notre conversation, jusqu'où est arrivé le fils cadet dans son voyage et dans sa désinvolture ?

Quel taux de liberté reste-t-il au jeune homme ? S'il lui en reste encore un faible pourcentage, ne l'emploiera-t-il pas pour pouvoir remonter le courant ? Ainsi Saltani qui voulait faire un pari avec nous, ne pourra que baisser la tête en notre présence et s'enfuir loin de nous.

Scène II

Dans la rue

Le Prodigue

(Il attache son cheval quelque part sur la place, et va s'asseoir avec sa grande malle en main)

Le prodigue - Me voici sur les lieux. C'est l'aurore d'un nouveau genre de vie ! C'est la liberté ! C'est la joie ! La force de la jeunesse fait palpiter mon cœur. Dans cette belle ville, je vois déjà se dessiner devant mes yeux, le tableau de tant de plaisirs ! Oh ! C'est la vie ! Je vais explorer à fond cette région.

(Sautant, dansant) Je suis content ! Je suis content ! Je suis content

Scène III

Dans la rue

Le Prodigue et le passant

Le prodigue - (Marchant en sifflant)

Le passant - Jeune homme, tu viens sans doute d'un autre pays, car tu as l'air d'un étranger.

Le prodigue - Oh ! Oui, de très loin.

Le passant - Ces bagages avec lesquels tu ne peux trop te donner le loisir de visiter les lieux intéressants du pays, doivent t'être bien encombrants ! Les hôtels sont en grand nombre ici. Mais quand les visiteurs affluent trop, on risque de ne pas y trouver de place. Pourquoi, au lieu de regarder à droite et à gauche, ne te débarrasses-tu pas de toutes ces choses, t'adressant au maître de cet hôtel non loin duquel tu as attaché ton cheval ? Il voudra bien te servir.

Et puis, tu pourras prendre tes ébats, n'est-ce pas ? C'est peut-être pour cela que tu es venu. Les plaisirs t'intéressent ; je dis vrai ?

Le prodigue - Certainement ! C'est la seule cause de ma présence ici.

Le passant - Et bien, quand tu auras fait tes arrangements avec le maître d'hôtel, voudrais-tu que je t'oriente dans le pays afin que tu sois informé de tout ?

Le prodigue - (Donne la main au passant) Merci bien. Nous nous entendons. J'ai tellement hâte de savourer les plaisirs d'ici dont mes amis dans mon pays m'ont si souvent parlé ! Dis-moi, comment se font les étrangers ici ? Vivent-ils heureux ?

Le passant - Oh ! Oui, pourvu qu'ils aient de l'argent.

Le prodigue - La vie doit être bien chère !

Le passant - Pas tout à fait ! Mais n'y pense pas encore. Tu es venu après des plaisirs ; tu en es sûr ?

Le prodigue - Oh ! Oui.

Le passant - Et bien. Qu'attends-tu pour répondre au vœu de ton cœur ?

Le prodigue - Te retrouverai-je ici quand je me serai déchargé ?

Le passant - Certainement ! D'ailleurs, je dois attendre ici ma sœur Zilpa avec laquelle tu pourras lier connaissance.

Le prodigue - D'accord ! Je puis donc commencer à compter sur deux amis dans ce pays. (Se donnent la main pour se séparer.)

Scène IV

Dans la rue

Monologue du Passant

Le passant - (Siffle attendant Zilpa)

Ce jeune homme que je viens de rencontrer n'est réellement pas correct. Bien qu'à ses yeux, je paraisse un gentilhomme, et que, d'après lui, ma sœur Zilpa doit être comme moi, je déplore sa légèreté d'esprit. Je trouve qu'il est trop naïf. Ses raisonnements sont trop puérils. Comment peut-on penser tomber si facilement sur un bon ami, et si aisément sur une amoureuse de confiance ? Moi qui connais les ruses et les tactiques des jeunes hommes et des jeunes filles, je puis dire qu'on peut compter sur les doigts, les amis sincères et les filles de valeur.

(Il siffle, continuant à attendre.)

Scène V

Dans la rue

Zilpa, le Passant

Zilpa - Mon frère, sais-tu que le jeune homme avec lequel tu m'as fait lier connaissance m'a affirmé qu'il m'aime !

Le passant - Il t'aime vraiment ! Je le pressentais ; car il avait fait une grande exclamation quand je lui ai parlé de ma sœur Zilpa. Je puis donc, disait-il, commencer à compter sur deux amis dans ce pays ! Il est donc si content de m'avoir rencontré et de trouver en moi un compagnon ! Quand on revient ainsi de bien loin, et qu'on n'a pas d'amis dans le pays, les premières rencontres font généralement beaucoup d'impressions sur soi.

Zilpa - Oui mon cher ! Mais qui est-il ? Sais-tu ?

Le passant - Pas très bien. Mais je suis renseigné sur trois points : il vient d'une famille riche et cultivée, il est lui-même très aisé.

Les deux - (Contents des biens du Prodigue, se donnent les deux mains, les remuant pendant que Zilpa dit) D'accord ! D'accord !

Le passant - De plus, il est passionné pour les plaisirs.

Zilpa - Passionné pour les plaisirs !

Le passant - Oui, très passionné. C'est pour cela qu'il est venu, me dit-il ; et je l'ai déjà guidé.

Zilpa - Mais de quelles sortes de plaisirs veux-tu parler ?

Le passant - De tous les plaisirs possibles et imaginables ! De tous les plaisirs qu'on peut trouver ici.

Zilpa - Je voudrais plutôt que tu le fasses participer aux activités du groupe de chanteurs.

Le passant - Comment Zilpa, c'est toi qui dois m'indiquer quelle compagnie lui faire fréquenter ? Toi qui es fille, ne vas-tu pas où tu veux, et ne jouis-tu pas de la vie comme tu veux ?

Zilpa - En effet, tu dis vrai ; mais tu ne travailles pas à mon intérêt ; car plus il s'adonne aux plaisirs, plus il épuisera ses biens. Les plaisirs ici, sont multiples et insatiables ! Ces plaisirs coûtent chers !

Le passant - C'est moi qui dois l'en détourner, alors que nous autres, nous y sommes bien plongés !

Zilpa - Mais je veux que lui, il conserve son argent pour moi !

Le passant - Tu es trop exigeante ! Tu veux réclamer de lui ce que toi-même tu ne peux.

Zilpa - Ne comprends-tu pas ? C'est une affaire d'économie que je veux régler.

Le passant - Son argent est à lui ; il peut en disposer comme il veut.

Zilpa - S'il m'aime, il doit pouvoir me donner et son cœur et son argent.

Le passant - tu ne tiens pas surtout à la conquête de son cœur ; tu tiens plutôt à l'acquisition de ses biens !

Zilpa - C'est une affaire qui ne regarde que lui et moi ; pas d'autres.

Le passant - Cela me regarde aussi, car il est mon ami.

Zilpa - Ton ami ! Ton ami !

Le passant - Oui, mon ami, mon ami.

Zilpa - Toi aussi, ta pensée se dirige plus vers le gain que vers l'amitié ; puisqu'il paie et pour toi, et pour tes camarades quand tu l'amènes s'amuser. Tu seras responsable de sa dégénérescence.

Le passant - S'il n'est pas tout à fait dégénéré, il l'est quand même en partie ; parce qu'il est le jouet de nous tous : nos camarades, toi et moi qui sommes déjà des dévoyés. Les plaisirs l'aveuglent ; c'est pourquoi il ne t'a pas découverte.

Zilpa - tu le dis, parce que toute ta compagnie féminine est dans un grand tourbillon de dépravation. Ces femmes déshonorent la loi, leurs maris et la société.

Le passant - tu es aussi passible de correction, même si tu n'as pas d'époux ; car l'indécence est coupable de la part de la femme mariée comme de la part de celle qui ne l'est pas.

Zilpa - Pourquoi m’accables-tu ? Je ne suis pas la pire des filles.

Le passant - Moi, je suis un escroc. Je dis franchement que je le suis, alors que tu te trompes toi-même. L'indécence, c'est l'indécence, quel que soit son degré. En tout cas, tu as encore de la chance. Mais c'est malheureux qu'il ne puisse découvrir tes ruses et qu'il te considère maintenant comme la meilleure fille de sa connaissance.

Figure 8 Dégradation

Scène VI

Au restaurant

Le Prodigue, le Passant et des femmes

(Ils sont à table dans un restaurant, mangeant, buvant et applaudissant).

Le passant - Nous devons féliciter notre nouvel ami. Depuis son arrivée ici, nous ne sautons jamais de repas ; et de plus, nous sommes toujours bien nourris, mangeant à satiété.

(Tous applaudissent.)

Une femme - Nous connaissons des jours de fête !

Le passant - (Touchant son ventre) Nous sommes rassasiés !

Une femme - Nous avons mangé des mets très spéciaux, des mets très variée, et cela autant que notre désir le réclamait de notre ami. (S'adressant au Prodigue)

Tu es très fortuné. Car tu as pu aujourd'hui et antérieurement satisfaire à l'appétit de nous tous, tenant compte de nos différents goûts !

Le prodigue - N'êtes-vous pas mes amis ? Nous devons manger et nous réjouir ensemble ! Je dois vous plaire tous et rendre ma compagnie heureuse.

Une femme - (Parlant tout bas A une autre) aurait-il un trésor inépuisable ?

L'autre femme - Qu'est-ce qui ne s'épuise pas ici-bas ?

Scène VII

Dans sa chambre d'hôtel

Le prodigue

(Assis sur son lit, réfléchissant)

Je commence à avoir en horreur le séjour que je mène ici. Il est vrai que j'ai goûté de beaucoup de plaisirs, de ces plaisirs qui m'ont semblé bien doux ; mais, ils sont artificiels. Je n'ai presque plus de quoi satisfaire à tous les besoins qu'exige une vie aisée. Et quant à ces femmes ravisseuses qui ne s'attendent pas à l'amour, mais au gain, qui ne s'attendent pas à l'affection mais à la sensualité...

Ces faux amis me rappellent ce que les serviteurs de mon père répétaient des fois dans leurs conversations devant l'intempérance de plusieurs. Ils ont parlé d'Ève qui, dans sa convoitise, ne pouvant contrôler son appétit a perdu sa domination sur la terre. Ils ont parlé d'Ésaü qui a vendu son droit d'aînesse pour un plat de lentilles.

Ils disaient aussi que dans d'autres cas, certains détruisaient même leur santé en voulant satisfaire à un appétit glouton, à un goût corrompu et plaire ainsi à certains de leur entourage qui en font de même. Ces femmes que je fréquente sacrifient leur honneur pour de la nourriture et les plaisirs malsains. Quand est-ce que je pourrai sortir de cette ambiance ?

Je suis las de ces ruses de la vie, mais j'y suis trop bien pris. Victime que je suis, je ne puis me tirer d'embarras. "Celui qui a beaucoup d'amis les a pour son malheur". Ma seule consolation actuelle est la petite Zilpa que j'aime et qui apparemment est mieux que les autres filles que j'ai rencontrées. Mon argent et mon or vont bientôt être épuisés puisque je dépense et ne gagne rien. Il ne me reste que ma bien-aimée. J'espère qu'elle me sera toujours fidèle comme elle me l'a promis.

Scène VIII

Au restaurant

Le Prodigue, le Passant, des femmes, une hôtesse, un garçon

(Ils sont assis à table dans un restaurant. Le Prodigue lui, est debout non loin d'eux)

Le passant - Mon ami, pourquoi aujourd'hui, te tiens-tu à l'écart ? Tu es toujours si empressé d'apporter des notes de gaieté à notre compagnie !

Une femme - (Frappant des mains, la table) Que se passe-t-il ?

Les femmes - (Se regardant) Que se passe-t-il ?

Le passant - Quel grand changement dans ton attitude !

Les femmes - (Vont le prendre par le bras) Viens donc près de nous !

Le passant - Viens t'asseoir à table !

Le prodigue - (Se laissant mener, allant s'asseoir, et oubliant un peu la pensée qui le dominait, il commence à sourire et à parler avec ses amis.

Le garçon - (S'adressant à l'écart à l'hôtesse) Voici l'un des clients des plus assidus du restaurant. Il ne vient jamais seul. Il paraît généreux.

L'hôtesse - Généreux ! Généreux ! Tu veux dire Prodigue. Tu ne remarques pas comment il commande généralement les mets les plus rares et les plus coûteux pour lui et pour tous ? Et puis, quand il y a vente aux enchères, il est toujours prêt à participer et à avoir finalement l'objet en question. Je me demande s'il en a toujours vraiment besoin !

L'Hôtesse - Adressons-nous quand même à lui.

(Ils s'approchent de la table.)

Le garçon - Voulez-vous commander votre dîner maintenant ?

Le passant - (S'empresse de répondre lui-même) C'est ce que nous allons faire.

Le prodigue - Moi, il ne m'est pas aisé de commander quoi que ce soit aujourd'hui. D'ailleurs, je n'ai pas très faim.

Le passant - Tu n'as pas très faim ; mais nous autres avons faim, grand' faim. Voudrais-tu commander quelque chose de lourd pour nous ?

Une femme(a) - Il n'est peut-être plus disposé à avoir d'amis.

Le passant - Non ma chère, ne parle pas ainsi. Il nous aime. Il n'est peut-être pas sorti cette fois avec de l'argent. Nous pouvons quand même faire la commande. Il s'arrangera avec l'hôtesse et le garçon, puisqu'il est un client bien connu de la maison.

Une femme(a) - (A l'hôtesse) Il semble que le menu du jour est très appétissant. Hmm ! Hmm !
J'espère que la saveur de la nourriture aura la même portée à mon palais que l'est son odeur à mon odorat.

L'hôtesse - Certainement !

Une femme(b) - Pourriez-vous me passer la carte s'il vous plaît. Le menu du jour ne me conviendra peut-être pas tout à fait.

L'hôtesse - Voici la carte !

Une femme(b) - (Elle prend la carte et lit.) Il me faut des toasts, des pommes de terre en robe des champs, du poisson, une côtelette de mouton, de la moutarde, s'il vous plait ! Je veux que le gout de ces mets réponde au désire de mon palais.

Une femme(a) - Le menu du jour m'intéresse bien ! Macédoine de légumes, omelette aux champignons, pain, céréales, bifteck (beefsteak), cocktail de fruits. Que me faut-il davantage ?

Le garçon - Pour le menu à la carte, il y a quelques minutes d'attente. Le reste sera servi tout de suite.

Une femme(d) - J'attends aussi.

Le prodigue - (Les mains à la mâchoire).

Le passant - Je commence avec la meilleure des boissons que vous avez, accompagnant d'abord ces deux amis (indiquant du doigt le Prodigue et la femme c).

Le garçon et l'hôtesse - (Servent le Prodigue, le passant, les femmes (a), (c) d'après le menu du jour. Puis après quelques minutes, ils servent les femmes (b) et (d).

Le prodigue - (Mange à peine)

(Eux tous se parlent. Le Prodigue, lui garde un air triste.)

Le garçon - Pas d'autres boissons ?

Le prodigue - Rien que de l'eau pour moi, s'il vous plait !

Le garçon - (Lui en apporte, tandis que l'hôtesse observe)

Le Prodigue - (Boit l'eau), il se lève, prenant son sac pour s'en aller.) A plus tard, mes amis !

Le passant - (N'ayant pas fini de manger), Comment ? Tu pars ! Tu nous laisses seuls au restaurant ! Et qui va payer alors ?

Le prodigue - Je suis en proie à de dures réflexions aujourd'hui. Je me presse de rentrer. On se verra après. Je suis toujours votre ami, n'est-ce pas ? Maintenant, faites-moi le plaisir de payer vous autres la commande. S'il le faut, faites une cotisation entre vous.

Le garçon et l'hôtesse - (Regardent étonnés)

Le passant - Je t'avais bien averti que nous n'avons pas d'argent.

Le prodigue - Et si vous en étiez si sûrs, pourquoi êtes-vous assis à table pour manger ? Suis-je appelé à toujours payer vos dettes ?

Le passant - Mon cher, même si tu n'as pas d'argent pour payer tu demeures débiteur, toi et non pas nous.

Les femmes - (Mettent leurs mains à la mâchoire)

Le garçon et l'hôtesse - (Observent la scène)

Le prodigue - (Soupirant, parlant à lui-même). La liberté que je cherchais me rend maintenant esclave. Esclave de qui ? D'êtres sans raisonnements, sans scrupules. Voilà où je suis tombé !

Le garçon et l'hôtesse - (Se parlent)

Le passant - peut-on avoir l'addition, s'il vous plait ?

Le garçon - A qui la donner ?

Le passant - A lui (indiquant le Prodigue) C'est lui, votre client.

Le prodigue - Avec quoi vais-je payer ? Combien de fois dois-je vous dire que je n'ai pas d'argent ? Pas une drachme ! Pas une pite !

Le passant - Et bien, si tu ne payes pas, nous ne serons plus tes amis. Ne comptes donc plus sur nous.

Le prodigue - Qu'importe !

Le passant - Qu'il y ait rupture d'amitié ou pas, tu paies toi-même.

Le groupe - (Commence à s'en aller pour laisser le prodigue seul au restaurant, puis s'arrête, écoutant les paroles du garçon.)

Le garçon - Quel triste cas ! Jeune homme, (s'adressant au prodigue) ce n'est pas moi le propriétaire du restaurant, comme tu le comprends, déjà. Je ne puis rien faire pour toi.

Le passant - (Retourne) Ecoute, (s'adressant au garçon) demande-lui de vider son sac. Il a au moins la coupe qu'il avait obtenue lors de la vente aux enchères au vestibule.

Le garçon - (Au prodigue) Puis-je la voir ?

Le prodigue - Pas de problème ! Mais c'est à moi, pas à eux ! (Il la lui montre).

Le garçon - Cette coupe ! Elle est chère, c'est vrai. Mais elle est loin d'égaler la valeur du repas.

Le passant - Mais c'est ici qu'il a eu cette coupe. Il l'a payée exagérément chère.

Le garçon - Objet offert en vente ! Objet acheté volontairement ! Ils n'ont pas la même valeur. D'ailleurs il a eu la coupe dans une vente aux enchères, c'était au plus offrant, le dernier enchérisseur.

Le passant - Moi, je m'en vais ; entendez-vous ! (Il entraine les femmes après lui.)

Le prodigue - (Commence aussi à s'en aller.)

Le garçon - Ce groupe de querelleurs m'embarrasse ! Garde ! L'hôtesse - (Etonnée, lève les deux bras). Ciel !

Un garde - (Fait son apparition)

Scène IX

Chez Zilpa

Le prodigue et Zilpa

Le prodigue - (Entre chez Zilpa) Comment te portes-tu, Zilpa ?

Zilpa - Je me porte bien, excepté que mon sommeil était troublé hier soir, ton image m'obsédant.

Le prodigue - Vraiment ! Alors nourris-tu pour moi un amour profond et sincère ?

Zilpa - C'est peu de ne dire que cela ; ton amour en mon cœur, a des racines et je ne puis te le décrire parfaitement.

Le prodigue - Je vis loin de mon père, de mon grand frère et de tous mes parents.

Je ne suis plus bénéficiaire de leurs tendresses et de leur affection.

Alors que le tableau de la solitude que j'aimais a changé pour moi, alors que je commence à comprendre qu'une illusion se dessinait devant mes yeux, je souffrirais davantage, si je n'avais pas trouvé en toi l'objet de ma consolation ; n'est-ce pas, Zilpa ?

Zilpa - Si tu vis loin d'eux maintenant, pourquoi ne pourrais-tu pas les rejoindre bientôt ?

Le prodigue - Ah ! Ma chère, il y a des circonstances malheureuses qu'on ne peut changer. Tu as une idée superficielle de la question.

Zilpa - Certains faits de ta vie, me demeurent-ils encore cachés ? Ne m'avais-tu pas dit que tu as vidé ton cœur en ma présence ?

Le prodigue - En effet, je t'ai presque tout dit sinon la pensée que je ne me vois pas reprendre le chemin du retour vers mon père.

Son absence ne m'aurait pas tant effrayé si je n'étais pas sur le point de perdre le reste de mon avoir. Il avait prévu que cela m'arriverait ; et moi, j'ai voulu faire à ma tête.

Je pensais pouvoir loin de son attention, m'occuper de mon bien, bien que je n'aie encore aucune profession ; et je me moquais des paroles de mon père qui me parlait du danger qui peut résulter d'une vie dominée par des désirs effrénés. Jusqu'à présent, quel bon souvenir puis-je avoir de ce que j'appelle émancipation ? Si ce n'était ton existence, la vie me serait tout à fait horrible.

Zilpa - Qu'as-tu fait ainsi ! Tu es donc devenu odieux aux yeux de tes parents !

Le prodigue - Oublions le passé où toi et moi vivions à distance. Pensons maintenant à l'avenir et marchons ensemble, la main dans la main vers le chemin de la vie à deux.

Zilpa - Prodigue doit être ton nom. Moi donc, je ne voudrais pas m'adjoindre à des personnages d'une telle histoire.

Le prodigue - Prodigue ! Oh ! Ce titre s'approprie bien à moi et j'en rougis de honte. Mais ne m'oublie pas, n'importe comment. (Tristement), laisse-moi me retirer maintenant ; je reviendrai te voir. (Il l'embrasse sur la joue.)

Scène X

Jachaziel

Dans la cour de la maison du père

Depuis tout ce temps, le fils cadet n'est pas revenu. Qu'a-t-il fait de ses biens ? Saurait-il comment les administrer hors des yeux de son père ? Il n'a pas paru mûr au point de résister à des tentations capables de lui faire gaspiller son argent. Le fait pour lui de laisser la maison était déjà une maladresse de sa part.

Il voulait dominer plus qu'il n'avait de pouvoir. Il voulait faire des dépenses plus qu'il n'avait d'argent. C'est catastrophique quand on n'est pas prêt pour avoir la richesse et le pouvoir et qu'on y tient quand même ; c'est également catastrophique quand dans cette condition on arrive quand même à les avoir. La richesse et le pouvoir prématurés ne doivent pas être souhaitables.

Monsieur Delali a connu une expérience semblable. Pendant qu'il était un employé d'une usine, sa gentillesse et son application au devoir étaient toujours très remarquables. Soudain il aspira à la direction de ce travail et fit de son mieux pour y parvenir. Sa courtoisie rehaussait son caractère jusqu'au jour où il brûla les étapes et atteignit son but. Dès lors, les employés, même les plus sages ont connu des douleurs amères à cause de la gaucherie et de la soif de dominer de ce type. Cela causa son échec. Plus tard, le résultat de son mauvais comportement lui a servi de leçons. Il a su bien comprendre, et il s'amenda pour le mieux. Il a profité aussi de la pensée de madame Colibri qui prend toujours plaisirs à donner des conseils, et qui écrivit un poème sur la richesse et le pouvoir dont je mentionne un fragment :

La patiente attente éduque l'intellect ;
Ouvre de grands trésors, des trésors tout sélects.
Elle apprend à comprendre le sort du voisin,
Et procure à l'esprit, de sagesse, un regain.
La patiente attente fuit des désirs qui fauchent,
Sans être un ignorant, et se montrer donc gauche,
On devient bien plus mûr, on devient plus sensé,
On devient bien plus grand et bien plus distingué.
Le pouvoir et l'argent ne sont point des facteurs
Immédiats et certains de paix et de bonheur.
Ils n'ont évidemment de sérieuses valeurs
Que lorsqu'ils sont soumis à des bras bienfaiteurs...
N'est-il donc pas sensé et plus avantageux
D'attendre patiemment ce jour J précieux.

ACTE III - Sa pleine dégradation

Le prodigue devant le mépris de son patron inhumain et de son amoureuse Zilpa, se rappelle l'amour de son père et se repent de ses fautes. Zilpa et le passant reconnaissent que le prodigue a été leur proie et qu'il est dur pour lui de faire face à son père, vers la maison duquel il prit la détermination de se rendre.

Scène I

Le Prodigue

Dans la Porcherie

(Il parait pauvre sous ses vieux habits.)

Le prodigue - Que la famine est ardue dans le pays ! Mon argent est épuisé, et mes relations avec mes amis sont rompues. Ils me connaissaient quand je pouvais dépenser largement pour eux. Où sont-ils maintenant ? Pas un d'entre eux ne veut me fréquenter. Ils me considèrent comme vil et indésirable. Pas un d'entre eux, originaire du pays, ne me fait trouver la facilité de prendre au moins un bon repas par semaine. Je lutte trop pour maintenir mon existence.

Ce qui est plus terrible, c'est que même mon patron pour qui je travaille dur, ne me donne pas droit aux carouges dont les pourceaux se nourrissent. Les arbres non plus, sous l'effet de la sécheresse, ne me laisse trouver aucun fruit pour apaiser ma faim. Rien ne m'est favorable. Je paie mon ingratitude, ma rébellion envers mon père. Je fais face ici à la sécheresse de la nature, à la sécheresse des cœurs.

(Il réfléchit profondément, et remue la tête.)

Je reconnais que certainement, un cœur démuni de vertus est comme un arbre sans feuilles privé de ses attraits.

Mon péché avait obscurci mes pensées et m'avait privé de toute réflexion de poids. Mon cerveau était devenu le dépotoir d'immondices des plus répugnantes. Mon péché m'a avili.

(Il médite sur son sort, levant les mains au ciel, et soupirant). Oh ! Oh !
Oh !

Figure 9 Dans la porcherie

Scène II

La Voix et le Prodigue

(Une voix se fait entendre)

La voix - Jeune homme, regagne la maison paternelle !

Le prodigue - D'où vient cette voix ?

La voix - Jeune homme ; attention ! Fais halte à ton attitude !

Le prodigue - Quelle voix persistante !

La voix - Jeune homme, je t'ai parlé avant ton départ, pendant tes moments de réjouissance, et maintenant encore, pendant ta souffrance.

Le prodigue - Cette voix produit une lutte en mon cœur ! Ma conscience est troublée !

La voix - "Je prends plaisir non à la mort du méchant, mais à sa conversion et à son salut." (Elle chante : No 253 des hymnes et louanges)

"Reviens ! Reviens !
Tu dissipas tes biens
Sur la terre étrangère
Loin des yeux de ton père
O pauvre enfant perdu,
Reviens ! O reviens !
Viens ! Viens ! Viens ! O reviens etc.

Le prodigue - (Fait des gestes en harmonie avec les paroles qu'il entend.)

Scène III

Dans la porcherie

Monologue du prodigue

Je veux maintenant, emprunter les paroles du psalmiste :

"Où irais-je loin de ton Esprit ? Où fuirais-je loin de ta face ? Si je monte aux cieux, tu y es : si je me couche au séjour des morts, t'y voilà. Si je prends les ailes de l'aurore, et que j'aille habiter à l'extrémité de la mer, là aussi ta main me conduira, et ta droite me saisira."

Le ciel a vu mes mauvais mouvements et m'a arrêté. Il m'a fait comprendre que la richesse achète des biens, mais elle n'achète pas le bonheur. Bien que riche dans mon temps, je n'ai pas pu arriver à ce bonheur que je poursuivais jusqu'à Pérée, prétendue ville de délices pour les jeunes.

Il y aura toutes sortes d'inventions au fur et à mesure que le temps passe et que le monde Grandit. Ces inventions, transformeront-elles le caractère des rebelles qui fuient tout ce qu'il y a de noble et de grand ? Ce qui importe, ce n'est pas la richesse ; mais c'est un caractère correct que l'on emporte avec soi, partout où l'on va. Malgré la richesse que j'avais, mon caractère a été dégradé, ce qui a attiré les insultes du patron et des porchers.

Cet homme seul domine sur un univers de cochons et ne domine pas sa pensée. Il ne m'a point interrogé sur mon attitude pour savoir comment diriger sa réprimande. D'une part, inquiet, il a raison d'être concerné au sujet de la garde des pourceaux, car son gain est en jeu ; mais de l'autre, il est sans pitié dans son pouvoir de me gronder ou de me révoquer.

Porcher, je l'étais devenu. Je suis tombé si bas que ce chef de porcher veut me faire croire ce qui n'existait pas chez les hébreux primitifs. Il voudrait que j'accepte que le porc fût chez nous comme une sorte de totem que nous considérions comme sacré. Il ignore que les hébreux, mes compatriotes, descendants d'Abraham, d'Isaac et de Jacob étaient appelés à éviter tout ce qu'il y a de souillé, et à ne chérir rien qui symbolise l'impureté. Il ne devrait idolâtrer pas même l'hermine qui évite toute souillure, elle qui est le symbole de la pureté.

Ce porcher ne sait point que la nation juive qui a été "établie pour être la lumière des peuples", devrait pratiquer toutes les prescriptions divines relatives tant à leur santé physique qu'à leur santé spirituelle. Il ignore tout ce qui est dit dans le pentateuque, dans Ésaïe et ailleurs concernant cet animal, le porc qui a, bien sûr, son utilité : nettoyer la terre. Nous l'évitons tout comme nous le faisons pour le rat, les serpents, et tout ce qu'il y a de pareil.

Que de méchants ne voit-on pas croître sans qu'ils ne soient victimes de ce que j'endure maintenant. Je suis donc le plus misérable de tous.

(Il réfléchit) Mais non, mais non ! Dans leur entêtement au mal, leur prospérité est aussi certaine que le sera leur décadence soudaine et éternelle. Leur cas est plutôt sans remède, car il ne laissera ni l'abondance, ni la pauvreté, ni aucun autre facteur modifier les mauvaises tendances de leur existence.

O mon cœur, prête attention aux leçons de sagesse que m'offre ma misère !

Scène IV

Dans la porcherie

Le Patron et le Prodigue

Le patron - (Regarde le Prodigue de loin, sans qu'il ne le voie) Eh ! Jeune homme !

Le prodigue - (Fait un geste d'émotion tournant la tête vers le patron.)

Le patron - Tes réflexions ne finiront point ! Veux-tu passer plus de temps à penser qu'à travailler ? Je veux que tu fasses ton travail correctement. Je t'ai vu conduire le troupeau avec nonchalance. A peine pouvais-tu toucher à la corde attachée à un pourceau.

(On entend des grognements.)

Le prodigue - Tu dis vrai, car paître cet animal m'est en abomination.

Le patron - Et tu as recherché un tel travail ! Tu ne peux toucher à la corde de l'animal ; moi, je ne peux toucher aux haillons qui te recouvrent. As-tu conscience que ton aspect est très désagréable ?

Le prodigue - La pensée de l'homme, c'est l'homme lui-même. Des circonstances troublantes ternissent des fois la réalité. Mon apparence flagrante est en contraste avec mon fort intérieur.

Je fus donc celui que tu vois, et suis celui que tu ne peux voir. Ce qui t'est visible, n'est que la transition entre mon passé et mon avenir : c'est le produit de mon égarement et de ma vie de débauche ; c'est aussi la cause de mes méditations et le commencement de ma vie réglée.

Merci, Monsieur. Tes mépris ont flatté cette noblesse qui n'est encore chez moi qu'un lumignon. Tes paroles et tes gestes ne font que la raviver.

Merci pour m'avoir fait davantage penser à celui qui possède des serviteurs et des servantes, des terres et des maisons, des bestiaux et de la végétation ; et par-dessus tout cela, la science de la sagesse et de l'intelligence, ce qui lui fait surpasser ta majesté et celle de ton entourage.

Le patron - (Reste étonné, suspendu aux paroles du Prodigue.)

Le prodigue - C'est bien mon père, lui que je n'avais pas compris.

Scène V

Dans la porcherie

Le prodigue

(Faisant un geste, comme pour indiquer le patron.)

Le fort qui opprime le faible est l'esclave de son moi et de sa déficience morale ; et le faible qui transgresse les principes de la démocratie, est double fois esclave, étant subjugué par un puissant maître et par les défauts de son caractère, subjugué donc par un être et par une chose. J'étais dans la deuxième catégorie ; je ne veux plus y être. Je ne veux pas être non plus dans la première. Que je reste pauvre, ou que je redevienne riche, je devrai toujours m'attacher à la droiture.

Scène VI

Dans la porcherie

Le patron et le prodigue

Le patron - Toi encore, rêveur ! Toi, encore !

Le prodigue - Pardonne-moi pour avoir empiété sur ton temps en excitant ainsi ta fureur.

Tu es le patron et moi le subordonné. Mais oh ! Pardonne-moi, monsieur de ce qu'au milieu du travail mes pensées soient astreintes à un sujet vital. Tu as plein pouvoir de me gronder ou de me révoquer.

Oh ! Si aussi ton pouvoir s'étendait plus loin, tu saurais déjà que ton employé avait perdu pied et est tombé dans ta porcherie. Cela aurait un meilleur effet sur ma personne.

Le Patron - Mes employés me respectent. Seul toi oses lever la tête devant moi, pour me parler avec tant de hardiesse.

Le prodigue - Je parle franchement et librement, je ne veux assurer aucune position dans ta porcherie où ton attitude augmente le poids de mes réflexions. Je dois quand même t'aimer car tu es mon prochain. Mais je désapprouve ton apathie, ta dureté devant la souffrance d'autrui.

Pardon, monsieur ! Tous t'obéissent-ils par amour ou par crainte ? Respectent-ils ta personnalité ou ta position ou le font-ils à cause de je ne sais quoi ! Note que moi, ton serviteur, malgré mes rêves, à part mes moment de réflexions, je fais de mon mieux dans le travail.

Scène VII

Dans la porcherie

Un porcher et le prodigue

Un porcher - Garçon, quel est ton problème ? Tu es toujours rêveur et parles sans cesse à toi-même.

Le prodigue - (Sursaute) Quoi !

Un porcher - Je dis que je te surprends presque toujours en train de rêver et de
parler sans cesse à toi-même.

Le prodigue - Je pense toujours à mes forfaits.

Un porcher - Tes forfaits ?

Le prodigue - Oui, mes forfaits, et la possibilité pour moi de remédier à mon
attitude.

Un porcher - Qu'aurais-tu fait de si grave ? A part tes rêveries, tu me parais très
bien.

Le prodigue - Je commence à changer. Mais je dois demander pardon à mon père
pour le manque de respect à son endroit. Ma désobéissance a brisé son cœur.

Un porcher - Où est-il, ton père ?

Le prodigue - Il n'est pas ici, à Pérée. Je dois partir pour le rejoindre. Mon père est
riche mon père est bon. Mon père est un gentilhomme.

Un porcher - Ne reste plus dans la misère. Pars ! Va trouver ton père. Si moi
aussi, dans ma condition, j'avais un père, J'aurais été le trouver.

Je connais un jeune homme. Contrairement à mon cas, son père vit encore ; mais malheureusement, ce père n'est ni soucieux, ni affectueux, ni entreprenant comme ton père. Par surcroît, il ne vit pas dans la famille. Quand, à l'école, les condisciples du jeune homme parlaient de leur propre père, dans un sens ou dans un autre, il se sentait frustré par les circonstances de la vie. Quand plusieurs élèves parlaient, à tour de rôle, des soins paternels qu'ils ont reçus, il se sentait accablé puisqu'il ne pouvait rien dire dans pareille conversation. Ce contexte lui a paru tout à fait étranger. Son cœur était brisé. Ce n'est pas intéressant, c'est souvent une catastrophe quand pour une raison ou pour une autre, le père n'est pas dans la famille. Si chaque femme pouvait bien agir à l'égard de son mari, et ne pas le repousser de la maison, si les maris, eux-mêmes, pouvaient comprendre leurs devoirs de père, les foyers seraient plus heureux. Cela éviterait aux enfants une tonne de douleur prolongée. Qu'on attende donc le moment convenable et le conjoint désirable pour se marier au lieu de se presser de fonder un foyer qu'on ne peut garder !

Mon cher, tu as un père plus excellent que tous ceux dont j'en ai entendu parler. Sois ferme dans ta pensée de le rejoindre ! Je le dis à nouveau : si seulement j'avais aussi un père ! ...

Le prodigue - Mon père a beaucoup de serviteurs qu'il considère comme ses fils. Une place peut t'être accordée si tu acceptes à suivre la discipline, caractéristique de sa maison.

Un porcher - C'est une offre excellente. Oh ! Je voudrais tant que le tableau de ma vie change d'aspect ! Mais je dois réfléchir. Comment et quand me déplacer d'ici à destination de la maison de ton père ! L'avenir le dira.

Scène VIII

Dans la Porcherie

Le prodigue

Le prodigue - Dans la famille humaine, l'hérédité joue un rôle spécial dans le caractère de chaque individu. Mais l'influence provenant de plusieurs sources, à partir du foyer, jusqu'à la société, tend à modifier sérieusement la personnalité de tous et chacun. Est-ce possible de lutter contre les attaques de l'extérieur ? Est-il aisé de remonter le courant quand on a dégringolé ?

J'ai trop longtemps laissé d'autres penser pour moi. C'est là le mal de la jeunesse et même de beaucoup d'adultes de partout et de toujours. Oui presque tous tantôt, influencent ; tantôt, se laissent influencés dans un sens négatif. Je commence à comprendre que les hommes réfléchis qui constituent la crème de nos sociétés sont tout à fait rares. Oh ! J'étais comme une machine dont on pressait sur les boutons à volonté pour l'actionner.

Quant à Saltani, il m'a beaucoup influencé, ou bien directement, ou bien par le canal de mes amis. Ce sont les vestiges de ses suggestions qui m'ont fait venir et rester davantage ici, à Pérée, dégringolant, jusqu'à arriver à une misère intenable.

Saltani, tu ne vaincras pas. Je reconnais tes ruses qui ont englouti bon nombre de jeunes. Moi, bien que déjà dégradé, je vaincrai. Je sortirai de mon engourdissement ; et j'emploierai mon expérience pour aider les autres victimes de ta tentation subtile, Saltani, à sortir d'embarras.

Hélas ! Les mauvais courants m'ont fait devenir le portrait moral de mes compagnons. Et enfin, travaillant actuellement dans une condition piteuse, dans cette porcherie, je tends à ressembler à ceux qui l'occupent. Me serais-je résigné ? Non ! Qu'il me plaise de penser à mon père ; à mon père qui lui, fit des plans pour mon avenir et m'invitait à penser, à réfléchir sur ce que je pouvais être dans le temps et plus tard. Malheureusement, je ne voulais prendre aucune part à la formation de mon caractère. Je ne m'attachais qu'à ce qui me paraissait aisé et beau. Le mirage des plaisirs auxquels se livraient mes compagnons m'a aveuglé. Ils ont eu trop d'empire sur moi. Cette même décadence, cette même chute que j'ai connue, menace, quelque prospères qu'ils soient, tout homme, toute organisation, et même tout pays qui pour se conformer aux tendances immorales de la collectivité, transforment la liberté en dépravation, la démocratie en anarchie.

Aussi vrai que subsisteront les lois de la nature pour sa survie, c'est aussi vrai que les principes de la liberté concourront au bonheur de toute société qui les pratique. Les branches des plantes sont libres de rester verdoyantes ; mais elles ne conserveront leur beauté et leur fraîcheur que lorsque dociles, elles resteront attachées au tronc dépositaire de la sève vivifiante.

Je comprends bien que l'homme est libre, libre de choisir ce qu'il veut. Mais cela n'est profitable que dans le cadre du bien auquel sa conscience le convie, et non dans le cadre du mal qui recèle toujours un salaire exécrable.

Ceux qui m'ont porté à venir à Pérée n'ont pas envisagé tout cela, et veulent plutôt que leurs compagnons se conforment à leur façon de vivre.

Désormais, je saurai peser les conseils et le comportement de mon entourage avant de les accepter et de l'imiter. Je commence à devenir un homme. Je commence à penser.

Je n'ai composé de poésies plus belles, plus pathétiques que celles dont l'inspiration ne venait qu'avec l'adversité. D'ailleurs quel moyen consacrerais-je à de si nobles travaux ? Mon temps s'évanouissait dans tout ce qui a de trivial et de terre à terre. Ce n'est pas en vain que malgré moi, mon père me conviait à la dignité. Ce n'est pas en vain que le culte du matin et du soir se faisait chez mon père. Le résultat a été lent. Mais sa répercussion est certaine.

Maintenant, je suis content que cette prise de conscience me porte à la repentance. De là sortiront certainement ma ferme décision, mes positives actions, et bientôt ma sincère confession aux pieds de mon père. Ces étapes sont littéralement irrévocables pour la réalisation de mon bonheur.

LE PRODIGUE ET SA NOUVELLE VISION

Oh ! Je suis inspiré ! J'ai une vision nouvelle, un nouveau discernement !

Trop dur, plein d'insouciance,
Insensible à outrance,
Saturé de méfiance,
Animé d'arrogance,
Refoulant ma conscience,
Je fuyais l'influence
De mon père plein de science
Et digne de confiance. Fougueux, plein d'élégance,
Mais sans reconnaissance,
Je me tins à distance
De cette résidence
D'où de la connaissance,
J'abandonnai l'ambiance.
De mon indifférence,
Je vois les conséquences :
J'ai perdu l'abondance.
Privé de subsistance,
Sans aucune assistance,
Ma faible résistance
Est mise en évidence.
Mais, en moi l'espérance,
Luit pour ma renaissance.
Je pense à la clémence,
A l'amour très immense
D'un père plein de patience.

(Il se tait et pleure, se cachant le visage)

Que la simple semence
De la persévérance
Et de la confiance,

Avec beaucoup d'aisance
Procède à ma croissance,
Ecartant les tendances
Qui avec affluence,
Troublent mon existence.
Astre de délivrance, exerce ta puissance !
Et ta condescendance
En cette circonstance,
Donnera l'assurance
Au cœur en défaillance.

Voilà où j'arrive maintenant. J'étais las de vivre chez mon père où pourtant tout était aisé pour moi. Jamais, j'ai connu la faim, la soif, la misère. Avant de vouloir un habit, je l'obtenais ; avant de demander, on me donnait. J'ai toujours eu le privilège d'être servi ; tout le monde me respectait. Hélas ! En ce moment, je suis moindre que les serviteurs de mon père. Qui d'entre eux consentirait à garder des pourceaux comme je le fait maintenant ? Ce travail odieux, en abomination aux Israélites mes compatriotes se fait par moi. Que faire ? Retourner sous le toit paternel ? M'acceptera-t-il dans mon état de honte ? Que d'horreur ! Qu'importe ! "Je me lèverai, j'irai vers mon père et je lui dirai : "mon père, j'ai péché contre le ciel et contre toi, je ne suis pas digne d'être appelé ton fils ; traite-moi comme l'un de tes mercenaires."

Quand il apprendra que je ne pouvais même pas trouver de quoi me nourrir des carouges que mangent les pourceaux, il aura peut-être compassion de moi. Oh ! Que la pensée de savoir qu'il m'aimait profondément ranime mon courage et me guide jusque vers lui !

Quant à Zilpa, je l'aime ardemment ; mais je ne sais si elle voudra me suivre car je suis devenu si misérable ! Et d'ailleurs les coutumes de son pays sont totalement opposées à celles du mien ! Malgré tout, je lui ferai la proposition.

Si elle répond à ma voix, ce sera le seul fruit de ma prétendue émancipation.

Scène IX

Chez Zilpa

Zilpa et le prodigue

Le prodigue - (Entre chez Zilpa.) Allo ! Zilpa !

Zilpa - (Le regarde étonnée.) C'est vraiment inconcevable ! Ton visage me paraît de plus en plus émacié, ton aspect, de plus en plus misérable. Je ne puis admettre que tu es la progéniture d'un homme riche, de ce gentilhomme de bonne formation dont tu m'as parlé.

Le prodigue - Hélas ! Tu parles à peu près vrai. Mon origine est totalement opposée à tout ce que je parais être maintenant. J'ai fait honte à ma famille pour y avoir assez longtemps renoncé ; pour avoir renoncé à mon rang, à ma dignité, à mon bonheur. J'ai fait volte-face à tout ce qu'il y a de noble pour courir après des prétendus plaisirs.

Maintenant que je reconnais mon mal et mon tort, je désire remonter le courant et mener une vie plus chaste, plus pure et plus élevée. Zilpa, m'aime-tu ? Ne m'as-tu pas dit que ton cœur a battu très fort quand pour la première fois, je t'ai fait sentir que je t'aime ? Oui, je l'ai cru, car tu as toujours manifesté tant de tendresses à mon endroit ! Tu me parais moins aimante ces jours-ci. Mais quand même, je te fais une proposition : celle de bien vouloir me suivre vers la maison de mon père où même le serviteur est plus aisé que moi, plus aisé que toi qui me surpasse actuellement en économie. Dis-moi, feras-tu ce sacrifice pour celui que tu dis avoir aimé ?

Zilpa - Te suivre implique aussi un mariage, n'est-ce pas ? Et alors avec quoi vas-tu te marier ? Les fous désirs ont ruiné ta puissance morale, les excès de sensualité, tes énergies ; la famine, ta puissance physique, et la prodigalité, ta richesse. Quel apport présenteras-tu pour moi à mon père ?

Le prodigue - Peut-être un cœur renouvelé.

Zilpa - Mais on ne se marie pas seulement pour se nourrir de baisers, se réchauffer de la chaleur animale du conjoint, ne boire que la boisson offerte librement par la nature, et se vêtir de... On ne se marie pas pour cela uniquement. Pardonne-moi, si je ne puis accéder à tes désirs.

Le prodigue - Oh ! La vie est triste !

Zilpa - Joues-tu au pauvre pour m'éprouver, ou l'es-tu en réalité ? Dis-moi ; oui, dis-moi, où sont tes biens ? Toi, en cet état piteux ? Moi, au lieu de gaspiller j'amasse en vue de m'enrichir. Au lieu de dépenser souvent, je contemple mon argent.

Le prodigue - Quel drôle de foyer nous fonderions : Celui d'un prodigue et d'un avare !

Zilpa - Tu me traites d'avare ! C'est ton défaut qui minimise ma vertu.

Le prodigue - Je ne suis plus prodigue, je le fus.

Zilpa - Comment sais-tu que tu n'es plus prodigue alors que tu n'as plus rien à dépenser ? Tes ressources, ne sont-elles pas toutes épuisées ? Tu as dissipé tes biens, tu as gaspillé ta jeunesse, tu as perdu ton énergie, tu as fait disparaître tes charmes. Et tu oses ensuite me juger comme tu veux.

Le prodigue - Tu as découvert la honte de ma bassesse, tu engourdis mes jambes, et je ne puis marcher. Le poids de tes reproches m'accable. (Il réfléchit un instant.) Non, tu éclaires plutôt ma pensée.

Sais-tu, Zilpa, que les échecs de quelqu'un sont souvent des agents actifs de sa réforme ! Mes tourments m'ont rendu plus lucide et plus fort que jamais. C'est pourquoi, je réalise dans quel bas-fond j'étais ; c'est pourquoi aussi, à entendre tes paroles dures, je ne tombe point à tes pieds dont mon amour était esclave.

Tu as tout dit, c'est moi qui ai tort en la circonstance. Je pars, apprenant bien les méfaits de la prodigalité, les fruits amers qu'elle engendre.

Scène X

Sur la route du retour

Le Prodigue - La dernière entrave dont je devais me défaire était Zilpa, cette païenne qui a pu faire sauter à mes yeux, les dimensions de ma culpabilité. Bien qu'elle se complaise dans l'iniquité où elle m'a toujours entrainé, elle trouve ma conduite quand même inférieure à la sienne. Quand on dégringole, on devient pire que des impies eux-mêmes.

Lorsque vous êtes misérable, votre entourage vous attribue souvent toutes les faiblesses imaginables. Vous ressemblez à tout ce qu'il y a de hideux et de désagréable.

Prodigue, je le fus ! Que de mensonges n'a-t-on pas formulé sur mon compte ! Et quand une rare honnête âme demande au faux témoin : est-il vraiment capable de tout cela ? Il répond : je pense que cela doit en être ainsi d'après la situation !

Le titre de prodigue, m'attire tous les blâmes possibles et me fait porter des fois, le lourd fardeau d'autrui.

On ne doit donc pas toujours prendre pour acquis tout ce que l'on entend et même tout ce qui est tracé sur du papier. Des fois, certains faits avancés ne sont que des désirs caressés en faveur de soi ou de son entourage et au désavantage d'autrui, ou en d'autres termes, on affirme souvent ce que l'on souhaite vivement. Hélas ! Si j'avais secouru les nécessiteux, si j'avais donné mon argent pour seconder des organisations de bienfaisance, oui si j'avais fait le bien avec mes biens, au lieu d'avoir l'étiquette de prodigue, j'aurais plutôt le renom de généreux. Ainsi, je n'encouragerais pas les dépravés en les payant pour jouir de leur désinvolture ; mais j'aurais contribué au bonheur d'êtres assoiffés de soulagement.

Les faits que j'ai vécus m'ont fait bien comprendre comment la mauvaise influence d'autrui, peut, quand on est faible et imprudent, quand on a alors un caractère instable, exercer sur soi une action néfaste.

Oh ! Mes amis m'ont trompé. Ils ont tourné ma pensée à l'envers. Leur influence a gâché mon existence. J'étais trop attaché à eux ; et cela, plus qu'à mon père. Voilà, voilà où je me trouve. Je vois réellement tard que, avoir des confidents et des conseillés mondains, irréfléchis et inexpérimentés est une catastrophe pour sa vie.

O grâce divine, canalise mes désirs ! Subordonne ma volonté à celle de la providence, la source de la sagesse et enflamme mon cœur de pure sincérité et d'amour ! Je veux (se frappant le front), je veux, comme autrefois, être soumis, je veux avoir une volonté ferme qui résistera aux attaques acharnées du mal. Je ne veux me laisser influencer que par le bien qui concordera avec l'hôte divin auquel mon âme sera soumise.

Scène XI

Chez Zilpa

Zilpa

Pauvre jeune homme ! Il a subi toutes sortes de misères, toutes sortes d'humiliations ici. Mes camarades, mon frère et moi l'avons dépouillé, puis nous l'avons abandonné. Il est parti à vide. Il n'a emporté que les souvenirs de sa défaite. Que va-t-il devenir ? Atteindra-t-il la maison de son père ? Pourra-t-il lui rendre compte de l'emploi de ses biens ? Bon, je ne dois pas m'en soucier. Cela ne me regarde pas. Cela ne regarde que son père et lui.

Scène XII

Dans la rue

Monologue du prodigue

(Le Prodigue est en train de méditer sur l'amour de son Père : il voit dans le champ de sa vision : les précautions que David demande de prendre à l'égard d'Absalon son fils rebelle. C'est ce qui augmente son enthousiasme de retourner dans la maison de son Père.)

Mon père, serait-il comme David qui a demandé à ses soldats d'épargner Absalon son fils qui s'était révolté contre lui ? Quelles paroles aimables ! "Pour l'amour de moi, doucement avec le jeune homme Absalon !"

Mon Père, malgré mon égarement, ma mauvaise conduite, aurait-il accepté que je retourne chez lui ?

Quelle preuve d'amour paternel profond de la part de David en faveur de son fils, quand les messagers étaient venus apporter des nouvelles de succès de son armée au détriment de l'autre ! Le jeune Absalon, est-il en bonne santé ?

David aima tellement Absalon qu'il a beaucoup pleuré à la mort de ce fils. Mais celui-ci ne fit que payer ce qu'il avait fait de mal. Quand le rebelle, le pécheur agit mal, Dieu n'y prend pas plaisir ; mais il l'aime quand même et désire le sauver.

Si David a pleuré pour Absalon son persécuteur en disant : “Mon fils Absalon ! Mon fils, que ne suis-je donc mort à ta place ! Mon père lui-même, plus qu'aimant m'acceptera encore dans son sein, je l'espère bien. Il y a dans le cœur des pères un amour qui explique en quelque sorte le but de la divinité pour l'humanité.

Scène XIII

Chez Zilpa

Zilpa, le passant

Le passant - Zilpa, je ne remarque point ton amoureux. Où est-il ? Peux-tu me dire ?

Zilpa - Ah ! Tu n'as pas su la nouvelle ? Il est parti !

Le passant - Il est parti !

Zilpa - Tu nc l'aurais pas pensé.

Le passant - Non, non, car je pense que son père ne l'acceptera pas parce qu'il a dépensé follement la moitié de ses biens.

Zilpa - Nous l'avons ruiné.

Le passant - Oui, je dois l'avouer.

Zilpa - Sais-tu que j'ai rompu aussi mes relations amoureuses avec lui ?

Le passant - C'est pourquoi, découragé, il est parti ?

Zilpa - Il avait, au préalable, formulé la pensée de partir ; et de plus, me disait-il, il avait souhaité que je l'accompagne pour aller chez son père.

Le passant - Sa décision n'a pas été trop brusque ?

Zilpa - Au commencement de sa misère, il ne voulait pas partir. Son état s'aggravant, il a dû réfléchir et se décider de s'enfuir loin de mes yeux, loin de notre compagnie, loin du pays de plaisirs qui lui a coûté tant de peine, et s'en aller enfin, vers la maison de son père.

Le passant - Il est parti, sans même m'en faire part !

Zilpa - Il était devenu très méfiant. Il craignait sans doute que tes conseils ne contrarient son projet qui est pour lui la seule planche de salut.

Le passant - Nous ne le cajolions pratiquement plus ; car il n'avait plus rien à nous offrir. Toutefois, il nous laisse avec nos amusements. Il en a de l'appréhension.

Zilpa - Oui, il a une tête. Il ne craint pas de braver la face de son père.

Le passant - Dernièrement, on m'a parlé de la moralité de son père. C'est possible qu'il en fût attiré, dégoutté de ses souffrances.

Zilpa - Ce n'est qu'à la fin qu'il m'a chanté les vertus de son père.

Le passant - C'est en ce moment qu'il les a réalisées. Tu n'avais pas voulu le suivre malgré tout ?

Zilpa - Mais non. Arrivera-t-il chez son père ? Les tracas de la route et sa condition morale, ne le décourageront ils pas ? C'est un voyage périlleux qu'il a entrepris.

Le passant - Il lui faudrait donc ta présence !

Zilpa - Jamais je ne pourrais vivre près de son père qui est bien trop sévère. Il s'ingérerait dans nos affaires.

Le passant - Il est sévère, mais bon, m'apprenaient ses serviteurs qui louaient son comportement en ma présence. Ils habitent certains de ses appartements et bénéficient de ses largesses en récompense à leurs fidèles labeurs. J'ai même voulu les suivre pour me soustraire de ce courant de corruption où je suis abandonné, j'étais tout à fait enthousiaste mais j'en ai parlé à mes amis qui m'ont déconseillé tout départ. Ainsi, je continue à vivre dans la même atmosphère. Le jeune homme a donc bien fait de ne consulter personne concernant son retour vers la maison paternelle.

Zilpa - Et puis d'ailleurs, nous l'avons si mal considéré à la fin de son séjour ici ! (Tristement) Oui, comme tu l'avais dit, nous sommes tous des dévoyés, nos amis et nous. Nous sommes livrés à nous-mêmes, à nos basses inclinations. Je n'ai jamais pris un temps pour y penser.

Figure 10 L'enfant prodigue en train de méditer

ACTE IV - Sa repentance, effet de l'ancienne influence paternelle

La ferme décision du prodigue, objet de ses multiples déceptions, le remet sur le chemin difficile du retour vers la maison du père. Les hésitations causées par son aspect déplorable résultat de sa conduite passée, ne le font pas dévier de la route. Bien qu'il ne sache si son père a l'enthousiasme qu'il faut pour l'attendre les bras ouverts en vue de l'accueillir, il avance et arrive enfin à destination.

Scène I

Dans la rue

Le prodigue

Me voici sur la route du retour, opposé à mon état premier : pauvre quant à l'apparence, riche quant aux expériences, mal vêtu, recouvert de haillons, mais bien muni spirituellement ; faible physiquement, mais fort moralement. Adieu ! Adieu ! Adieu ! Mille fois, Adieu, terre étrangère, plaisirs mondains. Je ne vis plus les jours de ma folie ; mon rêve actuellement est à rebours. Le rêve de vivre plutôt dans la maison de mon père deviendra une réalité grâce aux combats que je livre contre le découragement.

On n'apprécie souvent la valeur d'un bien, qu'après l'avoir perdu. Que les paroles que tout jeune, jadis, j'entendais, et répétais moi-même machinalement dans la maison de mon père, raniment mon courage et me fassent arriver sans broncher à destination.

(Il chante)

"Sois ma lumière, O Dieu, sois mon salut,
Et vers le but
Conduis mes pas au sein de la nuit sombre !

J'erre dans l'ombre.
Je suis bien las, je suis triste et j'ai peur,
Et du bercail je suis si loin, Seigneur"
(H & L 509 : voir la musique à la dernière page)

Le prodigue - Les ravisseuses m'ont enlevé mon cheval et tout. Heureusement, ils n'ont pas pu faire évader entièrement mon cavalier, la parcelle de l'Esprit Saint. Qu'il anime ma volonté, qu'il anime mes pieds et me fasse parcourir en hâte, les chemins rocailleux, Les chemins difficiles qui conduisent vers la maison de mon père, (pleurant) vers la maison de mon père.

(Il continue à chanter)

"Pour me guider dans mon obscur chemin, tiens-moi la main !
Comme un enfant, à toi je m'abandonne
Et je me donne.
Ma route, hélas ! J'ai voulu la choisir :
Mais aujourd'hui, je ne veux qu'obéir.

Je fus l'objet de ton fidèle amour
Jusqu'à ce jour :
Oh ! Prends encore pitié de ma pauvre âme qui te réclame.
Dans le péril, dans mes heures d'effroi,
Pour me guider, tiens-toi bien près de moi !"

Scène II

Chez le père (Dans la maison)

Le père - Une porte pour toi ô mon enfant, est toujours ouverte jusqu'au fort de la nuit où en vain, j'ai toujours essayé de revoir ta silhouette ; mais, tu n'es jamais revenu, et ton image en mon esprit ne peut s'effacer. Puisses-tu revenir sans tarder ! Mais trop de tentations aimantent ce pauvre garçon ! En tout cas, je suis certain que ses désirs et ses illusions se changeront en dégoût ; son impétuosité, en douceur ; son intempérance, en sobriété ; et tous ses défauts, en vertus.

Où sont les musiciens de ma maison ? Accourez ! Accourez bien vite, je vous en prie !

Les musiciens - (Arrivent au rythme d'une bonne musique de marche et se tiennent debout devant le père.)

Le père - Vous qui sans cesse confessez que mon influence vous a toujours inspiré des vers touchants et de la musique impressionnante, que l'écho de vos voix, que l'écho de vos instruments résonne dans le cœur de mon fils ! Je veux qu'il revienne !

Un musicien (1) - Ta pensée a rencontré la nôtre ; car les soucis que te donne le départ de ton fils nous ont déjà inspiré des vers et de la musique y relatives. Nous sommes donc prêts à les exécuter.

Un musicien (2) - Nous chanterons avec entrain, avec espoir, sachant qu'avec la vitesse de l'aigle, nos hymnes parviendront à ton fils et dégageront un message approprié.

Le père - (Il reste assis très pensif et bat des fois la mesure d'après le rythme des morceaux).

Les musiciens - (Font retentir des morceaux : viens mon enfant, viens sans tarder : 477, 253, 247 des H.L. Certains chantant les paroles, d'autres jouent de la musique instrumentale.)

Scène III

Sur la route

Le Prodigue

Me voici enfin, tout près de la maison. Plus j'avance, plus ma laideur alourdit mes pieds. (Il se jette sur le sol et parle tristement.)

Oh ! Je ne puis affronter la présence de mon père. Que dira-t-il de mon visage défiguré et des haillons qui me recouvrent ? (Il pleure) Fuyez, fuyez, mauvais souvenir du passé ! Oh ! Le reflet de mon passé m'accable ! (Il entend la voix du père qui chante les paroles : Reviens à ton père, enfant égaré ! ...H&L no 247.)

(Il se relève au fur et à mesure qu'il entend des paroles de plus en plus touchantes. Il tourne la tête, cherchant à localiser la provenance du son.)

Le prodigue - Qu'est-ce qui empêche que je regagne la maison ? Déjà j'entends la voix de mon père. Quelles paroles significatives il chante ! Bien sûr que c'est en ma faveur qu'il fait élever la voix ! Il veut de ma présence. Il attend mon retour ! Oh ! Si je n'avais pas pris la détermination de revenir à lui, j'ignorerais cette attente ! Il est toujours bon, même quand tout paraît sombre, de faire des efforts dans le sens du bien. Ainsi, les circonstances qui environnent la lutte, tendront vers l'idéal, et aboutiront un jour ou l'autre au succès et à la victoire.

Déjà les collines ne me cachent plus la maison dont je vois le toit. Plus d'hésitation. Allons ! Les ténèbres du soir cacheront en quelque sorte la pleine laideur de ma misère.

Scène IV

Chez le père

Le père - (Regardant par la fenêtre) Qui est-ce que j'entrevois là-bas ? Cette silhouette ne doit être autre que celle de mon fils. Qu'il est maigre ! (Il cherche à se rassurer, fixant plus attentivement son attention sur l'individu qu'on entrevoit.) Pas de doute ! C'est mon fils, c'est mon fils ! C'est lui ! C'est lui !

Le père accueille le prodigue avec beaucoup de chaleur, avec une joie extraordinaire et étonnante qui le fait organiser un festin où il tue le veau gras pour célébrer le retour de son fils. Bien que le frère aîné s'en plaigne après s'être informé de la question auprès de Barthélemy, le serviteur, le père reste inébranlable dans ses sentiments, assurant le fils cadet, le rassurant aussi bien que l'aîné, le révolté, de sa sollicitude et de son amour. Les serviteurs Dan, Barthélemy, Jachaziel et Issacar de même que Hadassa et Priscille se réjouissent pour avoir vu l'exaucement de leurs prières manifestées dans le retour du Prodigue.

La participation des serviteurs et des musiciens souligne leur joie et les sentiments du père en la circonstance.

Figure 11 Le père souhaite la bienvenue au fils

Scène I

Dans la rue puis
Chez le père

Le père et le fils cadet

Le père - (Il court vers le prodigue, se jette à son cou, l'étreint fortement et l'enveloppe de son luxueux manteau.) Mon fils, Mon fils, je ne veux pas que des yeux indiscrets et méprisants observent ton état.

Le fils - "Mon père, (se jetant à genoux). J'ai péché contre le ciel et contre toi. Je ne suis pas digne d'être appelé ton fils".

Le père - (Le relevant, et entourant de ses bras les épaules de son fils, l'introduit dans la maison, et s'adresse à ses serviteurs) "Apportez la plus belle robe et l'en revêtez. Amenez le veau gras et tuez-le car mon fils que voici était mort, il est revenu à la vie ; il était perdu et il est retrouvé".

Scène II

Dans la maison

Le père, le fils cadet, Dan, Barthélemy

Dan et Barthélemy - (Apportent les vêtements et les souliers. L'un essuie le corps du fils avec une serviette, l'autre l’habille, lui met les souliers aux pieds.)

Le père - (Suit le chemin de sa chambre avec le fils. La main sur son épaule.)

Dan et Barthélemy - (Les suivent de loin.)

Le fils - (Se jetant à genoux) : O mon père, j'ai honte ! Je suis confus ! Suis-je digne de tant d'amour, de tant d'attention. Tu m'as tout d'abord couvert de ton propre manteau pour cacher le reflet de ma culpabilité. Et…

Le père - (Le relève)

Le fils - Oh ! Oui, (Trébuchant)

Le père - (Le soutient)

Le fils cadet - Je trébuche sous l'intensité de mes forfaits et je rougis devant ta tendresse incommensurable.

Le père - Mon fils, je t'accorde ma grâce, d'ailleurs, n'ai-je pas assez de biens pour multiplier mes dons ?

Ce vêtement (indiquant du doigt ce que tient le serviteur,) je l'ai confectionné à ton intention. Cette toile tissée avec le fil d'amour s'appelle Justice ; et le fil qui l'a cousue se nomme puissance. Dans ma compassion n'ai-je pas exercé ma justice envers tous ceux qui s'attendent à moi ? (S'adressant aux serviteurs) Vous en savez long. Je prends toujours plaisirs à vous servir, à vous encourager.

Les serviteurs - (S'approchent et disent simultanément) Oui, c'est vrai. Oui, toujours. (S'en vont.)

Scène III

Dans la cour

Jachaziel et Issacar

Jachaziel et Issacar - Nous ne pouvons cesser de commenter l'attitude du père et le repentir de son fils cadet.

Jachaziel - Penses-tu que le père était content de voir les haillons sur son fils ?

Issacar - Certainement pas. Cette question n'est même pas à poser. C'est normal qu'il ne puisse prendre plaisir à le voir ainsi.

Jachaziel - Penses-tu qu'il ne pouvait pas le regarder comme il était ? Serait-ce pourquoi il a mis son manteau pour le recouvrir ?

Issacar - Ses regards affectueux et perçants ont su voir son enfant qui arrivait de loin. Le fait pour le fils d'être retourné a pâli sa laideur aux yeux de son père. L'amour a fait déposer au père son joli manteau sur les épaules du fils.

Scène IV

Dans la cour

Monologue d'Issacar

La scène du retour du fils prodigue a ému mon cœur. Je comprends donc que Comme Satan a accusé Josué, le souverain sacrificateur, comme il veut nous accuser tous devant Dieu, pour que beaucoup ne soient pas sauvés, de même, les cœurs durs et méchants qui n'ont aucune notion de l'amour paternel tendent encore à critiquer le fils prodigue bien que repentant, afin qu'il n'ait plus part aux biens du père.

Le père a raison pour avoir accueilli chaleureusement le fils cadet. Zacharie a bien brossé le tableau de la miséricorde divine en relatant les scènes de sa vision. Lorsque le grand accusateur se tint à la droite de Josué pour le dénigrer en la présence de Dieu, celui-ci déclara : "Que l'Eternel te réprime, Satan ! Que l'Eternel te réprime !" Et pour prouver comment il a accepté Josué dans sa grâce, il a demandé à ses serviteurs de lui débarrasser de ses vêtements sales et de le revêtir de vêtements de fête.

Oh ! J'ai pensé à Dieu quand j'ai entendu le père nous dire en l'honneur de son fils repentant : "Apportez la plus belle robe et l'en revêtez !"

Scène V

Dans la cour

Barthélemy et Dan

Barthélemy - (Conduit le veau gras qui va être apprêté.) A l'occasion de cette cérémonie, qui seul devrait être triste ce soir, alors que tous se réjouissent?

Dan - Ce n'est plus une énigme. La réponse est si claire.

Barthélemy - Donne-la !

Dan - (Passant la main sur le dos du veau gras) Mon bel ami, de même que tu ne peux te réjouir avec notre maître, de même, tu ne peux non plus t'attrister devant ton sort.

Barthélemy - S'attrister de quoi ?

Dan - Tu vois bien que je comprends ta pensée, Barthélemy. (Il continue à parler à l'animal) Tu vas perdre ta vie ce soir alors que le fils de ton possesseur qui était perdu est retrouvé.

Scène VI

Dans la cour

Jachaziel et Issacar

Jachaziel - Le jeune homme, après avoir passé tant de temps dans la débauche, dans cette vie si déréglée, pourrait-il s'en débarrasser ? Le père, lui, l'aurait-il totalement réintégré dans sa place première ? Et puis organiserait-il pour lui, sans difficulté, cette fête qui tend à devenir si grandiose ?

Issacar - Je pense que peut-être, les déceptions et l'angoisse que lui causa sa vie passée peuvent sincèrement porter ce prodigue à vouloir changer d'avis. Quant au père, son amour est fort, très fort.

Toutefois, nous ne devons pas nous casser la tête à nous poser pareilles questions ; car le retour, l'aboutissement des différentes étapes des démarches y relatives, a été très inéluctable. Si le fils n'était pas revenu, on ne pourrait même pas penser à une conformité à la volonté du père. Mais, son retour, en particulier, marque un changement radical démontrant un cœur plus docile, plus malléable.

Ainsi, ni le père ni le fils ne seraient à l'aise en présence des haillons qui recouvraient celui-ci. Ses haillons rappellent trop sa vie passée, ses déboires que les deux ont en horreur.

Oh ! Le fils ne prendrait aucun plaisir à s'asseoir en haillon dans cette fête ? Il aurait eu honte de tous les convives. L'ambiance lui serait trop étrangère, il ne pourrait pas la supporter.

Ainsi, successivement, son manteau, puis les jolis habits que revêtait le fils marquaient l'expression de l'amour du père et sa détermination d'ennoblir sa progéniture.

Nous dirons donc que la grâce est le fruit de l'amour du père qui accepta le repentir de son fils, cette grâce que virtuellement le fils appréciait en prenant la décision de revenir.

Avec raison, le jeune homme s'est mis en tête que Dieu observe tout, et que "les yeux de celui-ci sont en tous lieux observant les méchants et les bons", et ne prennent pas plaisir à la conduite de ceux qui commettent le mal.

Dieu n'aime tellement pas le péché qu'il a préféré faire un plan de rédemption pour racheter l'humanité en la sauvant du "péché et de son salaire" qu'est la mort. Il a bien dit : "Non la main de l'Eternel n'est pas trop courte pour délivrer ; mais ce sont nos péchés qui mettent une séparation" entre lui et l'homme.

Même à son retour le père pourrait ne pas accepter ce fils qui a gaspillé ses biens. Ce serait la justice. Mais son amour a doté son enfant de sa grâce. Les cadeaux du père constituent un don immérité, "un don gratuit".

Jachaziel - L'exemple du père souligne bien l'amour de Dieu pour les hommes. Ne le penses-tu pas ? Cet amour engendre la grâce là où la justice seule condamnerait automatiquement le pécheur.

Issacar - Cela explique donc que dans la bonté de Dieu, la justice ne marche pas sans l'amour. Oui, l'amour et la justice vont de pair.

Jachaziel - La foi est une vertu capitale. C'est la confiance dans le père qui a valu le retour du fils cadet ; en d'autres termes, le retour de celui-ci est la manifestation de sa foi. C'en est le fruit tangible. De même que la justice marche avec l'amour, la foi marche avec les œuvres. Le retour du fils cadet, produit de sa foi, lui a fait obtenir la grâce du Père en conséquence.

Issacar - Et qu'en résulterait-il, si malgré son retour, le fils pour être trop habitué avec ses vieux vêtements n'acceptait pas à être recouvert du manteau du père qu'il trouverait trop extraordinaire ?

Jachaziel - C'est encourageant que le fils cadet soit d'accord si vite avec le père.

Issacar - Cette attitude n'était pas l'œuvre subite d'un jour. Il a beaucoup lutté avant d'arriver à la maison, pour aboutir enfin à ce point.

Jachaziel - Ce qui est plus étonnant, c'est que les principes du père n'ont pas changé. Et pourtant ce même enfant rebelle est devenu souple et tendre dans l'acceptation de ses devoirs à l'égard de son père.

Issacar - Le fils cadet montre qu'il apprécie l'amour du père, et la grâce qu'il lui a faite. Sa soumission volontiers, secondée par l'attention de ce père, a donné une signification à sa confiance dans ce dernier. Le retour sans l'obéissance aurait été vain et inutile.

Scène VII

Monologue du Cadet

Dans la maison

L'ordre, maintenant, fait partie intégrante de ma vie, de mes mouvements, de mes aspirations. Vouloir agir en contradiction avec ma bonne volonté, voilà ce que je pourrais détester. Je suis remonté de l'abîme. Mon père n'a pas à me forcer de lui obéir car je l'aime. Mon obéissance coule de source. C'est très automatique et j'en suis heureux. Qui dirait que l'humilité et le respect constitueraient un jour, des points forts dans mon caractère ! Qui croirait que je serais à même d'assimiler le sens de la liberté ! Oh ! Mes afflictions ont joué un grand rôle dans ma transformation spirituelle et morale !

Le respect de son prochain et le respect de soi-même est à la base de la liberté chez chaque individu, et dans chaque société !

Son comportement est judicieux aux yeux de tous, quand on respecte les principes judiciaires.

C'est maintenant que je suis libre, maintenant que j'accepte à me comporter d'après les normes de la justice. Maintenant, je ne me sens à l'aise que lorsque je respecte les recommandations de mon père et les droits de mon frère. C'est maintenant que je suis libre. Dans mon esprit se dessine le concept de la liberté pure, la liberté véritable qui me donne la paix et le bonheur. Oh ! Si tous les hommes pouvaient pénétrer les profondeurs de la liberté !

C'est dans cette période où je suis revenu que je remarque d'où je suis sorti, dans quelle bassesse profonde je vivais et comment Saltani et sa clique qui m'avaient promis de me faire trouver la liberté et le bonheur loin de chez mon père, ne les possédaient même pas, eux-mêmes. Ils ne pouvaient certainement pas me donner ce qu'ils n'ont pas.

Pour me faire enfoncer davantage dans le mal, Saltani m'avait fait comprendre que quand on a des défauts, on ne doit pas trop s'en faire ; car on est né ainsi. Ce n'est pas sur son compte. La formation de ses glandes, ses gênes, ne dépendent pas de soi. Il m'a fait savoir que je ne pouvais rien entreprendre pour sortir de ce gouffre où j'étais plongé. Quand il avait fini de m'introduire dans des histoires drôles, il s'est moqué de moi, de mes déboires. Mais ô bonheur ! Les anciennes paroles de mon père ont détourné mon attention des suggestions trompeuses de Saltani. J'ai la victoire ! J'ai la victoire ! C'est réellement possible pour celui qui le désire, de devenir une nouvelle personne.

J'éprouve du dégoût pour tout ce qui est trivial. Ma vie passée m'est en horreur. A mon retour, je sens que je dois me faire avec l'ambiance de la maison.

Bien qu'aucun principe ici n'ait connu de changement, bien que la discipline demeure la même et que la loi qui régisse l'organisation de la maison reste inébranlable, je m'y accommode maintenant. Autrefois, c'était pour moi un poids lourd ; un fardeau nuisible. A présent, il me semble aisé. Pourquoi ?

C'est qu'autrefois, je ne comprenais pas mon père, je ne l'aimais pas, malgré son amour. Mais en ce moment, oh ! Que je l'aime ! Ces principes sont pour moi la règle d'or. Je ne puis m'en passer.

Scène VIII

Le père et le fils cadet

Dans la maison

Le fils cadet - (Vêtu de jolis vêtements que lui a donné le père) Me voici aujourd'hui près de toi ! Au sein de la souffrance, père, j'ai pensé à toi, à ton amour. A Pérée, j'ai cru entendre ta voix me dire : Mon fils, reviens à moi ! Et si je me résignais à mener ma sombre misère, je serais peut-être perdu à toujours, expérience qu'ont connue d'autres jeunes de mon ancien club.

Le père - Jamais un jour, avant la tombée de la nuit, je n'ai manqué de tourner mes regards vers la fenêtre où je pensais pouvoir te voir venir vers nous. Oh ! Mon fils ! (Le pressant sur son cœur) Que de larmes, ne m'a pas coûté ton départ ! Je t'ai laissé partir librement, car je ne fus pas pour toi un tyran. J'ai voulu plutôt que mon amour te parlât encore, alors que tu fus loin de moi. Mon amour fait couler le suc de la miséricorde ; mon amour exhale un suave parfum, mon amour dégage pour toi, un charme irrésistible. Mon amour a aimanté ton cœur ennobli. Et qu'est-ce qui t'avais porté à laisser la maison ? En le faisant te sentais-tu troublé ?

Le fils cadet - Oui, à l'aube de mes désirs. Mais après les avoir trop nourris, j'étais comme pressé de partir. Je ne pouvais me contrôler.

Le père - Je remarque que tu regrettes ton départ, que tu as horreur de ton passé. Et qu'est-ce qui a changé tes sentiments d'alors ?

Le fils cadet - Des déceptions de toutes sortes m'ont attendu sur ces terres que je rêvais, bien avant de les avoir connues. Mon rêve s'enfuyait lentement, faisant place à la réalité malheureuse pour moi et en partie pour toi car tu as souffert de mon absence. Tantôt la faim, tantôt la soif, tantôt la servitude, tantôt le mépris des femmes avides d'argent. Et à la fin, « la nuit, j'avais pour lit le sol hospitalier tapissé d'un gazon touffu ; pour oreiller, mes effets en lambeau enfermés dans un minuscule sac ; et pour couverture, une robe abimée et flétrie sous l'influence d'atroces calamités ; quant à mon toit, ce fut celui qu'une nature dégradée par la misère du péché, m'offrit sans hésiter : Des arbres aux abondantes branches abritant parfois des insectes insolentes et nuisibles. Ma lumière, souvent, était celle qu'offrait une lune généreuse, mais parfois trop capricieuse. » Je ne puis penser à ces faits et retenir mes larmes. (Pleurant), non, je ne le puis.

Le père - Ne pleure pas, mon fils. Les calamités t'ont épuré. Tu es un nouvel homme à l'esprit raisonnable, au cœur pur, à l'âme noble. Ta dégradation de jadis a engendré ta ferveur d'à présent. N'en parlons plus ; allons ! Déjà, la table est prête et la maison va fêter à l'occasion de ton retour. Mon fils, tu es réintégré chez nous. Allons, allons dans la salle du festin.

Le fils cadet - Mon père !

Le père - Mon fils !

Le fils cadet - Mon père, quel contraste frappant entre hier et aujourd'hui ! O passé douloureux ! Quelle voix savais-je entendre me dire : la table est prête ?

Le père - (Marche avec lui, la main dans la main, se dirigeant vers la salle du festin.) Ta place à ma table n'a jamais été occupée, et ta chambre, à un autre, n'a pas été donnée ; ta silhouette en mon âme a été imprimée.

(Pendant que les deux marchent ensemble, on entend au loin des applaudissements et de la musique) "Chantez, anges du ciel ! C'est un jour d'allégresse ! L'enfant prodigue est de retour." (H & L no 264.

Scène IX

Dans la maison

Le prodigue

Le prodigue - (Il est pensif.) Que mon père est bon ! Qu'il est aimant ! Il ne m'a adressé aucun reproche. Il ne m'a pas dédaigné pour mes fautes passées. Sa chaleur de m'accueillir, a supprimé de mon cœur ce que ma bouche allait lui dire : "Traite-moi comme l'un de tes serviteurs." Ma parfaite réintégration a fait la mise au point sur ma vie. Plus d'inquiétude ! Plus de misère ! Maintenant, ma joie peut s'épanouir librement. Je donnerai mon énergie, mes talents, mon temps et tout pour le bien-être de la maison de mon père.

Scène X

Hadassa et Priscille

Dans la cour

Hadassa - Quelle fête grandiose est organisée pour célébrer le retour du prodigue !

Priscille - Cela a produit sur moi une impression si grande que je crois ne m'être jamais senti ainsi dans ma vie.

Hadassa - Oui, nos prières incessantes ont eu leur exaucement aussi certain que l'étaient notre foi, notre ferveur et notre persévérance. Les femmes, vraiment, ont un grand ministère à exercer à l'égard de leurs propres enfants et aussi à l'égard des enfants des autres, à cause de la mine de tendresse toute particulière que Dieu a placée dans leurs cœurs. Nous le louerons de ce qu'il nous a aidés à profiter de ce trésor en nos cœurs. Et puis, d'ailleurs, qui, sinon une personne insensible, n'aurait pas été touché devant ce tableau ?

Scène XI

Le Prodigue, Hadassa et Priscille

Dans la cour

Le prodigue - Ah ! Hadassa, Priscille, votre enthousiasme dans la fête m'a montré combien vous attendiez mon retour à la maison.

Priscille - Sais-tu, notre participation à la fête n'est qu'une phase de notre joie ; nos minutes de remerciements à Dieu en était l'autre. Chaque jour, à nos heures de prière en ton absence, nous nous représentions ton retour, et te voyions dans notre pensée comme nous voudrions que tu sois.

Hadassa - Notre joie est aussi grande que l'était notre désir de te voir revenir.

Le prodigue - Merci bien, Priscille et Hadassa. Vous êtes des gens aimables, des gens de foi. Vous avez aidé mon père dans les heures de souffrance que lui a fait connaître mon absence.

Hadassa et Priscille - (Levant les mains au ciel)

Gloire ! Gloire ! Gloire !
Louange ! Louange ! Louange !
Honneur ! Honneur ! Honneur à notre
Protecteur, notre Libérateur !

Hadassa - Que nous sommes heureuses de ton retour ! Ta présence est si chère à tous ! Quel bon vent ; te ramène ici !

Le prodigue - Oui, c'est un bon vent ; peut-être celui dont parlait mon père avant mon départ pour Pérée. L'ardeur de ce vent est accablante d'une part, mais bienfaisante de l'autre.

Priscille - Comment l'ardeur de ce vent a-t-elle pu avoir ces deux vertus diamétralement opposées ?

Le prodigue - Tu as fait une belle et logique question ; et tu as bien raison. Mais par contre, ce langage que je tiens est droit, et provient de profondes pensées fondées sur mes multiples expériences passées.

C'est le langage des bafoués qui ont vécu dans leur égarement et leur entêtement, et ont ensuite ouvert leur cœur à la sagesse, à l'intelligence, et sont parvenus à la lumière et au bonheur. Ce langage est aussi familier à ceux qui ont étudié à fond les tournants de la vie. C'est mon langage, certes. Une tempête d'épreuves a fondu sur moi qui fus berné par les artifices des plaisirs. Cette même tempête m'a fait rebondir vers la maison de mon père où je retrouve la paix et le bonheur. Ma vie d'autrefois a été très scandaleuse. Mais je ne puis me garder de dire les merveilleuses transformations qui se sont produites en moi. Vouloir éviter d'en parler, serait avoir pour moi-même un amour trop exagéré ; ce serait tenir trop à mon honneur et m'en enorgueillir donc. Mais constatant que les efforts de l'homme sans Dieu ne valent pas grand-chose et que sa gloire est périssable, je préfère claironner partout les bienfaits de son amour ; je préfère raconter à tous, sans me lamenter sur mes fautes passées, ce qu'il a accompli en ma faveur. J'étais perdu dans le péché. Mon retour est une résurrection ! Mon salut est un miracle !

Une des phrases que je viens de prononcer me remet à la mémoire le poème que Madame Courtois avait interprété. C'est avec raison que ces vers parlant de la vraie liberté, ont bouleversé mon cœur lors de ma pérégrination à Pérée, pays de faux plaisirs. Là, repentant, j'ai désiré que tous mes souhaits soient subordonnés à la volonté divine.

Priscille - J'ai été très émue à l'ouïe de ce poème.

Hadassa - Te le rappelles-tu ?

Priscille - Je ne saurais oublier des paroles si fortes et si certaines.

Hadassa - Te plairait-il de dire certains de ces vers ?

Priscille - Ne pourrions-nous pas le faire alternativement ?

Hadassa - Allons-y !

Priscille - Ayons en l'occurrence
La double liberté physique et spirituelle !
La première sans l'autre, est débile et partielle.
La liberté sans Dieu est vague ou illusoire
Et tend à attirer de très sérieux déboires...

Hadassa - Lorsqu'on croit que l'on peut, avec sa liberté,
Transgresser les principes sans se refréner,
Quand notre liberté tend vers la laxité
Et ouvre sa barrière à des iniquités
Qui, sans perdre le coup, y mettront leur couvée,
Elle veut se changer en licence effrontée
Où, quand sa liberté offre l'oisiveté,
Sachons qu'elle conduit en un cadre opposé.
A celui qui élève et donne plus de poids
Au forgeur de travail qui font agir leur foi.
Voir s'écouler le temps sans s'occuper de rien
Sans le considérer, et l'employer en bien,
C'est offrir à l'esprit des bassesses sans nombre
Et se trouver bientôt dans un tableau tout sombre.
Quand la liberté baise la concupiscence,
Sans qu'on pense aux néfastes, dures conséquences,
Quand la désinvolture agit en parasite,
Séduit la liberté et porte à l'inconduite,
Le caractère alors, s'affaiblit, périclite
Et décline en allant de faillite en faillite

Le fils Cadet - (Fait des gestes qui marquent sa tristesse, comparant les paroles du poème à son état passé.)

Hadassa - (Observant les gestes du Cadet,) C'est assez déclamer ce poème qui ne s'approprie plus à ton cas. Tu es un héros, ayant vaincu tout ce qui voulait t'écraser et te réduire à néant. Oh ! Puissent tous les jeunes hommes attirés à Pérée, imiter ta bravoure !

Scène XII

Le fils ainé

Dans la cour

(De la musique vibre dans la salle de fête. On entend des pas et des applaudissements. Au rythme de la musique.)

Le fils ainé -Quelle musique vibrante résonne dans la maison, ce soir ! (Continuant à marcher vers la maison, et prêtant davantage l'oreille). Oui, c'est bien à la maison, et qu'y aurait-il de nouveau aujourd'hui ? Mon père qui se montre si triste tous les jours, serait-il en fête à cette heure tardive du soir ! Non, pas possible ! Je n'y comprends rien. En tout cas, je vais atteindre la maison, j'appellerai un serviteur avant que j'y rentre, et il m'informera de ce qui est la cause de si grande joie chez mon père.

(Il est arrivé maintenant près du seuil de la maison)

Le fils ainé - Barthélemy ! Barthélemy ! Appelant le serviteur)

Scène XIII

Le fils ainé et le serviteur Barthélemy

Dans la cour

Barthélemy - Oui, Monsieur. J'espère que la journée a été bonne.

Le fils aîné - Elle a été certainement bonne ; mais l'issue en est un point troublant.

Barthélemy - En quoi donc puis-je t'être utile ?

Le fils ainé - Barthélemy, es-tu capable de m'expliquer pourquoi la maison est si bruyante ce soir ? Avant de me rendre au champ ce matin, je ne fus point mis au courant d'activités qui se tiendraient chez mon père.

Barthélemy - Tout le monde est en fête ce soir chez ton père ; on n'attend que ta présence pour compléter le programme. Il ne manque que ta gaieté pour que les jouissances atteignent leur paroxysme.

Sais-tu, ton père n'est plus en tristesse ; celle-ci est engloutie dans la joie que procure à tous, le retour de ton frère.

Oui, ton jeune frère est le centre des manifestations de ce soir. Ecoute, ton père a tué le veau gras en la circonstance.

Le fils ainé - Il a tué le veau gras ?

Barthélemy - Oui, la table est déjà prête.

Le fils ainé - (Reste froid, s'éloigne un peu, regardant de loin)

Scène XIV

Le fils aine

Dans la cour

Le fils ainé - Moi, entrer dans cette maison où l'on fête ce jeune homme qui a gaspillé les biens de mon père ! Je ne pourrai contempler un tel spectacle.

Dans la cour

Le père et le fils ainé

Le père - Mon fils, que fais-tu hors de la maison ? Un événement touchant est survenu ce soir. Viens ! Je surveillais ton arrivée ; viens partager ma joie ; car ton frère qui était perdu est retrouvé. Nous devons nous en réjouir ; nous devons le fêter. Viens l'accueillir et ajouter ainsi, une note de gaieté à la soirée.

Le fils ainé - "Voici, il y a tant d'année que je te sers, sans avoir jamais transgressé tes ordres, et jamais tu ne m'as donné un chevreau pour que je me réjouisse avec mes amis. Et quand ton fils est arrivé, celui qui a mangé ton bien avec des prostitués, c'est pour lui que tu as tué le veau gras !"

Le père - Pour ne pas faire une telle réaction, il te faudrait avoir un esprit désintéressé, une noblesse exceptionnelle qui rencontrerait le divin, qui te placerait au-dessus du commun. Moi, père, j'aurais plus que tout autre personne à réagir en face de la venue de mon fils cadet ; car plus l'amour est profond, plus il vaut une réciprocité, ce que sa conduite ne m'avait pas offert, comme tu l'as avancé. L'amour n'est point orgueilleux et égoïste ; il est plutôt altruiste, et est exprimé par la patience, la douceur et la bonté. Se moquer de celui qui a tort et qui s'en repent, c'est diminuer son propre potentiel d'intégrité, négligeant ainsi son affermissement personnel.

"Mon enfant, tu es toujours avec moi, et tout ce que j'ai est à toi ; mais il fallait bien s'égayer et se réjouir, parce que ton frère que voici était mort et qu'il est revenu à la vie, parce qu'il était perdu et qu'il est retrouvé".

Lorsqu'Elisée avait ressuscité le jeune homme qui, pendant sa vie, constituait un joyau pour les parents, La joie ranima tous les cœurs. Pourquoi moi et ma maison, ne nous réjouirions-nous pas dans cette circonstance ? Comprends-tu que ton frère était mort, mort moralement, ce qui est pire que la mort physique. Sois donc joyeux devant cette résurrection spirituelle de ton frère ! Oui, ton frère était mort et il est revenu à la vie, il était perdu, et il est retrouvé.

Dans la cour

Les deux fils

Le cadet - (Va saisir le bras de son frère) Mon frère, me voici de retour.

L'ainé - Oui, c'est bien ; un serviteur auprès duquel je m'enquis me l'a déjà appris, et mon père me l'a redit. Tu as donc pensé à nous ? Qu'as-tu fait de tes biens ?

Le cadet - Mes biens....

L'ainé - Oui, tes biens.

Le cadet - Oh ! Mes biens ! Je ne les ai plus ; ils ont disparu.

L'ainé - Oui, je le sais. Mais qu'en as-tu fait ?

Le cadet - (Se cache la face, puis se redresse.) Je les ai liquidés au profit de mon renouvellement, de ma transformation ; leur disparition m'en a procuré d'autres.

L'ainé - Et alors, tu n'espères plus avoir part aux biens de mon père ?

Le cadet - Les leçons que j'ai tirées de ma misère valent plus que l'or. Que m'importe le reste ! Ce qui m'est plus important dans la situation, c'est le pardon de mon père. Je me sentais si seul loin de lui quand j'errais hors de la maison !

L'ainé - Tu n'avais donc ni père, ni bien.

Le cadet - Tu dis vrai. Mais j'ajoute que je ne pouvais comprendre le premier qu'en perdant le deuxième et en supportant toutes les conséquences qui s'attachaient à cette perte.

Malgré l'abondance que me favorisait l'amour naturel de mon père, mon entendement était très dur. La désobéissance, l'ingratitude, la paresse, l'indolence, le mépris se révélèrent dans ma vie ; puis la débauche s'en suivait.

Rien ne convainc davantage quelqu'un de son ingratitude ou de sa méchanceté que l'exercice de l'amour persistant de son bienfaiteur. Aujourd’hui, l'amour de mon père me fait mieux comprendre qui je fus.

L'ainé - Ne suis-je pas toujours resté dans la maison de mon père ? Ai-je gaspillé ses biens ? Ai-je jamais été désinvolte ? Ai-je avili son nom jusque devant les parias ? Non, non ; et cependant, le veau gras, n'est-il pas offert à ton intention ? De combien d'honneur n'as-tu pas joui ce soir ! A ma place, n'aurais-tu pas réagi contre mon père ? Aurais-tu partagé sa joie et celle de ses convives ?

Le cadet - Ton attitude, mon frère, est tout à fait naturelle ; c'est ce que ferait un autre frère à ta place ; c'est ce que moi, je ferais, sans nul doute, avant ma fuite.

Je rêvais tant les terres étrangères et leurs prétendus délices, que je vivais toujours dans un monde imaginaire ; j'ai cédé à mes passions, j'ai été trompé par les sophismes de l'ennemi. Mais maintenant, j'arrive à concevoir qu'il ne faut pas seulement cultiver cette "intelligence qui distingue l'homme de l'animal," mais aussi celle qui distingue le sage de l'insensé. Aussi n'ai-je voulu éveiller que ton amour dont la sensibilité et la bonté sauront me pardonner et souffrir que mon père m'aime encore ; car je ne veux en aucune façon léser tes droits.

Comme j'ai dit à mon père, les événements drôles survenus dans ma vie, m'ont donné une vision plus large de la réalité. Mon cœur actuellement est très soumis, très tendre, et je veux exercer cet amour dont les épreuves m'ont enflammé. J'ai reconnu mon forfait et j'ai remonté le courant. Aussi travaillerai-je et restituerai-je avec usure, les biens que j'ai gaspillés.

Puisque la vie a délié mon intelligence et ouvert mes yeux, j'ai déjà ce soir, dans un moment de solitude, étouffé mes émotions et élaboré un plan qui me fera réaliser mon but. Bien que mon père m'ait déjà accepté et que des œuvres n'aient pas été le sujet de ses grâces, je veux quand même prouver mon appréciation en travaillant dans sa maison et faire connaître à celle-ci une grande prospérité comme si j'y fusse demeuré durant toute ma vie. Je voudrais que toi qui n'as jamais abandonné le toit paternel, soit le type qui caractérise une obéissance absolue et persévérante.

Moi, je veux être le type qui caractérise un abandon de la mondanité, une conversion complète et éternelle.

Je vois venir mon père ; permets que je le rejoigne pour trouver quelque réconfort qui m'aidera à garder l'équilibre.

(Alors que quelqu'un lui adresse la parole indiquant la salle du festin) dans la salle du festin, dis-moi, n'est-il pas bon que je sois un exemple à ceux qui ont longtemps erré hors de la faveur divine, la méprisant, et voudraient regagner leur place première ? Qu'en dis-tu ?

Scène XVII

Dans la cour

Monologue de Priscille

Souvent, les hommes disent que les femmes, ont généralement tendance à faire circuler toutes les nouvelles qu'elles entendent, bonnes ou mauvaises. Que les hommes parlent vrai ou qu'ils parlent faux, je sais une chose c'est que Hadassa et moi, nous nous gardons, grâce à Dieu, de calomnier et de médire ; oui, nous nous gardons d'avancer aucune soi-disant vérité qui masque une tendance à la mauvaise critique.

J'évite de commenter les mauvaises manières de l'ainé. Sa susceptibilité me déplait assez souvent. On le voit des fois, avec le visage boudé, boudé, parce qu'il soupçonne le mal dans la pensée de quelqu'un. Parfois, il me reprend pour une chose qui se trouve loin de mon esprit. Je sais qu'on peut errer ; mais chez lui, c'est une coutume d'agir ainsi. Bien que nous nous abstenions de publier l'attitude de l'ainé, son mauvais comportement ne peut être caché. Tous en parlent. C'est normal qu'on ne puisse étouffer les mauvaises pensées qu'on cuisine en son cœur. On devient un livre ouvert pour tous. Sans que nous n'ayons rien expliqué aux convives, Ils comprennent que quelque chose cloche. Ainsi, j'ai entendu non seulement les femmes, mais aussi les hommes chuchoter Leur opinion concernant l'égoïsme de l'ainé.

En harmonie avec leurs conversations, j'arrive à mieux comprendre que d'après la loi, la part du cadet était la moitié de celle de l'ainé. Ainsi, le cadet, en prenant sa part de bien n'avait plus droit à aucun héritage. Heureusement, puisque le père est vivant, et travaillant sans cesse pour augmenter ses biens, la possibilité de forger une nouvelle part pour le prodigue repentant était possible. Cela n'affecterait en rien la part de l'ainé.

Tous comprennent donc que pour qu'un frère accepte pareil ajustement, l'égoïsme ne doit pas être dans le jeu. C'est pourquoi on doit encourager le fils ainé à développer plus d'altruisme dans son caractère. C'est le point capital de toute entente possible.

Scène XVIII

Issacar et Jachaziel

Dans la cour

Issacar - Mon cher Jachaziel, Cela me plait que tous les convives ne parlent que d'une chose : entente, entente, entente.

Jachaziel - Ils ont tous raison.
Nous devons conclure qu'à la base de cette entente doit naturellement se trouver l'amour, l'amour avec tout ce qui l'accompagne.

Issacar - Comment, dans ce contexte, nous expliquer le mot entente entre les frères sans parler du mot amour ? Je dis dans ce contexte, parce que, des fois les méchants s'entendent solidement pour faire le mal. Comme tu le comprends bien, nous n'avons pas toujours les mêmes idées sur un sujet donné. Mais nous pouvons discuter ensemble pour tirer une conclusion et comprendre comment il faut agir. Beaucoup de fois, l'esprit fixe, l'orgueil l'impatience, l'intérêt personnel, le manque de confiance, et d'autres choses encore démolissent la structure de l'amour qui pourrait amener à une union capable de rendre possible toute entente et la consolider.

Jachaziel - Oui, tu dis vrai. Entente ! Prononcer ces syllabes c'est émettre des sons comme ceux d’une cymbale, et ne faire que répéter un mot vide de sens quand on ignore ses attributs. C'est pourquoi, notre travail est immense auprès du frère ainé.

Issacar - Il faut quand même avouer dans ce cas, que l'entente n'est pas facile. Lorsque qu'alors on dit entente, entente, entente ! on dit : miracle, miracle, miracle !

Jachaziel - Oui, Il est facile de répéter ce mot ; mais la réalisation de sa signification est difficile. Certainement, il sera possible, cette entente, lorsqu'un miracle se fera dans les cœurs des deux frères.

Issacar - En somme, le problème est résolu à moitié. Le miracle a été déjà opéré dans le cœur du prodigue.

Jachaziel - Oui, il est retourné et désire travailler pour contribuer à la prospérité de la maison de son père. Je pense qu'il peut faire faire à la maison un revenu supérieur à ce qu'il a gaspillé et cela, même avec un très grand avantage.

Je suis ému de voir combien le fils cadet est apprécié par les convives. Il a une popularité étonnante. Il ne prendra pas beaucoup de temps pour refaire sa fortune. Son père, les convives et tout le monde lui donneront la main. Je remarque que bien avant d'écouter les gens qui lui adresser des conseils concernant ses erreurs du passé, Il avait déjà pris la détermination de n'empiéter sur les droits de personne, de pratiquer la justice et l'amour et d'éviter tout ce qui avait contribué à sa chute.

Issacar - Maintenant, Jachaziel, la transformation du cœur de l'autre fils, voilà le hic.

Jachaziel - Il ne nous est pas donné de lire les cœurs, mais son attitude nous importune. Je n'aime pas parler de ces choses négatives. Mais, entre nous, pour résoudre la question, il faut la considérer d'abord. Pour ce fils ainé, rester dans la maison, et porter le nom de son père, cela suffit pour lui, même s'il fait ce qu'il veut, ce qui lui semble plus aisé, en vivant dans la désobéissance. Je déplore que, maintes fois, devant tous, il refuse de reconnaître aucune autorité. Si, forcément, il en reconnaissait une, elle serait alors autre que celle de son père. Quand il a des drôles de secrets il préfère les raconter à des prétendus amis au lieu de chercher le secours du père. Et Ceux d'entre les amis qui sont meilleurs, en font part au père à qui revient le droit de tout savoir à propos de son fils.

Issacar - Mais malheureusement, les autres amis, eux, vont propager partout, les nouvelles désagréables sur le compte de ce fils ainé. C'est à ce genre de personnes qu'il se confie, au lieu d'ouvrir son cœur à son père et à sa maison. C'est dur de méconnaître qu'on est tous lié par des règlements sociaux qui peuvent regarder tantôt la maison, tantôt la synagogue, tantôt le travail, tantôt l'école, tantôt un club ou toute autre institution. Je souhaite que, pour son bien, il veuille écouter nos conseils que nous renforcerons par des exemples appropriés.

Jachaziel - Oui, Cyrus, Darius, Artaxerxés et d'autres encore, bien qu'empereurs universels, se sont courbés devant l'autorité divine. Et ce qui est plus intéressant, c'est que, quand il s'agit de droiture, la justice révélée même par un subalterne, revêt toute son autorité. David, le roi, n'a-t-il pas honoré les paroles de Nathan le prophète au point de rédiger le psaume 51, expression de son repentir ? Contrairement à l'attitude d'autres rois il n'a pas dit au prophète de ne pas s'immiscer dans ses affaires. Moïse, n'a-t-il pas écouté les conseils de Jéthro, son beau-père ? Dieu, lui-même, n'a-t-il pas prêté attention à la demande des filles d'un père qui n'avait pas de fils pour hériter de ses biens ?

Ces filles dont la condition constituait un cas particulier, et qui n'auraient aucun héritage en Israël, n'ont-elles pas obtenu satisfaction par l'intermédiaire de Moïse, de la part du grand roi de l'univers ? Leurs paroles de justice, n'ont-elles pas ouvert une porte à d'autres filles placées dans la même condition qu'elles ? Puisse le fils ainé vouloir accepter nos conseils, et se soumettre courtoisement à l'autorité du père !

Jachaziel - Essayons de voir le fils ainé dans notre pensée comme nous voudrions qu'il devienne ! Avec tous les conseils, je veux croire que ces deux frères parviendront à une bonne entente. C'est mon vœu le plus ardent.

Scène XIX

Dans la cour

Monologue de Barthélemy

C'est écœurant que le grand frère, ne soit pas content de l'arrivée du cadet. Quel étonnement !

Être aîné et attaché à la maison du père, signifie grand-chose ! Mais cela ne devrait-il pas être plus qu'accepter à y demeurer. Cela ne devrait-il pas signifier aider le père dans ses élans de bonté, et contribuer également au bonheur de l'autre frère.

Lorsque le cadet était dans la maison, l'aîné ne lui avait pas donné l'attention qu'il faut. Il se contentait d'être grand, d'avoir la priorité et de prôner son droit. Il n'aimait sa position de frère aîné que pour faire valoir son autorité. Son caractère était trop repoussant. Je crois que ces deux frères n'étaient jamais amis. Je me demande si le cadet en prenant la décision de retourner à la maison, avait été, en aucun moment, attiré par l'ancien comportement de l'aîné comme il l'était par celui du père.

Je regrette que le fils aîné n'ait pris aucune part aux efforts du père pour aider le jeune homme. Au lieu de faire un travail de construction, il a fait un travail de destruction ; car en conseillant son frère d'après un processus charitable, et secondant ainsi son père en tant que jeune, il n'aurait peut-être pas laissé au cadet le temps de connaître cette grande chute. Mais c'est évident qu'on ne puisse pas donner ce qu'on ne possède pas. Oh ! Je déteste ce travail d'accusateur que faisait l'aîné et CELA, du genre de Saltani. D'après ses rapports contre le frère, même sans l'avoir soutenu au préalable, le père, sans une patience d'ange, aurait, avant la décision du fils cadet de s'en aller, oui, le père, avant cette décision, aurait pris l'initiative de le mettre à la porte. Heureusement, le cadet était parti pour son compte. Il était bien plus capable de vouloir retourner en pensant aux paroles de Dieu que le père pratique : "je ne mettrai pas dehors ceux qui viennent à moi." Puisse Dieu me fortifier pour que moi-même, j'évite tout ce qui rappelle le fanatisme et le pharisaïsme !

Les pressions internes ; celles du frère, les pressions externes : celles des amis du fils cadet l'ont fait balloter très tristement. Mais l'amour du père en était le contre-pied.

Je suis sûr que non seulement étant dans la misère il lui a fallu chercher du secours, mais l'amour du père, ce qui l'a attiré vers la maison.

Un jour, par hasard, j'ai entendu un observateur dire au fils aîné : Je suis l'ami de la maison. Je soupire donc après ton progrès sur toute la ligne. Tu es courtois, j'en suis content ; mais je voudrais que tes yeux soient ouverts davantage afin d'exercer plus d'amour à l'égard de ton frère cadet. Alors, il répondit : Mes yeux sont déjà ouverts, grand ouverts. Cela arracha ainsi de la bouche de l'homme des paroles sévères : Si tes yeux sont déjà ouverts, grand ouverts, je crains que tu n'exerces de la méchanceté envers ton frère.

Oh ! L'ami a raison. C'est dur d'être orgueilleux et égoïste. C'est dur d'être comme le fils aîné. C'est dur de N'entendre qu'une chose : Dominer. Je souhaite qu'il comprenne que la vraie grandeur réside surtout dans le service et dans l'amour.

Oh ! Si j'avais le pouvoir de parler au cœur de ce jeune homme pour le convaincre de son état d'indifférence et de la nécessité pour lui de hausser son caractère en éliminant son complexe de supériorité, son attitude hautaine, différente de celle du père qui bien qu'effectivement grand, se distingue dans son amour, dans son humilité, dans tout son comportement !

Oh ! S'il m'était donné la possibilité de contribuer à l'entente entre ces deux frères, j'aurais été satisfait d'avoir concouru à une si grande victoire.

Toutefois, si l'occasion ne m'est pas offerte, je souhaite que ce père dans sa sagesse agisse promptement en la circonstance. Il est capable de cela ; j'en suis sûr.

Scène XX

Dans la maison

Le père - Mon fils, quand tu as vu la joie de nos convives, t'es-tu senti heureux ?

Le cadet - Oui, mon père. Une profonde joie à inondé mon cœur ; mais tout le monde ne se réjouit pas avec moi. Tous n'ont pas participé au festin.

Le père - T'y attendais-tu ?

Le cadet - Non, je ne m'y attendais pas. Je n'en suis même pas digne.

Le père - Et pourquoi le mentionnes-tu ?

Le cadet - Parce que ta joie a rempli la maison ; et l'attitude de celui qui n'en fut pas électrisé, fut mise en évidence. Toutefois, puisque dans son orgueil, il se révolte à tort ou à raison, et pour peu que son cœur le lui dise, je me suis mis tout bas devant lui, m'inspirant des leçons d'humilité que mes années d'échecs ont infiltrées en mon âme. Et pour ne pas l'offenser ou l'irriter davantage, j'ai feint de ne pas discerner sa pensée erronée. Mon péché a provoqué l'incident malheureux entre mon frère et moi.

Oh ! Mon frère me considère comme un païen. Il ne peut s'approcher de moi. Il trouve que ma place n'est pas à la maison. Il agit exactement comme le font les Israélites, mes compatriotes, à l'égard des autres nations étrangères. Ils les regardent comme abominables, et ne font rien pour les attirer à Dieu, oubliant que Dieu leur avait dit qu'il les a "établis pour être la lumière des peuples."

J'aime tant mon frère, malgré son indifférence ! Je sais que tu peux le porter à s'entendre avec moi... Le feras-tu, père ? Je voudrais que le lien fraternel soit consolidé par celui de l'amitié.

Le père - Mon rôle de père, je prends bien plaisir à l'exercer, mon fils.

Le cadet - Quel père est aussi bon que toi ? Ainsi comme tu m'en as conjuré, je ne veux plus regarder à mes fautes passées qui m'ont attiré tant de déboires ; je ne veux point non plus considérer les torts d'autrui, m'en attrister et l'abhorrer. Je veux plutôt aimer et pardonner, tout comme tu m'as aimé, comme tu as oublié ma vie passée, et comme tu m'as pardonné.

Le père - Je suis heureux que ma conduite t'influence. Tu m'es tout à fait redonné !

(Un bras du père reste tendu tandis que, la tête tournée vers la direction où se trouve son fils aîné qui, mécontent, se tient encore dans la cour, ne voulait pas entrer. il montre qu'il n'est pas satisfait de l'attitude du père qui s'est montrer trop aimant à l'égard du cadet.)

Le père - Oh ! Lui, mon fils aîné ! Oh ! Mon fils aîné, lui ! Oh ! Mon fils aîné !...

Scène XXI

Dans la maison

Le fils cadet et Barthélemy

Le fils cadet - (Paraît très pensif)

Barthélemy - Que tu parais pensif ! Tu es comblé de trop d'affections aujourd'hui pour te laisser plonger dans de si grandes réflexions.

Le cadet - Tu as raison. Toutefois, mes réflexions étaient plus denses jusqu'au moment où j'ai senti fortement l'amour de mon père et la sympathie de ses convives pour moi. Mais...

Barthélemy - Mais... Mais, est-ce peu de chose à tes yeux l'accueil de ton père et de sa maison ? Je pense que non. Ne t'occupe du désaccord de personne, quel qu'il puisse être. Si l'on sonde le secret des choses, on verra que tu n'as pas été le seul à avoir le comportement de prodigue. Tu es très chanceux ; car de tout ton cœur, tu t'en repens.

Être prodigue, ce n'est pas seulement dépenser inutilement son argent ; c'est aussi gaspiller son temps ; c'est laisser s'effriter ses bonnes dispositions ; c'est s'empêtrer dans des actes coupables ; c'est s'épuiser en s'adonnant à des plaisirs illicites ; c'est s'esquinter en vendant son énergie pour un avantage passager quelconque ; c'est faire taire sa conscience pour détourner ses bonnes inclinations, et donner libre cours à ses passions dépravées. Oui, être prodigue s'est tout cela et bien d'autres choses encore.

Que de prodigues déguisés n'a-t-on pas rencontrés sur sa route ? Le prodigue, c'est aussi toute personne qui, opiniâtre, badine avec les vérités immuables et essaie de les manipuler à sa guise pour faire valoir ses propres points de vue bien que souvent aléatoires ou tout à fait faux.

Le prodigue, c'est tout groupement qui, par sa liberté de penser et d'agir, adopte les concepts d'apparence plus aisés, et fait un mauvais emploi de cet avantage qu'est la liberté, apportant ainsi, des fois, des calamités de n'importe quel ordre dans sa famille, dans son entourage, dans son pays, dans le monde.

Le prodigue, c'est aussi celui qui fait un mauvais usage de son pouvoir, de son autorité. Tu peux trouver un chef qui juge souvent son subalterne et le punit pour une faute ou même une prétendue erreur qui est provoquée par la propre maladresse de ce chef. Mais quand lui, il erre, qui peut le juger ? Et lorsque, par hasard, on le juge, si jugement, il y a, le processus est souventes fois long ; ou le fautif reste humainement impuni.

L'autre jour, j'ai passé de longs moments à réfléchir sur l'injustice qui marqua le comportement de deux dirigeants d'une usine. Sans penser aux obligations d'un père de famille et à son droit naturel de travailleur, ils ont gardé pendant plusieurs semaines et même jusqu'à un mois, et à plusieurs reprises, le salaire d'un superviseur très patient et très aimé de son équipe. La marche de ses activités personnelle et celle de son équipe bien qu'encore fructueuses, ont automatiquement ralenti. Ces dirigeants l'ont puni une fois pour un rapport de travail qui était revenu à un autre de faire d'après sa condition unique à l'usine. La preuve en est très grande, puisque les progrès de son équipe était attribué à un superviseur voisin qu'il considérait être son chef.

Ce qui est plus navrant, c'est que, lorsque le superviseur dont nous parlons a fait de son mieux pour envoyer un rapport bien élaboré, ceci a été présenté d'une façon très falsifiée dans le bulletin de l'usine. Ils font la pluie et le beau temps. Ces dirigeants, qui les a blâmés et punis ? Leur position et leur salaire sont restés intacts. Dis-moi ? N'ont-ils pas eux aussi été des prodigues, ne sachant pas bien exercer leur pouvoir, gaspillant les possibilités d'honnêteté qu'ils avaient à leur disposition ? Seuls les yeux scrutateurs ont pu les détecter, ces sans-cœur qui s'engraissent des produits de l'usine et subjuguent d'autres très aisément. Vont-ils pouvoir facilement se défaire de leurs défauts secrets ?

Heureusement, toi, ta vie ouverte de prodigue t'a fait revenir à
Toi-même pour prendre conscience d'autres choses qui étaient restées longtemps caché chez toi, et pour les rejeter. Tu es un nouvel homme. Tu dois en être fier.

Scène XXII

Dans la maison

Le cadet

Dans quelle catégorie suis-je donc ? - Dans la catégorie de victorieux de leurs malices, prodiguerepentant ?

Dans tous les cas, l'homme sincère, laisse dégager son innocence en procédant par la méthode de restitution, autant que faire se peut. On se révélerait hypocrite si on refusait d'agir ainsi. Je sais que Deltono qui impressionne plus d'un, a restitué les fonds qu'il avait détournés de la caisse de son organisation pour permettre à celle-ci de reprendre pied. Sa conscience est soulagée, ne mangeant plus lui-même, le pain de beaucoup d'autres. Dada a renoncé à ses actions malveillantes, suivant avec empressement, le conseil de sa cousine Marie ; je sais également que Tilabi et Grofesa, ont conjugué leur bon sens pour mettre un terme à leur inconsistance, et éclairer ainsi leurs frères. Une atmosphère de gaieté règne dans cette usine. Oh ! Petits et grands avaient besoin de ce retour à la justice et à l'amour.

Quant à moi, je regrette que, pour l'instant, je ne puisse rien apporter de matériel ici, à la maison. Heureusement, mon père, comprenant la profondeur des choses, les différentes tournures de ma situation, oui, comprenant tout cela, il ne réclame de moi qu'une bonne volonté et un cœur aimant disposé à bien agir, et faire fructifier les talents demeurés longtemps cachés en moi.

Scène XXIII

Dans la maison

Dan et Barthélemy

Dan - Barthélemy, tu as fait un travail merveilleux en réconfortant le fils cadet. J'étais content, moi aussi de lui relater l'expérience de la jeune femme que le Maître avait épargnée des griffes des accusateurs qui furent trouvés coupables d'avoir été des provocateurs de péchés dans cette histoire. Ils étaient des prodigues subtiles, rusés et entêtés.

Barthélemy - As-tu ajouté l'expérience plus récente des deux jeunes femmes qui se querellaient parce que l'une d'entre elles, ayant portée pendant neuf mois, la marque de sa désinvolture, a été insultée par l'autre qui déclenchait ainsi la zizanie ? Les spectateurs, leurs parents, ont dû avec justice, exhorter les deux jeunes femmes. Toi, dit la mère à la persécutrice, combien de fois t'ai-je accablé pour ton comportement avec ton ami désinvolte ? Je n'ai toujours fait que te conseiller et te réprimander, des fois.

Heureusement ton attitude n'a mise à jour aucun produit apparent de désinvolture. Tu fus une héroïne en écoutant ma voix, et en étant victorieuse sur le péché. Apprends maintenant à fermer la bouche devant le sort misérable d'autrui. Ne critique point, te vantant, toi-même de chasteté. Aide plutôt ton prochain à remonter le courant ! N'est-ce pas, ma fille, dit-elle ? Je veux que tu aimes ton semblable, pensant à l'amour divin, et à celui de ta maman pour toi.

Scène XXIV

Dans la cour

Monologue de Barthélemy

Je ne puis concevoir qu'un frère puisse agir de la sorte à l'endroit de son propre frère. C'est incroyable. Plus nous envisageons comment Dan, Hadassa, Issacar, Jachaziel, Priscille et Beaucoup d'autres s'entendent à merveille, plus nous ne pouvons comprendre l'attitude du frère aîné. Si moi, dans mes réflexions après le départ du Cadet, je ne pouvais jamais concevoir la maison sans lui, comment l'aîné lui-même peut-il nourrir de telles pensées égoïstes, et extérioriser ensuite son attitude, en exhibant un tableau qu'aucun d'entre nous ne peut admirer ?

Bien qu'à mon endroit, lui, l'aîné, il se montre parfois courtois, il a des malices subtiles que seul le père peut découvrir totalement. Ici dans la maison, sans avoir été très loin avec des biens, il se montre tantôt prodigue, tantôt avare. Sa haine implacable et son égoïsme entrant dans l'affaire contre son frère, rendent la situation plus grave. Je me propose donc de lui faire voir les paroles de madame Colibri :

La haine est donc au cœur qui l'héberge et l'étreint,
Ce que l'épaisse graisse est aux vaisseaux sanguins.
On devrait éviter ces éléments cruels,
Accablants, déprimants, dangereux et mortels.
La vie est dans l'amour. Jamais, qu'on ne s'hasarde
Sur un autre chemin. Qu'on y prenne bien garde !
Quand, dans le cœur, l'amour agit en directeur,

Le triomphe est certain, qu'importe sa hauteur !
L'amour rend immortel qui en a le pouvoir.
Il va bien au-delà de ce que l'on peut voir.
Lorsque nous remarquons que, clandestinement,
Le jeu de l'égoïsme en nous, va progressant,
Ne lui donnons point pied. Freinons-le sur le coup,
Sans aucune indulgence, afin qu'il soit dissout !

Je voudrais faire digérer au fils aîné tant et tant de choses semblables. Il n'aime pas son frère parce que celui-ci était prodigue. Je voudrais qu'il comprenne que le prodigue, ce n'est pas seulement celui qui gaspille son argent mais c'est aussi celui qui emploi mal ses talents et son énergie et m'importe quelle autre ressource.

L'opposé du prodigue, l'avare, ce n'est pas seulement celui qui est chiche en ne dépensant pas son argent, c'est aussi celui qui ne met jamais ses talents au service de la communauté, c'est aussi celui qui ne le fait que pour un profit, c'est également celui qui veut recevoir de l'amour et en marchande le sien.

Scène XXV

Dans la cour

Monologue de Jachaziel,

Je vais voir aujourd'hui la joie de Dan et de Barthélemy avec lesquels Saltani avait voulu faire un pari. Saltani, ce tentateur, ce séducteur, cet accusateur n'a pas eu gain de cause. Malheureusement, dans différent cas, nous voyons le portrait de Saltani dans beaucoup de gens, dans plusieurs personnages que nous connaissons, et dont nous en entendons parler. Par exemple, de même que Saltani est l'auteur de la mauvaise conduite du prodigue, de même, le vieux prophète de Béthel avait trompé le porteur du message de Dieu au roi Jéroboam. Là où le roi n'a pas pu convaincre le messager de devenir son hôte, même pour un instant, le vieux prophète qui a menti, a réussi à le faire ; et lui-même encore a prononcé le verdict de l'Eternel contre le messager qui devint rebelle et succomba après l'accomplissement de son devoir, un exploit consistant à prophétiser une vérité qu'aucun grand dans sa splendeur n'aimerait entendre. Cet exemple devrait porter tous "à réfléchir avant d'agir", et à consulter Dieu devant la proposition de qui que ce soit, qu'il soit un chef ecclésiastique ou un simple membre du sanhédrin. Quelle tristesse dans sa position de messager ! Et aussi, quelle joie pour ceux qui ont pu sortir d'embarras comme le prodigue !

Scène XXV

Dans la cour

Barthélemy, Dan, Hadassa, Issacar, Jachaziel, Priscille

Barthélemy - Mes amis, vous avez tous entendu parler de Saltani, n'est-ce pas ? Il doit rougir de honte en entendant la victoire du prodigue et la joie de son père ?

Moi, je n'ai pas voulu lui parler beaucoup lorsqu'il avait décidé de nous décourager concernant la situation du prodigue. Pour lui, aucune prière n'aurait d'effet dans le cas du jeune homme. Quand Dan a voulu lui faire comprendre qu'il doit se détromper, il a osé persister ; mais Dan lui a dit que le prodigue retournerait, il a crié : non ! Nous avons dit : oui ! Et ainsi de suite. La scène se termina avec notre note positive.

Tous les serviteurs : (Levant les mains, se les joignant) Victoire ! Victoire !

Dan - Comme je l'avais espéré devant Saltani que vous connaissez tous, devant Saltani, accusateur du père et du fils cadet, oui, comme je l'avais espéré, aujourd'hui, la victoire du prodigue a récompensé ma certitude. Cette victoire a récompensé aussi l'assurance de nous tous qui priions ardemment. C'est pourquoi, Saltani qui rôdait près de la maison pour savoir la cause de tant de gaieté dans la maison, s'est empressé de s'enfuir en entendant des voix dire : Le prodigue est de retour ! Il a couru davantage lorsqu'il m'a vu de loin, se rappelant sans doute, avec quelle hardiesse il insistait sur le fait que le prodigue ne retournerait jamais.

Hadassa - Oh ! Nos prières ont été pour le cadet une source de bénédiction. Elles ont été exaucées.

Dan - Quant à l'affaire de pari dont Saltani avait parlé, ce n'était pas de mise. Nous avons bien fait de n'accepter aucune proposition de la part de Saltani, ancien serviteur en chef du père dans des lieux lointains, ce Saltani qui a malheureusement dévié de sa haute position.

Hadassa - Ni Saltani, se déclarant ennemi juré du père, ni le fils aîné, ne sont en fête avec le fils cadet. Ils montrent qu'ils sont dans le même camp.

Barthélemy - Mes amis, puisque nous sommes tous imbus de la question du départ, de la repentance, du retour du fils cadet, de la joie du père et de toute la maison en cette circonstance, puisque nous avons tous vus l'attitude du grand frère malgré l'accueil donné par tous, je crois que comme nous avons commencé à faire, nous ne devons pas rester à chuchoter entre nous.

Nous devons avec amour, parler à celui qui se met volontiers à l'index, et lui faire comprendre son rôle de grand frère. De plus, là où nos démarches n'ont aucun aboutissement, il nous faut implorer le ciel en sa faveur.

Dan - Je crois que certains d'entre nous ont déjà essayé de contacter le jeune homme à ce sujet. Ceux qui ne l'ont pas encore fait le feront.

Je suggère que bientôt, nous nous réunissions comme nous sommes maintenant pour nous joindre au père et montrer à l'aîné comment nous sommes heureux du retour du cadet. Que pensez-vous ? Ce tableau, voilant l'attitude de l'aîné, ne fera-il pas sur lui un bon impact ?

Hadassa - Excellente idée !

Dan - Et vous autres, quelle est votre opinion ?

Issacar - Je suis en train de réfléchir sur la ténacité de l'aîné, et de la façon dont nous devons aménager cette rencontre.

Jachaziel - J'y pensais aussi. Nous offrirons un tableau d'amour fraternel simple, mais significatif.

Priscille - La réponse est, JE VEUX CROIRE, tardive ; mais c'est exact.

Eux tous - C'est exact ! C'est exact ! C'est exact !

Priscille - Oui, c'est exact. Puisque je pense que même s'il n'y a pas de réaction positive immédiate de sa part, les multiples scènes de fraternité qu'il aura vues, y compris celle-ci, poursuivront sa pensée, et finiront peut-être un jour, même d'une façon tardive, à avoir gain de cause.

Scène XXVI

Dans la cour

Les serviteurs, le père, le fils aîné, le fils cadet

Les serviteurs, le père, le fils cadet - (Se tiennent à une extrémité de la cour, et observent l'attitude de l'aîné.)

L'aîné - (S'appuie contre un arbre, à l'autre extrémité, avec les deux mains sur la tête.)

Le père - (Regarde l'aîné avec angoisse, et fait des gestes appropriés.

Les serviteurs - Monsieur ! Monsieur ! Monsieur !

L'aîné - (Regarde dans leur direction)

Les serviteurs - Oh ! Monsieur, écoute !

Barthélemy - Les convives prolongent leurs cris de joie, et les musiciens, l'exécution de leur musique à l'occasion de l'arrivée de ton frère. Ecoute ! S'il te plait, et prends-y part ! Ton frère veut se sentir fier d'entrer avec toi dans la salle où un festin urgent s'avère nécessaire pour ranimer SES FORCES, les forces de ton frère cadet.

Eux tous - (Entourent le cadet et le comblent d'affection.)

(On entend de la musique au loin.)

Figure 12 Mécontentement du frère aine

Scène XXVII

Dans la cour

Le père et le fils ainé

Le père - Mon fils !

L'ainé - (A sa droite) Oui mon père !

Le père - Mon fils, je veux te rassurer de ma sollicitude. Ne sais-tu pas que je t'aime d'un amour parfait ? Mais je rougis de tristesse devant ton comportement qui peut faire parler mal de moi, me faisant passer pour un père arbitraire. Je te convie à la compréhension. Mets-toi à la place d'un père aimant ; et tu sentiras tout de suite que j'ai bien agi ce soir, et que toi, tu dois t'entendre avec ton frère. C'est dans mon amour qui est propre à ma caractéristique que je l'ai accepté.

Et, ne s'est-il pas repenti ? - Oui. S'il a épuisé la moitié de mes biens, il n'a pas évanoui la moitié de mon amour pour lui, de mon habileté, de ma science à me multiplier des trésors.

Et maintenant, écoute, je le dis en tremblant, car je t'aime tant, mon fils. Je ne souhaiterais jamais que tu fasses ostentation de fidélité, et que malgré tout, tu sois rebelle alors même que tu restes encore attaché à la maison.

N'as-tu pas toi-même fait remarquer l'autre jour, comment certains prêtres, tout en appartenant encore à la synagogue, ne se comportent pas mieux qu'un païen. Ils officient dans le temple ; mais leur manque d'amour, leur conduite exerce une mauvaise influence sur les confrères et tous les spectateurs.

Je ne voudrais pas que la compréhension, la lucidité, l'amour, l'altruisme soient étrangers à ton cœur. Scrute bien ton caractère, ses points faibles qui te rongent et t'empêchent de jouir de mes biens alors même que tu es dans ma maison. Tu ... tu es orgueilleux, égoïste et jaloux. Ne sais-tu pas que si toi-même, tu avais tenté la chance de laisser la maison, tu n'y reviendrais peut-être pas ; car, inévitablement, tes biens décroitraient en vivant loin de moi ; ton orgueil travestirait davantage le spectacle de ta misère, et te ferait fuir mes regards que ton frère a bravés. Oh ! Mon fils ! (Pleurant sur ses épaules et l'embrassant) je te perdrais pour toujours !

Te rappelles-tu que, bien que tu vives dans la maison et que tu sois intelligent, tu sais passer des semaines sans donner ta collaboration. Le mot service a été banni de ton programme.

De plus, des revenus de ton travail, je le sais, en ouvrant largement tes mains, tu as toléré et fait des cadeaux sans mesure à des dévoyés qui ne dépassent pas ton frère en moralité. Ainsi, beaucoup te prennent pour un être sensible, plein de bonté et d'affabilité. Ils ne savent comment tu traites ton propre frère et comment jusqu'à maintenant, dans cette circonstance si impressionnante, tu n'as usé d'aucune compassion envers le fils de ton propre père.

Mon fils, as-tu jamais un jour pensé à la parabole de la drachme perdue et à celle de la brebis égarée ? Dans le cas de ton frère, mon amour le ranima et l'a fait revenir lui-même. Quant à la drachme, elle n'a pas d'oreille pour entendre les soupirs de sa maîtresse, un cœur pour apprécier son amour, des pieds pour aller la trouver et une bouche pour lui dire : Me voici !

Je t'aime aussi pour ton attention. Elle ne savait même pas qu'elle était perdue. La brebis égarée elle, ne comprenait pas le chemin de la bergerie ; elle ne réalisait peut-être même pas la portée du danger devant lequel elle se trouvait. Les propriétaires de la drachme et de la brebis perdues ont dû aller eux-mêmes les chercher. Ils étaient si heureux de les retrouver.

Dans le cas de ton frère, mon amour l'a aimanté et l'a fait revenir ici à moi.

Mon fils, analyse bien mon attitude et comprends-la ! Sonde-les réactions de ton frère cadet, et accepte-les.

Si même un objet et un animal ont fait les délices de leurs propriétaires qui ne voulaient point les perdre, comment mon fils cadet qui est une personne, mon fils qui est mon sang ne pourrait-il pas jouir de mon pardon et de mon affection ? Ne me mettrais-je pas, moi, dans le même bain que ces propriétaires et même plus profondément qu'eux ?

Pourquoi ne veux-tu pas que moi, j'accepte de tout mon cœur à recevoir mon fils qui était perdu et qui est revenu ? Pourquoi ne te réjouis-tu pas de la repentance de ton frère ?

Ne pense pas que parce que tu es le fils aîné, et parce que tu es resté dans la maison, tu peux, sans entraver ta conscience dire que ta conduite est irréprochable.

Mes compassions ne t'ont jamais été enlevées ! Je suis si patient ! Et puis d'ailleurs, n'as-tu pas le droit de disposer de tout ce que j'ai ici ? De plus, la belle robe et l'anneau, ne sont-ils pas ton apanage ? La cérémonie de ce soir ne peut seoir à ton cas ; car, comprends-le, elle a pour but de rendre légitime ce fils qui avait perdu ses droits et ne pouvait sans mon ordre, mettre la main sur la moindre parcelle de mes biens.

Ne laisse pas mon geste magnanime ternir à tes yeux mon caractère que si souvent, tu ventes à tes amis. Ne veux-tu pas aussi l'hériter ?

Concernant le veau gras que j'ai fait apprêter pour ton frère, as-tu raison de te fâcher ? Tes désirs, n'ont-ils pas toujours été comblés ? S'ils se sont toujours portés ailleurs et n'ont jamais commandé cet animal, dois-tu m'en rendre responsable ? Tu ne peux jouir que de ce qui puisse plaire à ton cœur.

Mon fils, je te révèle un secret dont je ferai aussi part à ton frère : cette maison où nous sommes n'est rien devant la plénitude de ma magnificence. Je vous gratifie ici de ma présence pour mieux vous former avec le tact nécessaire, ton frère, suivant son tempérament, et toi, conformément au tien. Je me réserve un jour où je commencerai à vous faire jouir totalement de ma splendeur. Mais il faut que votre caractère soit semblable au mien. Alors dans cette demeure, aucun artifice ne vous attirera et vous déprimera ; aucun malentendu ne glissera et vous divisera. Vous vivrez contents, heureux et en paix. Le conçois-tu ?

Scène XXVIII

Le Père, L'Ainé, le Cadet

Dans la cour

(Les convives font retentir des applaudissements et le bruit de leur pas au rythme de la musique. Le bras du père encore sur l'épaule de l'aîné.

Le père - Viens, mon fils cadet ! Viens près de nous !

L'ainé - (Regarde avec attention)

Le cadet - (Se dirige vers eux avec hésitation et dit tout bas) Peut-être, mon humble présence influencera mon frère. C'est mon heure de faire un travail missionnaire.

Le père - (Lève les deux mains, se parlant à lui-même) Tout près de mes deux fils, physiquement ! Puisse-t-il en être ainsi cordialement, de part et d'autre ! Près du cœur de mon fils aîné, comme il l'est déjà de mon fils cadet !

Le cadet - (Le fils cadet arrive auprès du père et du fils aîné dans la cour.) Tout près de mon père, et tout près de mon frère ! En errant loin de toi, père, j'ai appris à me connaître, et j'ai vu l'abîme qui séparait ton rang du mien. Je ne comprenais ni toi, ni les règles de la droiture d'où émane le bonheur. J'avais une fausse opinion de moi-même, une fausse conception de la liberté que j'ai cherchée et que réellement, je n'avais pas pu trouver, parce que j'ai voulu l'encercler de mes inclinations, et subordonner tout à ma bassesse.

En revenant à toi, et en me conformant aux normes de la justice, c'est alors que je suis libre. C'est maintenant que la liberté a un vrai sens pour moi. Oui, c'est maintenant que je suis libre et que je me sens à l'aise parce que je respecte les recommandations de la justice et de l'amour, ainsi que les droits de mon frère. La liberté véritable m'apporte la paix et le bonheur. Je me soumettrai, père, à tes principes qui désormais me seront "plus précieux que l'or et plus doux que le miel".

Imitant tes élans dans tes activités,
Mes dons électrisés seront tous fructifiés,
Et recevront le sceau de la divinité.

Oh ! Si tous les hommes pouvaient pénétrer les profondeurs de la liberté, et goûter comme moi des fruits de ses vertus !

Le père - (Entoure d'un bras les épaules de son fils ainé. Puis, s'adressant à lui, il fait des gestes appropriés, avec l'autre main, et entoure enfin, les épaules du cadet.)

L'aîné - (Faisant des gestes d'impatience et de mépris. il parait impassible.)

Le père - (Tourne, à tour de rôle, les regards vers les deux fils, en harmonie avec les paroles qu'il prononce.)

Et maintenant, assimileras-tu cette vérité qui demeure indéniable et qu'on ne peut défaire ? C'est un axiome. Que tu le veuilles ou non, toi, mon fils aîné, tu demeures encore mon fils et (entourant les épaules du cadet) lui, mon fils cadet demeure encore ton frère ; car je suis votre père : Ton père et son père.

(On entend le cri des réjouissances des convives.)

Fin

ENGAGEMENT PERSONNEL je veux rendre heureux mon prochain que "j'aimerai comme moi-même".

Dorénavant, je m'engage à pratiquer

1. La maxime de la justice : « Ne fais pas à autrui ce que tu ne voudrais pas qu'on te fît à toi-même ».

2. La maxime de l'amour : « Fais à autrui tout ce que tu voudrais qu'on te fît à toi-même ».

Je réclame donc le secours du Dieu Tout-Puissant, Pourvoyeur de vertus.

Le temps est arrivé ou chacun doit souscrire
Pour un suprême but, pour un nouveau langage
Qui proscrira partout, même le moindre outrage.

JEUNESSE

La vie, oh ! Elle est belle
Lorsque rien ne chancelle.
Tout émeut notre cœur
Toujours rempli d'ardeur.

Le temps de la jeunesse
Est bien empreint d'ivresse,
Tout comme en plein printemps,
Tout s'avère émouvant.

Le soleil communique
Un zèle poétique
A notre être enchanté
Baigné de sa clarté.

La lune qui rayonne,
Amoureusement donne
Un sentiment heureux
Portant des rêves bleus.

L'étoile qui scintille
Jointe au feu qui pétille
En nos sens enchantés,
Nous invite à aimer.

Les astres qui fourmillent
Dans le ciel clair, et brillent,
Nous disent tous des mots
Mystérieux, mais beaux.

Chaque fleur bien splendide
Dans sa robe candide,
Evoque le bonheur
Ajoutant sa senteur.

Les baisers de la brise,
Doucement, nous redisent
L'effet tout bienfaisant
D'un tendre attouchement.

L'oiseau lui-même chante
D'une voix amusante.
La nature s'éveille ;
L'oreille s'émerveille.

Le temps de la jeunesse
Est bien empreint d'ivresse,
Tout comme en plein printemps,
Tout s'avère émouvant.

La vie, oh ! Elle est belle !
Mais des larmes s'y mêlent.
C'est pourquoi je redoute
Les pièges de la route
Qui parfois sont subtiles.
O ressources fertiles !
O précieuses grâces !
Enrayez toute trace
De faiblesse en mon âme
Par vos brûlantes flammes !
Qu'à vos dons je m'attende !
Pour que je me défende
Devant les illusions
Qui cachent les affronts.
La vie devient réelle ;
La vie, elle est plus belle
Quand on n'est pas rebelle
A la voix qui appelle
A l'heureuse jeunesse
Devant durer sans cesse
Dans l'éternel printemps
Aux charmes palpitants.

Jeunesse ! Jeunesse ! Jeunesse !

REMERCIEMENTS

J'adresse des remerciements à mon tendre et bien-aimé époux à qui je dois les scènes du restaurant pour m'avoir suggéré de les rédiger.

Je suis reconnaissante envers ma tante Andrée Prudent Bodkin qui m'a fait avoir le goût de la poésie et de l'art dramatique. Cela m'a aidé à faire un bond dans ce domaine, et à pouvoir voler plus tard de mes propres ailes.

J'adresse des remerciements empressés à Princesse Ch. Anastasie Kouadio secrétaire soucieuse et zélée.

Loin d'avoir à la pensée de rédiger une pièce comme LE RETOUR DU FILS PRODIGUE, Gérard Laurent s'étant intéressé aux activités littéraires et religieuses, m'a demandé de rédiger une pièce à ce sujet ; ce que j'ai fait. Contente d'avoir écouté et exécuté son conseil, je lui adresse de chauds remerciements.

Je remercie Marilyne Polyné pour avoir dessiné les gravures servant d'illustrations.

Quant à mon fils Daniel, il ne s'est pas lassé de m'aider dans mes problèmes oculaires et de pourvoir à l'expansion de mes œuvres. Je ne saurais manquer d'apprécier son dévouement à cet égard.

&&&&&&&&&&

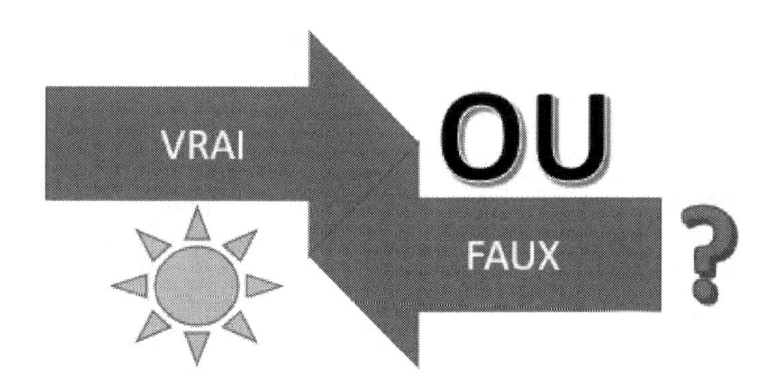

VRAI OU FAUX

Je suis reconnaissante envers Dieu qui, malgré mes troubles oculaires, m'a pourvu du désir de composer des pièces théâtrales qui peuvent, je veux le croire, encourager plus d'un dans la vie courante.

Puisse le Seigneur bénir cette entreprise !

&&&&&&&&&

Voyons pourquoi c'est avantageux qu'on lise cet ouvrage qui, nous sommes certains, pourra intéresser une multitude de lecteurs.

La pièce théâtrale ci-dessous est présentée ainsi pour inciter les lecteurs à voir la portée magistrale des saintes Écritures afin que les leçons didactiques qui y sont insérées, encouragent non seulement les acteurs, mais tout aussi bien : lecteurs, AUDITEURS et spectateurs.

Alors, dans cette pièce, on trouvera un remède moral assez substantiel qui regarde la crise juvénile.

On va alors faire face à une œuvre qui nous signalent comment l'humain quel qu'il soit, étant de nature faible, ne peut jamais, sans une force supérieure, profiter intégralement, des «chemins tout tracés » qui se trouvent dans son cœur, chemins provenus du Créateur.

&&&&&&&&&&&

INTRODUCTION

La pièce que nous allons voir, est composée de cinq scènes où des élèves d'une classe de mathématiques associent l'idée de leurs cours à des réalités bibliques.

La première scène présente le professeur d'une classe de mathématiques où il met ses étudiantes sur la piste du genre d'examens qu'ils auront à la fin du trimestre.

La deuxième scène souligne l'intérêt que portent deux élèves dans l'importance du rapprochement des cours de mathématiques et de la parole de Dieu qu'elles doivent inculquer à ses semblables.

Dans la troisième scène, deux amies méditent sur un poème qui souligne la portée salutaire de l'évangile qui est unique, et alors le même pour tous, sans une question de race ou de nationalité.

Dans les deux dernières scènes, quelques étudiants de la même classe ont profité du cours de math qu'elles ont suivi pour introduire des sujets bibliques capables de fortifier leur foi chrétienne, et de s'en réjouir.

Scène I

(Des élèves sont réunis dans une salle de classe où le professeur leur donne des notions sur le vrai et le faux)

Le Professeur

Bien, bien, bien !

Très cheres étudiantes,

Nous sommes parvenus presque à la fin de l'année scolaire. Vous avez eu plusieurs genres d'examens. Mais je veux vous prévenir qu'à partir de cette semaine, de multiples testes vous seront donnés où il vous faudra jauger entre le vrai et le faux.

Pour vous mettre sur la piste, je vous fais savoir que les phrases auront beaucoup de similitude entre elles. Cependant, seule votre perspicacité pourra vous aider à trouver la vraie réponse. Ainsi, comme vous l'avez appris antérieurement, vous aurez à mettre V ou F suivant la réponse choisie. V si c'est vrai ; et F si c'est faux dans le carré en regard de la phrase en question.

Je voudrais que vous réussissiez toutes, comme il en a été l'année dernière dans ma classe d'algèbre et de géométrie.

Prenons de simples exemple pour vous permettre de bien comprendre l'allure que prendront les examens :

Toutes les figures de trois côtés, portent-elles exactement le même noms ?

1. Si oui, pourquoi ?
2. Si non, pourquoi ?

La réponse sera :
1. Non.
2 : Nous disons non, parce que le nom du triangle varie avec sa forme.

Si, dans cet examen, on vous dit : Le carré de l'hypoténuse est égal à la somme des carrés des deux autres côtés ; cela regarde un triangle rectangle, étant sûr de ce que vous savez, vous mettrez la lettre V dans le carré. Mais si on vous dit qu'il s'agit d'un triangle isocèle, vous mettrez la lettre F dans le carré.

Les deux suggestions sont des triangles ; mais des triangles différents. On doit donc distinguer le vrai du faux.

Donc, en réponse, on doit mettre la lettre V en regard de triangle rectangle.

Un autre exemple :
Les paroles précédentes sont de Pythagore.
On doit choisir la lettre V comme réponse.

A part ces exemples, il y a des interventions bien plus subtiles ; mais les étudiantes ferrées en la matière, sauront les découvrir.

Scène II

Deux élèves de la classe de mathématiques

Martine et Martha

Martine : Martha, Aujourd'hui, le cours de Mathématiques a attiré mon attention sur certains points regardant la religion.

Martha : Vraiment ? Et qu'est-ce qui a de commun entre la classe de mathématiques et la religion ?

Martine : Te rappelles-tu que quand nous parlions à des gens qui étaient venus te visiter pendant que j'étais chez toi, ils essayaient de nous persuader de comprendre et d'envisager d'accepter leur position vis-à-vis de l'Évangile ?

Le cours de Mathématiques d'aujourd'hui, pourtant bien simple, m'a ouvert les yeux sur l'attitude que nous devons adopter lorsque des gens désirent nous convaincre d'accepter leur doctrine.

Certains sont sincères et présentent l'Évangile comme ils peuvent. D'autres, dans leur malice, voulant faire passer pour vrai, ce qu'ils présentent, disent des chosent qui n'existe même pas.

Un jour, pour pouvoir réussir dans un concours de Bible où l'on devait réciter autant de versets que l'on pouvait, un participant a forgé un verset qui n'existe même pas. Heureusement, on a découvert sa ruse, et il n'a pas pu réussir dans sa tromperie.

Une autre fois, quelqu'un qui faisait une étude biblique avec un homme, pour pouvoir le convaincre, lui a fait entendre un verset prétendant qu'il l'avait tiré de la Bible. Son interlocuteur, étant versé dans la parole de Dieu, lui a dit carrément que ce passage n'existe pas dans la Bible. Il était confus , n'ayant pas pu réussir dans son artifice.
On doit faire de son mieux pour ne pas se laisser bafouer par des prétendus religieux. Alors, tout en étudiant la parole de Dieu, nous devons rechercher l'aide du Saint Esprit pour qu'il puisse nous conduire dans la pleine lumière.

Martha : Je veux bien t'écouter à ce sujet.

Martine : Des déclarations bibliques peuvent être semblables entres elles ; mais elles peuvent tout aussi bien être différente. Alors, …
De même que toutes les figures de trois côtés sont des triangles et, comme nous l'avons vu dans notre classe, ils ne sont pourtant pas les mêmes tels : le triangle rectangle, le triangle isocèle et dans d'autres cas, des triangles quelconques, de même, des versets bibliques peuvent être semblables, mais ils doivent être placés dans leur contextes pour qu'on les comprenne.

De plus, quand quelqu'un vous parle de l'Évangile, il faut faire attention pour que le verset présenté ne soit pas détérioré, tordu ou inventé.

Martha : Ta pensée est bien juste. C'est bien et très important qu'on puisse tirer des leçons De ce qui se passe autour de soi.

Certains prétendent pouvoir expliquer en profondeur ce que Dieu est. Ils ont peut-être oublié ce passage stipulé ainsi:

“O profondeur de la richesse, de la sagesse et de la science de Dieu ! Que ses jugements sont insondables, et ses voies incompréhensibles ! Car qui a connu la pensée du Seigneur, Ou qui a été son conseiller ?”
(Romains 11 :33,34)

La divinité elle-même, est un axiome. On ne saurait prétendre pouvoir la démontrer.
On peut essayer de le faire ; mais on ne le pourra pas.

C’est comme un homme du nom de Télémaque, musicien, poète, mathématicien, qui a voulu, à l’Institut Français d’Haïti, démontrer le postulatum d’Euclide le mathématicien Grec, oui, à cet institut où un grand nombre de savants s’étaient réunis pour l’entendre dans la démonstration de ce postulat :

Par un point du plan, on ne peut mener qu’une parallèle à une droite donnée.

Tous suivaient attentivement le déroulement de la démonstration qui avait bien commencé. Mais à un certain point de l’exposée, inutile de vous dire que tous ceux qui étaient suspendus à ses lèvres, n’ont pu tirer rien que la limitation du présentateur.

La promesse de retourner une autre fois n’a jamais pu se réaliser jusqu’à sa mort, et on le comprend bien, puisqu’il a voulu tenter l’impossible.

Ainsi, malgré la beauté et l’attrait de certaines paroles avancées par certaines gens, gardons notre équilibre tout en vérifiant leur opinion.

Avant qu’on prenne une doctrine pour acquise, on doit sonder la parole de Dieu avec beaucoup de soin, pour qu’on ne soit pas pris dans le piège de l’erreur.

Martine : C’est exact. Écoute, Martha ! Marjorie et Margareth vont venir. Attendons qu’elles viennent pour que nous continuions la conversation. Qu’en penses-tu ?

Martha : C'est une bonne idée. Elles savent donner des lumières non seulement sur les cours classiques, mais aussi sur la doctrine biblique.

Martine : Très bien. Attendons qu'elles viennent !

Martha : - Oui, en attendant qu'elles arrivent, je souligne que des personnes du sexe féminin comme nous, ont brillé d'une manière frappante. Nous pensons donc à ces parole que la monitrice du cour de bible a avancées pour renforcer son exposé :

LEVONS-NOUS, sœurs !

Levons-nous, messagères de partout !
Au suprême appel, répondons jusqu'au bout!
Notre père, le Roi des rois
Nous dit d'œuvrer sans effroi.

Si parfois, les hommes ont peur
Comme Barak devant un labeur,
Pensons au juge Déborah,
Elle qui fit tant d'exploits !

Voyons-nous de multiples tableaux
Ou des femmes lèvent leurs flambeaux,
Avec zèle, pour éclairer
Les sentiers enténébrés ?

Marie, étoile de Magdala,
A su diffuser avec éclat,
La nouvelle chère aux nations :
De Christ, la résurrection.

Allons! Car c'est le Tout-Puissant
Qui nous parle et dit : En avant !
S'il commande, aussi, il pourvoit.
Seulement, ayons la foi !

Levons-nous! En avant !

Scène III

Marjorie, Margareth

Marjorie : Margareth , En attendant que nous joignions nos amies Martine et Martha, ne serait-il pas bon que nous méditions sur les paroles du poème que Maryse avait interprétées dernièrement à une de nos assemblés sociales ? C'était long ; mais elle l'avait merveilleusement mémorisé.

Margareth : - Oh ! Oui. C'est une bonne idée. Elle a donné un excellent exemple qui vaut la peine d'être suivi dans la mesure du possible. .

Maintenant, au lieu de laisser notre esprit vagabonder, faisons ce que tu as proposé.

Marjorie : - Alors, chacune de nous lira une partie du poème, jusqu'à ce que nous en finissions la lecture.

Margaret : - Nous souhaitons que ceux qui lisent ou qui écoutent ce poème, se mettent au pas avec la réalité scripturaire !

Marjorie : - Nous entamons donc la lecture à tour de rôle :

L'ÉVANGILE ÉTERNEL EST DE LA PART DE
QUI, ANNONCÉ PAR QUI ET POUR QUI ?
EST-CE SEULEMENT POUR LES JUIFS, OU POUR
TOUTES LES NATIONS DANS LE MONDE ENTIER ?
QUEL EST CET ÉVANGILE ÉTERNEL ?

Margareth –

J'ai déployé les cieux, et Seul j'ai étendu
La terre, a dit, bien sûr, Jéhovah qui a su
Faire tout pour nous plaire, et nous rendre heureux.
C'est ce qu'a fait Jésus aussi a dit Paul bien pieux.

Dieu nous a transportés dans le glorieux séjour,
Le royaume du Fils, du Fils de son amour,
En qui donc nous avons, bien sûr, la rédemption,
Et aussi, des péchés, certes, la rémission.
Ce Fils a nettement, initié l'univers,
Avec tous ses atouts, ses éléments divers ;
Car en lui, en lui seul, tout ce qui est visible,
Et puis certainement, ce qui est invisible,
Qui sont dans les cieux et aussi sur la terre,
Étaient vite, À sa voix, venus à la lumière.
Oui, tout a été créé par lui et pour lui.
Sa force toute unique a donc tout établi.
Et ce grand Dieu d'amour qui, à toujours, existe,
Se révèle à nos yeux, Lui, le suprême Artiste.
Voilà le Créateur que bien des fantaisistes
Par leurs raisonnements, beaucoup de fois, insistent
Sur des points inventés ajoutés à la liste
Des grandes vérités, tout en troublant la piste
Qui mènent au salut les vaillants qui résistent
À ce qui est contraire à la saine doctrine.
Ne doit-on pas plutôt, devant les lois divines,
Se plier humblement, en toute discipline,
Refusant du malin, les horribles combines ?

Marjorie :

Méfions-nous de tous ceux qui mentent, pleins d'audace !
À tous ce qui est vrai, que nous tous fassions place !
De nous en exhorter, Paul … jamais ne se lasse :
Croyants ! « prenez garde que personne ne fasse''!
De vous sa proie, sa proie, hélas ! « par la philosophie,
« Par une vaine, oui, « une vaine tromperie,
S'appuyant vainement, sur la tradition
La tradition des hommes », aussi sans raison,
Et sans discernement, ah ! sur les rudiments
Les rudiments du monde, et non sur Christ, vraiment ;
« Car «en lui habite, oui, « Corporellement,
Toute la plénitude» aux charmes bienfaisants
« De la divinité. » N'est-ce pas merveilleux,
Ce minime aperçu des affaires de Dieu ?

Malgré cette ouverture, et toutes ces lumières,
Nous ne comprenons point les choses toute entières.
Que nous ne prétendions donc point avec fierté,

Que nous comprenons tout de la divinité !
L'apôtre l'a ainsi, bien dit : O profondeur…
De quelle profondeur parle-t-t-il … de tout cœur ? -
- Celle qui montre alors, du Seigneur, la richesse,
Et indique aussi bien, sa précieuse sagesse,
De même, avec éclat, sa parfaite science,
Le rehaussant ainsi, avec sa Connaissance.
Margareth :

Oh ! Tout cela ne va qu'avec notre grand Dieu.
Paul s'est donc exclamé devant ces faits précieux :
Oui, que ses jugements sont droits et insondables !
Nous aussi, comprenons qu'ils sont incalculables.
Et il a ajouté que C'est de lui, par lui,
Et pour lui que toutes choses sont. Oh ! Oui,
Nous en sommes certains. Conséquemment, la gloire,
À lui, à Lui la gloire ! Et c'est vraiment notoire.
Cela a retenti au ciel, même en Éden
Et aussi jusqu'à nous. Donc, nous disons : Amen !

C'est le même breuvage que ceux d'Israël
Ont bu sans distinction. Ce rocher spirituel
Devait abreuver tous, comme il en est de même
À travers tous les temps, résolvant des problèmes.
La Source du salut n'est pas là pour un groupe,
Laissant à l'arrière-plan, bien d'autres qui s'attroupent.

Marjorie :

Paul a dit qu'Israël, à un rocher, buvait.
Ce rocher spirituel qui alors, les suivait,
N'était autre que Christ, comme Paul le déclare :
Oui, Jésus, sur la terre, est venu à la barre.
Et c'était en personne, au point qu'il a parlé
À la samaritaine, et lui a donc donné
Cette eau qui désaltère et qui ravive l'âme
De celui qui la boit et aussi la réclame.

Margareth :

Ces titres en commun : Alpha et Oméga,
Le premier, le dernier, s'appliquent à Jéhovah,
De même à Jésus Christ. Puis, le commencement
Et la fin, expressions jointes très fermement
Aux autres attributs disséminés partout

Dans l'Écriture sainte. Et, adressée à nous,
Dieu a dit qu'il ne connaît point d'autre rocher
Que lui, lui-même seul. Et il est mentionné
Dans la bible qu'un être abreuvait Israël,
Et c'était bien le Christ, reconnu comme tel.
Le titre singulier de parole de Dieu,
Qui ose le porter, ici en ces bas lieux ?
Seuls le Père et le Fils dans les deux testaments,
Qui indiquent toujours leur entrelacement.

L'Evangile de Marc a bien repris les mots
Qu'Ésaïe avait dit regardant les travaux
Du précurseur zélé de notre Rédempteur :
Jean Baptiste est venu ; et Marc avec ardeur,
Comme nous l'avons vu, a vite souligné
Très diligemment, - Car il s'en est soucié -
L'œuvre de Jean-Baptiste par rapport à Jésus
Qui devait en ce temps, atteindre tout son but :
Préparer le chemin, oh ! oui, de Jéhovah -
Jean l'a exécuté avec beaucoup d'éclat.

Ésaïe a prévu que le précurseur Jean,
Appelé Jean-Baptiste, accomplirait le plan
De l'aplanissement du chemin de Celui
Qui est notre Seigneur, lui-même Jésus Christ.
Nous voyons donc encor que cette citation
Marque de Jéhovah, de Jésus les actions.
Ce qu'on dit de Jésus, ce que lui-même a dit,
C'est ce que Jéhovah a dit ou a admis.

Cette unité d'action nous fait comprendre bien
Le pouvoir qu'en tout temps, Christ, le Sauveur, maintient.
Préparer le chemin, celui de Jéhovah !
C'est ce que pour le Christ, l'Évangile annonça
Donc témoins de Jésus, oui, ceux de Jéhovah,
Nous marchons tous ensemble, et tous d'un même pas,
Puisque notre provenance est bien du Rédempteur,
Celui qui, de nous tous, est bien le Créateur.

Rédempteur et Sauveur, dans l'Ancien Testament,
Voilà bien l'attribut fort et encourageant
De Jéhovah, le Père qui règne aux cieux,
Lui qui est Tout-Puissant, mais miséricordieux.
Ce sont ces mêmes titres que porte Jésus
À cause de l'amour qu'il prodigue aux perdus.
Le Fils qui est venu vers nous, en ces bas lieux,

Et qui s'est dépouillé de ses biens prestigieux,
Est nommé Rédempteur, Sauveur, Également,
Partout, dans les écrits du Nouveau testament.
Oh ! Du Père et du Fils, les titres en commun,
Se sont multipliés ; car ils ne forment qu'un.

Marjorie :

Ésaïe nous apprend qu'il appelle témoins,
Tous ceux qui le craignent, et qui ne servent point
Des idoles palpables ou bien théoriques.
Ils sont de Jéhovah, des témoins très pratiques.

Christ porte un double titre : Oh ! Oui celui de prince,
Aussi celui de Père, mais parut comme un Fils.
Il est venu tirer de nos liens, la vis.
Ses œuvres de bontés méritent dix sur dix.
Ainsi, journellement, se produit l'écho : Bis !

Il n'a pas hésité d'appeler tous les siens,
Comme le Père a fait : Mes témoins, mes témoins.
Des deux comportements, rien n'est contradictoire,
Car l'avertissement qui était très notoire,
Oui, cet avertissement de l'ange à Joseph,
Fiancé de Marie, a montré, bien qu'en bref,
La valeur de Jésus qui serait l'Emmanuel
Qu'Ésaïe a pointé comme Père Éternel,
Conseiller, Admirable Prince de la paix ;
Et aussi Dieu puissant, lui qui règne à jamais.
Oh ! Oui, Prince de paix, se montrant en ce cas,
Comme Fils du Très-Haut, oui, Fils du Roi des rois.
Ainsi donc appelé tantôt fils, tantôt Père,
Tantôt Roi, tantôt Prince, au sein de sa carrière,
Il joue avec aisance, un rôle alors hors pair,
Ayant le pouvoir que lui seul émet dans l'air.

Et tous ces attributs ajoutés à son nom,
Indiquent ce qu'il est et que nous proclamons.
En prêchant l'Évangile à toutes les nations,
Des disciples se forment, et en un seul nom,
Celui du Père, du Fils, et du Saint Esprit,
C'est en ses trois volets, formant un sûr abri,
Que des gens de partout, acceptent le baptême.

Et Pierre, comprenant ce fameux théorème,
L'indique en démontrant que c'est en un seul nom
Qu'arrive le salut. Jésus, ce précieux pont,
Par-dessus le néant, relie au ciel, la terre.
Margareth :

Franchissons ce chemin où rien ne nous suggère
De confier notre cœur aux choses éphémères !
Laissons-nous donc guider par l'Esprit qui opère
En celui qui le veut, des œuvres de lumière.
Nous atteindrons la place alors qui nous est chère,
Ce lieu où nous serons avec les débonnaires,
Et pourrons toujours jouir de tout ce qui peut plaire.

Marjorie :

Notre âme, ne sera-t-elle pas vraiment fière ?
Car le nom de Jésus sera notre bannière.

AMI, APPARTIENS-TU DONC Á LA RACE HUMAINE
?
L'ÉVANGILE ÉTERNEL ADRESSÉ AUX NATIONS,
S'ADRESSE AALORS À TOI D'UNE FAÇON
CERTAINE.
PUISSES-TU DU SAUVEUR, EMBRASSER LES
LEÇONS !

Scène IV

Martine, Martha, Marjorie, Margareth

Martine : Marjorie, Margareth, il y a quelques instants, Martha et moi, en pensant au cours de mathématiques regardant les examens à venir, nous sommes tombées sur un sujet religieux.

Marjorie : Martine, Martha, c'est intéressant que vos pensées soient toujours occupées à des choses élevées. Cette attitude éliminera, j'en suis sûre, les mauvaises dispositions qui pourront surgir dans votre vie journalière.

Martine : Ce n'est pas pour rien que nous sommes amies. Cette maxime l'explique bien :
« Dis-moi qui tu fréquentes, je te dirai qui tu es ».

Martha : Cette autre maxime est également de mise dans notre cas : « Qui se ressemblent, s'assemblent. »

Margareth : Vous dites vrai, Martine et Martha. J'admire toujours le fait que vous faites souvent un rapprochement entre les cours de nos professeurs d'école et nos instructeurs d'église. Marjorie et moi en font autant dans nos moments de loisir. Nous ne manquons pas non plus de chercher à approfondir personnellement les passages scripturaires apparemment difficiles.

Marjorie : Vous savez, chers amis, lorsque des fois, je rencontre des gens réfractaires qui tordent la parole de Dieu au profit de leur fausse doctrine, après leur avoir fait voir des passages bibliques, je donne une illustration capable de les émouvoir. Je comprends que des fois, certains d'entre eux sont réfractaires, et d'autres, sincères, mais manquent de compréhension. Dans le cas de ces derniers, cela rappelle le passage qui dit : « Ils ont du zèle pour Dieu, mais sans intelligence ».

L'expérience d'un porte-faix dans un pays du tiers monde, nous aide à réfléchir davantage sur notre comportement vis-à-vis des multiples enseignements qui des fois, ne sont que de simples opinions, et des opinions sans fondements, sur les Saintes Écritures.

Ce porte-faix, ayant coutume d'aller en divers lieux, pour apporter sur sa tête à tout instant, une charge d'un autre individu, a suivi un jour, un nouveau client pour arriver à destination et se décharger du très lourd fardeau.

Il voulait arriver au but pour obtenir sa rémunération ; mais malheureusement, la route était très longue. Et contrairement à l'ordinaire avec d'autres clients, ce porte-faix a parcouru un chemin apparemment interminable.

Alors, le portefaix de demander au client : Dis-moi, Quand est-ce qu'on arrivera à destination ? Le client de répondre : même moi, je ne sais pas. Je ne sais où je vais. De plus, à Ce point, le porte-faix, déposant le fardeau par terre et le découvrant, a constaté que la charge qu'il portait, n'était autre qu'un panier de pierres. Ce nouveau client à l'insu du porte-faix, avait un problème mental.

Margareth : Dans les activités religieuses également, on rencontre des gens qui n'ont pas une idée nette de leur destination dans la vie. Apprennent-ils à penser pour eux-mêmes et mûrir les différents sujets qui se présentent devant eux ? Ils ne s'en soucient même pas. Ils agissent comme le porte-faix qui suivait le client sans qu'il ne sache où ce dernier allait, et quel genre de charge il le faisait porter.

Veillons sérieusement pour que notre comportement soit correct ; et ayons le Saint Esprit pour guide, afin qu'en ne suivant pas les doctrines humaines, mais les directives divines, nous aboutissions dans le royaume de Dieu.

Martha- Sans nous appuyer sur les théories humaines, une étude appropriée comprenant de multiples passages bibliques, éclaircira entièrement notre entendement. Faisons-la sous la direction du Saint Esprit de Dieu qui nous "conduira dans toute la vérité !"

Martine : Allons délasser nos jambes dans la cour, et nous reviendrons après cela pour continuer la conversation !

Elles toutes : D'accord ! D'accord !
(Elles s'en vont)

SCÈNE V

Les jeunes filles reviennent.

Martine, Martha, Marjorie, Margareth

Martha : Après cette récréation, nous voici bien disposées à continuer de reprendre notre conversation.

Martine : L'expérience du porte-faix était très impressionnante, et peut donner à beaucoup de gens de sérieuses leçons.

Margareth : De fortes expériences dans la vie courante se sont multipliées. J'en profite toujours pour éclairer et appuyer les études bibliques dans mes travaux missionnaires.

Martha : On ne doit pas se laisser leurrer par des enseignants. On peut ne pas savoir totalement bien comment les valeurs spirituelles sont. Mais on ne doit pas rester amorphe. C'est bien qu'on entende des instructions et des recommandations ; mais on doit les sonder et les comparer avec la Bible, la source de la vérité, et se soumettre sous l'action du Saint Esprit.

Martine : On est souvent trompé dans des affaires temporelles comme dans des affaires doctrinales.

Grigoi Potemkine

Marjorie : Vous avez peut-être entendu parler de Gregory Potemkine et de ses artifices pour impressionner l'autorité suprême de la Russie, Catherine qui allait visiter son village.

Peu de temps avant la visite de cette dernière, le prince Potemkine a fait construire un village apparemment splendide où l'impératrice allait circuler. Cette construction sans fondement qui a berné l'impératrice, restée dans l'histoire, a fait porter le nom de village de Potemkine à tout ce qui au fond, est empreint de faussetés, et n'a rien de bon, mais se présente sous un aspect réel et admirable.

Que de village de Potemkine ne rencontrons-nous pas sur notre route, oui, sur notre cheminement temporel et spirituel ?

Margareth : Oui, les fausses doctrines souvent faciles et attrayantes, attirent la foule qui souventes fois, sans faire d'efforts, laisse les autres penser pour elle.

Cependant, même celui qui était au bas de l'échelle spirituelle, avec sa bonne volonté et son intelligence employée à aspirer À LA PERFECTION, ne sera dupe d'aucun détracteur, et ATTEINDRA LE SOMMET, puis SERA CLASSÉ PARMI LES RACHETÉS DE Jéhovah.

Jésus a donc dit : "Or, je vous déclare que plusieurs viendront de l'orient et de l'occident, et seront à table avec Abraham, Isaac et Jacob, dans le royaume des cieux. Mais les fils du royaume seront jetés dans les ténèbres du dehors, où il y aura des pleurs et des grincements de dents" (Matthieu 8:11,12).

"CAR IL Y A BEAUCOUP D'APPELÉS, MAIS PEU D'ÉLUS" Matthieu 22 : 14).

Martine : Qu'aucune d'entre nous, et qu'aucun des nôtres ne bâtisse un village de Potemkine ! Que nous soyons des amies et des propagateurs du vrai !

Marjorie : Martine, Martha, nous devons vider les lieux, Margareth et moi, dans quelques instants. Nous étions dans une saine et agréable ambiance. Je suis assurée que Dieu était au milieu de nous, et a béni notre conversation.

Margareth - Et nous pouvons ajouter qu'il y a mis son sceau d'approbation.

Puisque Dieu, nous le croyons, a approuvé notre comportement, nous comptons sur lui pour qu'Il nous guide en tout temps, jusqu'á ce qu'il nous fasse prendre notre essor vers le ciel, et passer les mille ans de vacances là-haut, et revenir sur la terre restaurée pour jouir d'un bonheur sans fin. C'est pourquoi les paroles du poème regardant les futurs astronautes, me sont très chères. Alors, avant que nous partions, en voici un fragment :

L'argent ne sera donc d'aucune utilité.
Seuls les princes pourront, dans le vaisseau spatial,
S'embarquer librement loin des forces du mal.
Allez-vous, dans ce rang, avant qu'il soit trop tard,
Vous placer promptement, sans vous vouer au hasard ?
Allez-vous donc, ami, recevoir aujourd'hui,
La haute dignité offerte au peuple acquis,
Pour que, cohéritiers avec le Fils du Roi,
Vous ayez des richesses, des richesses de poids ?
De la terre à l'espace, à l'espace infini,
Mieux que les papillons, car de l'Esprit, muni,
Car d'un corps spirituel, pouvant franchir les airs,
Car d'un corps transformé, dépouillé de la chair,
Et du sang corrompu où par hérédité,
Où naturellement, circule du péché,
Le germe destructeur ; car d'un céleste corps
Nous serons tous dotés et prendrons notre essor.
Et l'âge de l'espace portera donc son nom,
Avec les conquérants provenus des nations ;
Et réunis eux tous, tableau spectaculaire !
Eux, vrais intelligents, élite de la terre,
Pénétreront joyeux, des mondes merveilleux,
Pour jouir des résultats de leur choix judicieux,
Après avoir lutté à travers tous les temps,
En compagnie de Christ, leur solide garant.
Quelle belle entreprise pour tous ces esprits mûrs !
Oui l'âge de l'espace arrivera bien sûr
À un degré unique, à son vrai apogée,
Par l'exploit des élus rencontrant leur visée.

Exploit ! Exploit ! Exploit !

Martine, Martha, Marjorie : (applaudissent)

Martha : Marjorie, en t'entendant dire le vers :

De la terre à l'espace, à l'espace infini, je me rappelle qu'à part le cours de géométrie plane, bientôt, nous aurons à prendre un cours de géométrie dans l'espace. Mais chose merveilleuse ! Notre pensée ne sera pas limitée seulement qu'à ce qui nous est accessible pour le moment ; mais en soulignant les mots espace infini, nous comprenons que, non pour les profanes, la pensée et l'être tout entier, arrivera à des hauteurs apparemment impénétrables.

Elles toutes : C'est vrai.

Martine : Après avoir largement conversé, ne remarquons-nous pas que la première syllabe de nos noms forme un quatuor : Mar, Mar, Mar, Mar. Chacune d'entre nous a apporté une note d'éclaircissement dans le sujet qui a été l'objet de notre conversation. Et la syllabe mar rappelle aussi l'entrain avec lequel nous avons entrepris de parler de Jésus dans notre conversation. Oui c'était bien martial. En outre, les lettre de cette syllabe se trouvent aussi dans les premières lettres du mot qui nous est cher : C'est bien MARANATHA. Oui, Maranatha, Jésus revient.

Parler de l'amour de Dieu et du retour de Jésus, c'est là notre plus grande joie.

Martha : Vrai ou Faux ?

Elles toutes : (avec vigueur) Vrai ! Vrai !
Vrai !
- Fin -

CONCLUSION

Nous venons d'assister à une pièce où des jeunes filles chrétiennes se sentent heureuses de déguster ensemble la parole de Dieu.

Elles ont, à partir du cours de géométrie qu'elles ont suivi à l'école, profité de cela, pour pouvoir faire un rapprochement religieux leur apportant une édification spirituelle.

S'étant entendue pour faire des commentaires sur leurs études classiques et des passages bibliques, elles ont trouvé un réconfort mutuel dans les délices de leurs méditations.

C'est un bon exemple pour nous tous d'apprendre à profiter des circonstances favorables pour approfondir les Saintes écritures tout en nous égayant.

Ne nous sommes-nous pas tous accordés sur la question ?

&&&&&&&&&&&

RÉFLEXIONS :

En pensant à ce qui se passe et dans le règne animal, et dans le règne végétal , nous ne pouvons-nous empêcher de nous poser des questions sur l'importance de l'existence humaine, de celle des animaux, de celle des végétaux, même des minéraux, et de leur provenance.

Vous êtes-vous déjà penché sur l'organisme d'un être humain ? Et avant les différentes parties qui composent le corps d'un bébé qui vient de naître ? Et
pour aller plus loin, avez-vous analysé même superficiellement,
comment du contact de l'homme avec la femme, peut résulter d'arriver à ce point,

Depuis que le monde est monde, il en a toujours été ainsi.

S'il y a des gens qui pensent autrement, peuvent-ils trouver une explication et une conclusion à leur hypothèse ? Certainement pas.   à leur

Magnifions la puissance de notre seul Dieu Créateur qui existe d'éternité en éternité !

&&&&&&&&&&&

En ces temps où nous vivons, des fois, notre âme est assoiffée de ce qui pourrait nous réjouir le cœur et nous faire avoir le bonheur; mais nous restons repliés sur nous-même. Et rien ne marche en conséquence. Lorsque la situation est ainsi, parlons à Dieu, même dans notre cœur; et nous verrons la réalisation de nos vœux.

Quand Adam a voulu se réjouir à la vue d'une créature semblable à lui, Dieu, comprenant cela, lui a donné satisfaction:

« l'homme donna des noms à tout le bétail, aux oiseaux du ciel et à tous les animaux des champs; mais, pour l'homme, il ne trouva point d'aide semblable à lui.
Alors l'Éternel Dieu fit tomber un profond sommeil sur l'homme, qui s'endormit; il prit une de ses côtes, et referma la chair à sa place.
L'Éternel Dieu forma une femme de la côte qu'il avait prise de l'homme, et il l'amena vers l'homme" (.
Et l'homme dit: Voici cette fois celle qui est os de mes os et chair de ma chair! on l'appellera femme, parce qu'elle a été prise de l'homme" (Genèse 2:20-23).

Je les écoute !
Bè-è-è! Bè-è-è! Bè-è-è!
Houp, houp, houp! Miaou! Miaou! Niaou!
Hm-m-m! Hm-m-m! Hm-m-m! Hm-m-m! Hm-m-m! Hm-m-m!
Coucouyoukou-ou! Coqcoquillocoo-o-o!
Le coq, oh! le coq chante
Sa vigilance m'enchante.
Le bœuf, le bœuf mugit;
Et le lion lui, rugit.
Le chat, oui, le chat miaule
Et remplit bien son rôle.
Le chien lui-même aboie.
Le mouton bêle; O joie!
La nature est en fête;

Mais pourquoi pas complète?
Elle manque une chose:
afin que toute rose.
La vie à deux devienne
Une paix quotidienne.
Je vois, et puis j'entends.
Il manque un élément.
Pour rire et me réjouir,
Et pour m'épanouir..
Il me faut sans tarder
Pour mieux donc m'égayer,
Oh ! Oui, une compagne
Dans la belle campagne.

Les oiseaux font leurs nids;
Eux tous ont leurs amis.
Cela me réjouit bien;
Mais ils ne peuvent rien
En cette circonstance
Où un désir intense,
Brûlant avec ardeur,
Prend racine en mon cœur.

De tous ceux qui respirent
Et que, toujours, j'admire;
De tous ceux qui se meuvent
Et qui donnent la preuve
De leur attrait à eux
Réjouissant les yeux;
De ceux qui ont la vie,
Et qui entre eux, se lient;
Pour vivre très heureux,
Et former deux a deux,
Une belle harmonie;
De ceux qui ont la vie,
Je n'ai pas rencontré
Un pareil qui me sied,
Et qui peut partager
Mes élans élevés.
Je veux voir mon semblable,
Cet être formidable!
Avança, je veux croire,
Notre aîné très notoire.
Oui, Adam soupira
Et le fit avec foi.

Souvent, ce qui nous manque
Se tient dans une banque
Qui conserve pour moi,
Qui conserve pour toi,
L'objet de tout désir
Qu'elle veut garantir,
Même le plus infime,
Lorsqu'il est légitime.
Et de notre côté,
Quand on est assoiffé,
Elle est bien plus prisée
Et bien plus honorée,
La réalisation
De nos aspirations.

C'est le Grand Physicien
Lui, qui est très ancien
Dans la psychologie
Et la physiologie,
C'est lui qui détecta
Et qui se rassura
Qu'Adam brûlait d'amour
Pour un être fictif
Qu'un grand plan décisif
Transformerait bientôt
En un trésor tout beau,
En un être réel,
Un trésor substantiel.
Et Adam, après quoi,
S'endormit sous son toit
Qu'est la voûte céleste;
Là, tout fut manifeste.

Et le Maitre opéra.
Pour la première fois,
Se fit la chirurgie.
Alors, l'anesthésie.
Pour sûr, fut simplement
Le vœu du Tout-Puissant.

Dieu, Maître des savants
Fit sommeiller Adam.
De sa côte, il forma
Celle qu'il désira.
Adam ignora tout,
Et cela, jusqu'au bout,

Dans son profond sommeil,
Jusques à son réveil.

Créature ineffable!
O surprise agréable
En face de celui
Qui devint un mari,
Et le plus proche ami!
Un couple humain surgit
Pour la première fois.
Pour lui, Dieu fit le choix.
Et Adam s'exclama
Avec beaucoup d'émoi
En face de la belle:
"Cette fois, voici celle
Qui est os de mes os"!
Quel excellent cadeau!
Elle est chair de la chair
De cet être très cher.
Je crois l'entendre dire:
O toi, toi, que j'admire,
Et qui comble mes rêves,
Ton nom charmant est: Eve.
Ton rôle, je l'acclame.
J'avais soif d'une femme
Pour renforcer la flamme
De l'amour en mon âme.
Oh! Quelle belle scène!
Et, des lèvres humaines,
Pour la première fois,
Vinrent ces mots de poids
Qui font battre le cœur,
Le comblant de bonheur;
Ces mots très légitimes
Qui, toujours, nous animent
Tout comme un théorème
répond à un problème,
Et chasse tout dilemme.
Pour la première fois,
Avec beaucoup d'émoi,
Adam a prononcé
Ce qui a provoqué
Chez celle qu'il aimait,
Chez celle qu'il choyait,
Une douceur extrême:
Je t'aime! Oh ! Oui, Je t'aime!

Alors, Ève, joyeuse,
De plus, toute amoureuse,
Acclama, elle aussi,
L'ambiance qui rendit
Leur union attrayante
Et la vie charmante.
Le rôle du mari,
Pour elle, était béni.
Oh! Qu'il était heureux,
Ce beau couple amoureux!
ils marchent bien ensemble
Car leurs cœurs se ressemblent.

Amour! Amour! Amour!

&&&&&&&&&

C'est intéressant qu'on se rappelle que Dieu le Père est le Créateur, et que , Jésus, ayant pris la forme humaine comme Fils, a œuvré sur la terre pour nous sauver. Cette partie humaine, ayant rejoint la divinité, au ciel, porte à juste titre: Roi des roi et SEIGNEUR DES SEIGNEURS .

On rencontre partout, et dans tous les domaines,
Des gens Enthousiasmés qui prennent pour certaine
Toute idée émouvante et surtout agréable,
Ce qui leur est aisé, les rendant confortables.
Galilée a voulu, sans aucun embarras,
Avec des précisions, convaincre les prélats
Qui vivaient en son temps, que la planète terre
Dans la composition du système solaire,
Se meut, oui, en tournant bien sûr, sur elle-même,
Chaque jour pour marquer, oh ! le temps sans problème,
Et tourne en une année, ah ! autour du soleil.
Cela devrait produire en chacun, un réveil.
Qu'il s'agisse d'année, ou de jour, même d'heure,
Les lois de l'univers, sans ambages, demeurent.
C'est un point important même dans le sommeil.
Au lieu de vérifier, d'accepter le conseil
D'utiliser alors, les précieuses lunettes
De cet homme éclairé, et pouvoir faire fête
Avec les découvertes de l'astronomie,
Ils ont plutôt prouvé une grande apathie.
Heureusement, plus tard, le monde a su comprendre
Ce qu'autrefois des gens n'ont pas voulu entendre.
En matière de science, aussi dans l'évangile,
Plusieurs contemporains se révèlent hostiles
Devant la vérité qui parfois est subtile,
Au point que c'est en fouillant, étant très agile,
Qu'avec le Saint Esprit, quelqu'un peut découvrir
Les précieuses leçons que l'on doit retenir.
Ainsi, nous admettons que la bible recèle
Ce que par l'Esprit seul, le Seigneur nous révèle.
De même, nous disons que les sujets divers
Sont tantôt ambigus, tantôt tout à fait clairs.
Aussi, définir dieu en toute profondeur,
Est-il chose impossible, accepte **l'humble cœur**.

Si l'orgueilleux prétend n'en voir point de mystère,
Souhaitons qu'il laisse donc cette voie où il erre,
Et reconnaître ainsi Qu'elle est impénétrable,
Oui, l'essence divine tout à fait insondable !
Elle demeure à tous, tout à fait inconnue,
Qu'importe à cet effet, Le choix d'une Avenue
Que quelqu'un entreprend avec beaucoup d'audace !
Ses efforts restent vains quand même il se tracasse.
Mais en gros, nous trouvons dans la sainte parole,
Ce qui est nécessaire et nous sert de boussole.
On y trouve toujours, ces deux mots magistraux
Qui engendrent souvent, des concepts colossaux :
Ces deux mots : Père et Fils souvent ... controversables,
Puisque certainement, ils sont impénétrables.

2

Ceux qui sont diplômés en paroles légères,
S'expriment sans sonder telle ou telle matière,
Car le superficiel, ah ! dans l'optique humaine,
S'élève bien souvent, la lie avec sa chaîne.
Plus haut, oui bien plus haut, Se détachant alors
De ce qui est terrestre, on prend un bel essor
Qui fait assimiler les affaires divines.
Loin de la tradition, loin de toute routine,
La personne spirituelle avec l'esprit nouveau,
S'accorde aisément avec l'Esprit d'en-haut,
L'Esprit Saint Qui conduit tous les enfants de Dieu.
Eux seuls peuvent saisir ce qui fait dire ... adieux
Aux faussetés en cours, pour pouvoir embrasser
La réalité pure et puis la divulguer.
D'autres gens ont parlé avec beaucoup d'ardeur,
En disant que Jésus lui-même est le Seigneur,
Et que Celui qu'on nomme Seigneur des seigneurs,
C'est bien Jéhovah Dieu (dans toute sa splendeur).
Lorsqu'ils insistent tant sur ce qu'ils croient savoir,
ils minimisent donc de Jésus, le pouvoir.
La Bible à son tour, parle ; On ne peut contredire
Ce qu'elle a dévoilé pour pouvoir nous instruire
Sur ce qui est correct et sur plusieurs hauts faits ;
Et c'est la vérité jaillissant toute en jet,
Qui nous est parvenue avec précision,
Cette vérité pure, émise en sa mission,
Par lui, l'apôtre Jean, fidèle serviteur
De l'Alpha, l'Oméga, oui, du Dieu Créateur.
Quelle belle assertion, dans ses divers aspects !

“et **l'agneau les vaincra, parce qu'il est, (oui, il est)**
Le Seigneur des seigneurs (aussi) le Roi des rois ”.
Allons-nous accepter avec beaucoup de foi,
De l’exalter comme tel, et puis de le servir,
Annonçant en tout temps son royaume à venir ?
Allons-nous l’inviter à remplir notre cœur,
Appréciant son amour et toute sa grandeur ?

O toi, le Roi des rois, le Seigneur des seigneurs,
Nous voici à tes pieds d’où jaillit le bonheur.

Bonheur ! Bonheur ! Bonheur !
&&&&&&&&&&

Après avoir médité sur le comportement des enfants, et aussi, après les avoir aidé dans la mesure du possible, je juge nécessaire d'en parler dans la rédaction de quelques pièces théâtrales parmi lesquelles, je mentionne celle qui suit. Accordons-y une attention soutenue !

LE CERF-VOLANT

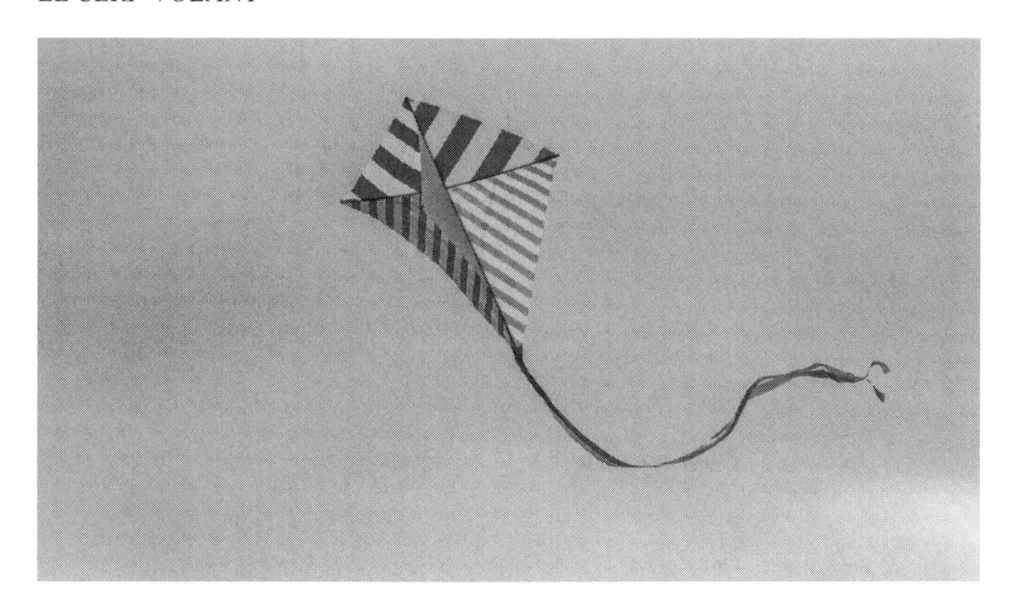

Comprenant que certaines gens n'ont pas une idée nette de ce qu'est un cerf-volant, nous voudrions attirer leur attention concernant ce sujet.

Un cerf-volant est un objet destiné à amuser son possesseur et ceux qui prennent plaisir à le voir prendre son essor dans l'air.

Il y en a de plusieurs sortes, et portent des noms variés en harmonie avec leur origine, leurs formes et les matériels qui les composent.

Par exemple, le cerf-volant peut être très simple et porter alors le nom de « cap » dans certaines régions.

Ceux qui sont plus compliqués, ont une armature recouverte d'un matériel approprié. À cette charpente qui est munie d'une queue, est attachée aussi une très, très longue ficelle pour pouvoir faire prendre une ascension au cerf-volant.

Cela apporte satisfaction et joie en émerveillant et le possesseur, et les admirateurs.

INTRODUCTION

Nous allons être en présence des manifestations de la foi d'un enfant dont les parents sont pauvres, foi qui lui a fait braver les difficultés pour atteindre son idéal enfantin.

Plusieurs de ses amis sont pleins de foi, et prient pour que Dieu intervienne dans sa situation et celle de son frère.

De l'autre côté, la gentillesse de son ami qui lui a fait don d'un cerf-volant, mais don qui est suivi de moqueries concernant sa foi face à l'usage du cerf-volant, ne l'a pas ébranlé.

Suivons le déroulement de la pièce et arrivons à son issue !

PERSONNAGES

Jude Frère de Jacques et fils de Monsieur et Madame Jolicœur

Jacques "

Judeline, amie des frères Jolicœur "

Jacqueline "

Émilie "

Emile

Mme Stephen La messagère de Dieu

Pierre Fils de Mme Stephen

Monsieur Jolicœur Père de Jude et de Jacques

Madame Jolicœur "

ACTE I

SCÈNE I

Jacques et Jude

Jacques: Vivre au sein d'une famille nombreuse et surtout malheureuse, quelle misère, des fois ! Connaître les rigueurs de la faim, de la nudité, quelle douleur ! En ce jour où l'on proclamera les résultats des examens du premier trimestre, j'aurais voulu prendre part à la fête que l'école organise. Mais, vain désir ! Je ne voulais pas me révéler une note discordante: Les filles, dans leurs pimpantes robes de dentelles, de taffetas, de nylon, que sais-je encore, laisseront fièrement leur maison, circuleront avec gaieté sur la route, et n'hésiteront pas à entrer à l'école où elles se recréeront avec joie. Les garçons eux, soupirent après ce jour qui les verra sous des costumes extraordinaires. Pas d'uniforme. La direction nous en dispense. Ce sera une diversité de vives couleurs qui charmeront la vue de tous.

Je dois garder la maison. Pas moyen de me présenter à la fête. Je sais que je n'envierais le sort d'aucun enfant ; mais je voudrais, moi aussi, jouir de cette fête. Hélas ! Je n'ai pas de bons vêtements !

Jude: Tu n'as pas bonne mémoire, Jacques. Maman, n'a-t-elle pas dit que si l'on s'adresse au Bon Dieu avec sincérité et foi, il répondra certainement ?

Jacques: (Ne dit rien, mais réfléchit.)

Jude: (En tapant Jacques) Bien sûr, Jacques. De plus, elle sait le remercier en notre présence. Cette fois, il semble qu'elle n'a rien demandé pour toi et pour moi afin que nous allions à la fête. Mais ne nous troublons pas grand-frère.

Jacques: Pourquoi ne t'es-tu pas adressé à Lui, le Bon Dieu depuis une ou deux semaines avant la fête ?

Jude: J'attends maman. C'est elle qui sait nous indiquer quels vêtements nous devons porter dans chaque circonstance.

Jacques: Vain espoir ! Nous ne partirons pas pour la fête.

Jude: Oui, c'est vrai ; maman ne reviendra que ce soir, et papa, cet après-midi, arrivera à l'heure de la fête. Mais...

Jacques: Mais... pourront-ils résoudre notre problème a temps ?

Jude: Eh bien ! Nous chercherons une amie du Bon Dieu pour qu'il joue le rôle de maman. Cette personne... C'est elle qui fera la demande pour nous.

Jacques: Ah ! Mon cher, où est-ce que tu sais voir cela ? Les autres mamans
négligeraient-elles les affaires de leurs propres enfants pour se pencher sur notre cas ? Elles ont tant de choses à faire !

Jude: Tu es partisan du moindre effort et du découragement. Si tu n'acceptes pas ma proposition, je ferai sans toi des démarches auprès du Bon Dieu. Et je réussirai. Tu verras, Jacques, tu verras.

Jacques: Mes yeux seront témoins de tes échecs. C'est tard, bien trop tard pour réussir dans tes démarches. D'ailleurs, je perds mon temps et ne fais qu'aiguiser ma souffrance en parlant si longuement de ses choses. Et puis, à qui ? A un enfant qui ne raisonne même pas. Fais tes démarches, si tu veux. Du succès, Jude !

Jude - (S'en va.)

SCÈNE II

Jude

Il est (regardant l'horloge) huit heures quinze. Je vais me mettre à l'œuvre: (il réfléchit) Mais au lieu de faire arriver au but ma prière par une autre bouche, je le ferai personnellement.
Quel doit être le numéro de téléphone du Bon Dieu ?
L'autre jour, madame Achile disait que ce numéro, c'est la FOI. Papa sait chanter: "La foi nous ouvre des trésors de la toute-puissance." Je vais oser demander à la voisine de me prêter son téléphone. (Il commence à s'en aller et revient.) La voisine ne se moquera-t-elle pas de moi comme le faisait mon frère ? (Il regarde l'horloge.) L'heure passe ! Bon, je n'emploierai pas de téléphone. Je vais rédiger une lettre à l'adresse du Bon Dieu et la lui enverrai par la poste. (Il réfléchit encore.) Mais, il faudra que le facteur aille en avion aujourd'hui même. Non, le trajet terre-ciel doit être bien long. Je ne recevrai pas la réponse à temps: le facteur ne reviendra pas aujourd'hui chez nous. (Il réfléchit une nouvelle fois.) Ah ! Ha ! Ah ! Ha ! Ah ! Ha ! Cette fois, j'ai trouvé la solution ! Un cerf-volant au fil très, très long tiendra place d'avion. Emile mon grand ami en fera un pour moi. Je m'en vais en ce moment dans la cour lui en parler.

SCÈNE III

Émile

Emile: (Fait des exclamations en touchant sa tête, et indiquant qu'il a entendu une voix lui parler.)

La voix: Fais un cerf-volant pour Jude ! Fais un cerf-volant pour Jude ! Fais un cerf-volant pour Jude ! Emile ! Fais-le tout de suite ! Il en a besoin maintenant.

Émile: Finalement, je dois donner le cerf-volant d'Yvon à Jude. Oui je le dois ; j'en ferai un autre pour Yvon.

SCÈNE IV

Jude et Émile

Jude: (Fait son apparition auprès d'Émile.)

Émile: Jude ne tarde pas. Marche vite. Si Yvon voit ce que j'ai laissé pour toi, il le prendra ; car je lui avais fait la promesse de lui donner un gros cerf-volant: Un « grandou ». Vas vite le prendre sur la table.

Jude: Merci Emile. Ma pensée a pu rencontrer la tienne ! C'est un bon présage. Si tu savais combien je voulais avoir ce "grandou !"

Emile: Vraiment !

Jude: Oui mon cher. Il me faut avoir des vêtements aujourd'hui même afin d'aller à la fête de mon école qui aura lieu à 4 heures. Jacques aussi a besoin de vêtements.

Emile: (Rit) Et quel rapport il y a-t-il entre le "grandou" et les vêtements que tu veux avoir ?

Jude: Je pense que je sais bien ce que je dis. J'y ai déjà réfléchis. Je crois fermement que ce n'est pas pour rien que j'ai prié dans ce cas. Je veux, je veux …

Émile: Tu veux……Mais que veux-tu ? Je veux t'aider en te donnant le "grandou". Mais je désire te faire savoir que ce cerf-volant ne peut t'être utile dans cette situation.

Mon petit ami, écoute, un cerf- Volant n'est autre qu'une sorte de charpente sur laquelle l'on colle du papier, un tissu, ou n'importe quoi de semblable, oui charpente où l'on attache une très longue ficelle pour hausser et laisser s'envoler le jouet à la faveur du vent.

Jude: C'est bien ce que je veux ! C'est cela même !

Émile: Ce n'est pas un secret, je pense. Comment le cerf-volant
va-t-il t'aider ? Dis, dis-le à ton grand ami !

Jude: J'y attacherai une lettre que je ferai parvenir au Bon Dieu. Il verra mes besoins et m'enverra sur l'heure ce qu'il me faut. Surtout, on parle d'anges qui savent œuvrer promptement au service de Dieu !

Emile: Mon petit ami, tu ne peux même pas évaluer la distance de la terre au ciel; comment donc pourras-tu y faire arriver ton cerf-volant ?

Jude: Que m'importe tout cela ? Aujourd'hui le vent qui souffle sera avantageux à mon "grandou". Je me ferai aider par Charles car le « grandou » est très encombrant.

Emile: Qui sait si tu ne réussiras pas. (D'un ton ironique.) Va te placer en plein air, cherche la direction du vent et tu feras prendre une belle ascension à ton cerf-volant.

Jude: D'accord. J'irai après avoir fait la lettre.

SCÈNE v

Judith, Judeline, Jacqueline, Émilie,

Judith: Judeline, Jacqueline, Émilie, Avez-vous pu réaliser le jeu que faisaient Jacques et Jude l'autre jour ?

Judeline: Ah ! Le jeu qu'ils faisaient !

Jacqueline: Lequel, Judith ?

Judith: "Ils faisaient des bâtons au tableau en disant "quinze, quinze, je parie pour quinze..."

Émilie: Je me le rappelle. Mais j'étais très occupée, et je n'y prêtais pas attention. J'étais préoccupée à achever mon devoir avant l'arrivée de la maîtresse

Judeline: Nous étions dans le même cas. A cause de notre absence, il nous a fallu nous mettre au pas avec les autres élèves en complétant le travail de la semaine.

Émilie: Quinze, quinze ! Je voudrais savoir ce que c'est.

Judeline: Moi aussi.

Jacqueline: Je sais de quoi il s'agit. Ils voulaient faire quinze bâtons. Le dernier mot qu'il disait devait coïncider avec la tracée du dernier bâton.

Judith: C'est court et simple, mais entraînant.

Jacqueline: C'est Émile qui a enseigné ce jeu à Jude et à Jacques. Je remarque que nos noms et les leurs sont aussi semblables que l'est notre intérêt dans ce jeu.

Judith: Vas-y donc, Jacqueline ! Nous nous plairons à t'écouter et à te suivre.

Jacqueline: (Prend de la craie de la boîte, et trace les bâtons sur un tableau en chantant ces paroles) "Quinze, quinze, Je parie pour quinze. Si ce n'est pas quinze, réprimande-moi ! "

Judith: (Va compter les bâtons à haute voix.) Quinze ! Exactement quinze bâtons !

Elles toutes: (Applaudissent)

Judith: J'essaie, moi aussi de tracer les bâtons en chantant. (Elle le fait et réussit comme sa compagne.)

Elles toutes: (Applaudissent à nouveau)

Émilie: Un jour, Émile, Jacques et Jude battaient des mains avec la même cadence, comme une mesure à quatre temps: Des deux mains sur la cuisse, des deux mains ensemble, et des deux mains verticalement, contre celles de l'autre frère. Ils faisaient les mêmes mouvements de façon de plus en plus accélérée jusqu'à ce que l'un d'entre eux perde le rythme.

Jacqueline: Pouvons-nous le faire Maintenant ?

Judith, Judeline et Émilie: D'accord !

Elles le font deux par deux.

Judith: Mes amis, nous nous amusons maintenant ; mais aujourd'hui, Jude et Jacques n'étais pas présents à la répétition à l'école. Seront-ils à la fête ? Ils sont si gentils et réguliers ! Je crains qu'ils n'aient une grande contrariété.

Émilie: Pourquoi ne prions-nous pas pour que Dieu puisse les aider à sortir d'embarras.

Elles toutes: Prions !

Émilie: Prions avec Judith ! Sa remarque est si bonne !

Judith: D'accord !

Elles toutes: (Se jettent à genoux.)

Judith: Notre bon Père céleste, nous te louons pour ton amour et ta bonté. Voici tes jeunes enfants prosternées devant toi en ce moment. Tu sais déjà la cause de notre prière. Mais nous voulons nous réconforter avec la pensée que notre désir rencontrera ta volonté.

Regarde-nous du haut des cieux ! Daigne pardonner nos péchés, nous t'en supplions.

L'absence de Jacques et de Jude nous a attristées. Et maintenant, nous voudrions que tu protèges ces condisciples. S'ils ont des difficultés, aide-les ! D'ailleurs, ils disent toujours qu'ils ont confiance en toi. Sois avec eux donc, et permets qu'ils soient avec nous dans la fête cet après-midi ! Merci, seigneur pour ton amour. Je sais que tu nous exauceras au nom de Jésus. Amen !

Elles toutes: Amen.

SCÈNE VI

Jude

Merci mon Dieu de ce que tu me permets d'écouter ce que les gens de foi expliquent. Dieu peut nous exaucer de toutes sortes de manières, même dans des cas difficiles. Émile est gentil et serviable ; mais il a failli me décourager dans mes démarches auprès de Jésus. L'histoire de l'aveugle Bartimée qui ne s'était occupé de personne afin de pouvoir crier fort, et encore plus fort quand on lui disait de se taire, me réjouit grandement. L'histoire de la femme cananéenne dont les efforts pour obtenir satisfaction étaient minimisés et que j'ai entendue aussi à l'école du Sabbat, met de l'énergie et de la rapidité à mes mains pour pouvoir écrire au bon Dieu.

(Il se met à écrire sur son petit bureau et s'applique à bien faire la lettre. Il emploie dictionnaire, règle, etc.)

J'espère que cette lettre rappellera au Bon Dieu combien j'ai fait des efforts pendant l'année pour satisfaire à mes parents. (Il lit silencieusement la lettre, la met dans une enveloppe, puis l'attache à son cerf-volant.)

SCÈNE VII

Mme Stephan et Pierre

Mme Stéphan: Ô Mon Dieu, quelle tristesse ! Les conditions économiques de la famille du petit Jude sont bien précaires. Elle connaît sans doute de grandes difficultés. Je dois porter secours au petit garçon. Je veux rassurer sa foi. C'est moi, en ce cas qui serai l'ange, la servante de Dieu.
Pierre !

Pierre: Oui Maman.

Mme Stéphan: Connais-tu Jacques et Jude qui habitent à l'angle de la rue Richard ?

Pierre: Oui maman, Julien et moi les connaissons. ls appartiennent à notre école. Ce sont des enfants très intéressants ; ils sont studieux et respectueux. Ils aiment les activités religieuses. Jude, appartient à un groupe de prière composé de plusieurs autres élèves tels que Roger, Philémon, Judith, Jacqueline, Judeline, Émilie et tant d'autres. Jacques lui, a un partenaire de prière son petit voisin, avec lequel il prie chaque matin, avant d'aller à l'école. Certains de ses amis qui ont un téléphone, le font chacun de loin avec leur partenaire à eux. Ils aiment tous Jésus. Je veux moi aussi, appartenir au groupe de prière, et avoir un partenaire pour prier le matin.

Madame Stephen: C'est une très bonne idée, mon enfant.

Pierre: Quant au petit Jude qui appartient à ma classe, il a une bonne diction. Ce soir, tu l'entendras déclamer à la fête. Malheureusement, il n'a pas été à la répétition de ce matin.

Mme Stephan: Sont-ce donc de petits enfants ?

Pierre: Ce sont des enfants à peu près de même taille que nous, Julien et moi.

Mme Stephan: De petits enfants comme mes fils ! Bien, Pierre, merci beaucoup ! Tu peux retourner à tes occupations.

SCÈNE VIII

Madame Stephan

C'est très important que je fasse mon devoir à l'égard de Jude et de son frère. Je ne vais pas laisser les obligations financières de la maison me ravir l'occasion de faire le bien.

Comment ne me montrerais-je pas reconnaissante envers mon Créateur et mon Rédempteur, lui qui s'est livré pour moi ? Comment n'apprécierais-je pas l'amour de l'Eternel concrétisé dans le don de Jésus ? Les paroles de l'évangéliste m'émeuvent: "Car Dieu a tant aimé le monde, qu'il a donné son Fils unique, afin que quiconque croit en lui, ne périsse point, mais qu'il ait la vie éternelle." Je ne puis faire un si grand cadeau ; mais je veux imiter cet amour. Je ne vais pas me borner d'aider les autres seulement au printemps où parut le Sauveur du monde, mais je veux servir mon prochain également en été comme en automne et en hiver, comme lui-même le Sauveur, l'a fait pendant toute sa vie terrestre.

SCÈNE IX

Jude et Émile

Jude: Émile, sais-tu ? A un certain moment où mon cerf-volant prenait son essor très haut, et quand il eut suivi une direction où je n'ai pu plus le voir, j'ai senti un choc formidable le retenir.
J'ai tirai la ficelle et continué à le faire. L'extrémité me revint sans le cerf-volant qui y était attaché. C'est sans doute le Bon Dieu qui l'a pris.

Emile: (Sourit avec un air moqueur) Souhaitons-le.

Jude: Je sais, je sais que Dieu répondra à ma lettre. Cette fois, je lui ai fait une demande. Mais par contre, sans que les hommes ne lui aient rien demandé, il leur a fait un cadeau. C'est un très gros cadeau ; le plus grand cadeau qu'on ait jamais reçu. Ce cadeau, c'est Jésus. C'est pour nous sauver et nous donner toutes sortes de biens, qu'il est né sur la terre. Je suis content d'avoir appris toutes ces choses à la maison, à l'école et à l'église. C'est ce qui me fait savoir que Dieu a exaucé ma demande

Émile: Mon petit ami, Je sais que Jésus est le plus grand cadeau que nous n'ayons jamais reçu. Mais quant à l'affaire du cerf-volant… Ah ! C'est une drôle d'histoire.

Jude: Même si c'est une drôle d'histoire, je compte quand même sur Dieu.

Émile: (Il rit aux éclats.)

ACTE II

SCÈNE I

Monsieur Jolicœur

Monsieur Jolicœur: (est en train de lire un ouvrage.)

SCÈNE II

Mme Stephan et Mr. Jolicœur

Mme Stéphan: (Frappe à la porte)

Monsieur Jolicœur: (Se lève et se dirige vers la porte.) Entrez, s'il vous plaît madame !

Madame Stephan: (Entre) Ai-je le plaisir de m'adresser à Monsieur Jolicœur ?

Monsieur Jolicœur: Bien sûr que oui. J'ai l'honneur de recevoir Madame.

Mme Stéphan: (Donnant la main à Monsieur Jolicœur.) Je suis Madame Stéphan.

Monsieur Jolicœur:Veuillez vous asseoir, Mme Stéphan. Et permettez que je vous décharge.

Mme Stéphan: Merci, Monsieur Jolicœur... Je ne veux pas vous retenir trop longtemps. Je vous prie donc de recevoir cette boîte pour Jude. C'est de la part du Bon Dieu.

(Sur la boîte est écrit: Jude Jolicœur et son adresse.

Mr Jolicœur: De la part du Bon Dieu ? C'est mystérieux ! Je n'y comprends rien. Bien, j'accepte. Rien n'est impossible à Dieu.

Mme Stéphan: Vous ne pourrez comprendre qu'après mes explications relatives à la boî*te:*

Je raccommodais sous la galerie de ma maison située sur la colline opposée à l'école de vos enfants, quand quelque chose d'étrange attira mon attention. Je fus davantage émue, lorsqu'après réflexions, j'ai réalisé que c'était la première fois depuis le commencement de l'année que j'ai conçu l'idée de m'asseoir à cette heure sous la galerie. Quand j'ai voulu regagner la salle à manger, je me sentis encore obliger de garder la même position.

Quelques minutes après, le vent dirigea un grand cerf-volant dans la direction de chez moi ; et tout à coup, il fut accroché aux balustres de la galerie. La ficelle se rompit et le cerf-volant tomba sur mes genoux. J'ai pu remarquer que cette lettre (la montrant) qui y était attachée, s'adressait au Bon Dieu. Je la tirai de l'enveloppe et la lus, car je ne savais où je devais trouver le Bon Dieu pour la lui remettre. J'ai compris qu'elle devrait être une lettre d'enfant. En voici la teneur:

Port-au-Prince le ... 19 ...

A l'honorable Dieu du ciel.

Bon père,

Cette lettre qui t'est parvenue te dira combien je me confie en ta bonté.

Sais-tu, ô Bon Dieu que cet après-midi à 4 heures, je devrai participer à une fête de mon école !

Le directeur nous a appris que nous ne devons pas porter nos uniformes ; mais hélas ! Mon frère et moi n'avons pas de bons vêtements et de chaussures convenables.

Ne pourrais-tu pas envoyer un de tes serviteurs nous apporter ce qu'il faut ? Tu es si bon, et je t'aime tant !

Reçois les remerciements et les baisers de ton petit Jude.

Jude Jolicœur
40 Rue Richard
Port-au Prince, Haïti.

Je fus double fois émue étant de la famille du Christ et de la famille des Jolicœur.

Que Dieu est grand ! Et qu'il est bon !

Mr Jolicœur: Nous sommes donc des mêmes familles céleste et terrestre ! Je ne sais si vous connaissez M. Seymour Jolicœur mon grand-père.

Mme Stéphan: Il fut le grand-frère de mon grand-père. Ah ! J'ai soif de connaître ces petits de ma famille.

Monsieur Jolicœur: Je vais les faire venir. Jacques ! Jude !

Jacques et Jude: Oui papa.

Monsieur Jolicœur: Mon épouse leur mère n'y est pas. Elle rentrera ce soir. Elle sera toute émerveillée, lorsque je lui parlerai du lien familial entre nous, et de votre visite profitable

SCÈNE III

Jacques, Jude, Madame Stephen et Monsieur Jolicœur

Jacques et Jude: Bonsoir Madame.

Mme Stéphan: Bonsoir, mes enfants.

Mr Jolicœur: Mes enfants, Je vous présente madame Stéphen un membre de notre famille.

Jacques: (va embrasser madame stéphen.) Je suis Jacques Jolicoeur.

Jude –(Va embrasser Madame Stephen) Je suis Jude Jolicoeur. (

Mme Stéphan: Jude, le Bon Dieu m'inspire de te dire qu'il était tout près de toi quand tu écrivais ta gentille lettre. Alors, dans d'autres occasions encore plus pressantes où il te faudra une réponse instantanée, tu lui parleras encore même sans le voir, et dans son amour pour toi, il te répondra comme il lui plaira.

Jamais ton cerf-volant n'arriverait au ciel. C'est plutôt ta foi enfantine qui t'a fait voir l'exaucement de tes prières.

Jude et Jacques: (Se jettent à genoux, et Jacques lève les deux bras vers le ciel)

Jude: Mon Dieu je sais que tu m'écoutes. (Prenant la boîte et la levant.) Merci, mille fois merci pour ta grande bonté.

(Se relevant) A vous, Madame la messagère de Dieu, dans mon langage d'enfant, je ne sais que dire pour exprimer ma joie et ma reconnaissance. Toutefois, merci, oui, merci de tout mon cœur !

Jacques - Merci ! Oh ! Merci, mon Dieu. Que tu es bon ! Que tu es compatissant !

Merci Madame Stephen. Oh ! Oui, merci. Que vous êtes aimable ! Que Dieu vous comble de bénédictions !

Jude: Cet après-midi, Jacques et moi participerons librement et joyeusement à la fête.

Mon grand ami Émile qui, malgré sa générosité en faisant et me donnant le
cerf-volant, se moquait de ma foi, apprendra dès aujourd'hui, à compter sur la bonté et la compassion de Dieu.

Mes amis qui ont prié pour mon frère et moi, seront plus convaincus de la grâce divine. Ils sauront davantage l'amour, la fidélité de notre Père céleste, et verront avec plus de clarté, la manifestation de sa puissance.

F I N

Conclusion:

C'est quelque chose d'excellent que d'instruire son enfant dans la voie du Seigneur. Même quand les vagues de difficultés semblent envahir la route qu'il traverse, il n'est pas ébranlé. Au lieu de se décourager, il s'accroche à Dieu et compte sur ses promesses.

Dieu peut nous exaucer tant avec un cerf-volant qu'avec n'importe quel autre moyen notre ferme foi nous porte à employer.

Alors, comme nous venons d'assister, nous avons vu comment une foi enfantine, peut ouvrir des portes insoupçonnées.

Enfant ou adulte puissions-nous, comme l'a fait le petit Jude, même dans les circonstances les plus difficiles, compter sur les promesses divines !

Le ferons-nous ?

PLUS HAUT ET BIEN PLUS HAUT !

Maintenant que je suis un jeune homme pensant,
Me rappelant souvent, mes faiblesses d'antan,
Je suis compatissant face au comportement
Que souvent, très souvent, ont pas mal d'enfants.
Ainsi donc, je m'adresse d'abord aux parents,
Et puis, sans hésiter, à tous les dirigeants ;
Sans laisser de côté, les siens très diligents:
Quand un enfant affirme dans son jugement
avec conviction, explique en persuadant
Même des plus âgés dans son rang, se trouvant,
On doit bien prendre à cœur ce qu'il juge important.
Les adultes eux aussi, c'était en grandissant
qu'ils ont pu découvrir des tableaux décrivant
Tout ce qui est réel quant à l'entendement.
Un cerf-volant lui-même, en montant, oui, montant,
Dans l'espace très haut, a son point culminant,
Ne pouvant se mouvoir, au terme, s'arrêtant
Après avoir fait halte, ainsi se limitant.
Plus haut, et bien plus haut, vers l'infini, allant,

Peut monter la prière que Jésus entend.
Sans que le demandeur n'implore en employant
Un des moyens que d'autres croient être plaisant.
Ainsi donc, désormais, je dis que je comprends
Des enfants de partout, le vrai comportement.
Puisse avec empathie, à moi, tous se joignant,
Comprendre en profondeur, ce qu'est l'enfant vraiment !

&&&&&&&&&&&

VRAI OU FAUX

INTRODUCTION

La pièce que nous allons voir, est composée de quatre scènes où des élèves d'une classe de mathématiques associent l'idée de leurs cours à des réalités bibliques.

La première scène présente le professeur d'une classe de mathématiques où il met ses étudiants sur la piste du genre d'examens qu'ils auront à la fin du trimestre.

Dans les trois autres scènes, quelques étudiants de cette classe ont profité du cours de math qu'elles ont suivi pour introduire des sujets bibliques capables de fortifier leur foi chrétienne, et de s'en réjouir.

Scène I

(Des élèves sont réunis dans une salle de classe où le professeur leur donne des notions sur le vrai et le faux)

Le Professeur

Bien, bien, bien !

Très chers étudiants,

Nous sommes parvenus presque à la fin de l'année scolaire. Vous avez eu plusieurs genres d'examens. Mais je veux vous prévenir qu'à partir de cette semaine, de multiples testes vous seront donnés où il vous faudra jauger entre le vrai et le faux.

Pour vous mettre sur la piste, je vous fais savoir que les phrases auront beaucoup de similitude entre elles. Cependant, seule votre perspicacité pourra vous aider à trouver la vraie réponse. Ainsi, comme vous l'avez appris antérieurement, vous aurez à mettre V ou F suivant la réponse choisie. V si c'est vrai ; et F si c'est faux dans le carré en regard de la phrase en question.

Je voudrais que vous réussissiez toutes, comme il en a été l'année dernière dans ma classe d'algèbre et de géométrie.

Prenons de simples exemple pour vous permettre de bien comprendre l'allure que prendront les examens :

Toutes les figures de trois côtés, portent-elles exactement le même noms ?

Si, dans un autre examen, on vous dit : Le carré de l'hypoténuse est égal à la somme des carrés des deux autres côtés ; cela regarde un triangle rectangle, étant sûr de ce que vous savez, vous mettrez la lettre V dans le carré. Mais si on vous dit qu'il s'agit d'un triangle isocèle, vous mettrez la lettre F dans le carré.

Les deux suggestions sont des triangles ; mais des triangles différents. On doit donc distinguer le vrai du faux.

Donc, en réponse, on doit mettre la lettre V en regard de triangle rectangle.

Un autre exemple :
Les paroles précédentes sont de Pythagore.
On doit choisir la lettre V comme réponse.

A part ces exemples, il y a des interventions bien plus subtiles ; mais les étudiants ferrés en la matière, sauront les découvrir.

Scène II

Deux élèves de la classe de mathématiques

Martine et Martha

Martine : Martha, Aujourd'hui, le cours de Mathématiques a attiré mon attention sur certains points regardant la religion.

Martha : Vraiment ? Et qu'est-ce qui a de commun entre la classe de mathématiques et la religion ?

Martine : Te rappelles-tu que quand nous parlions à des gens qui étaient venus te visiter pendant que j'étais chez toi, ils essayaient de nous persuader de comprendre et d'envisager d'accepter leur position vis-à-vis de l'Évangile ?

Le cours de Mathématiques d'aujourd'hui, pourtant bien simple, m'a ouvert les yeux sur l'attitude que nous devons adopter lorsque des gens désirent nous convaincre d'accepter leur doctrine.

Certains sont sincères et présentent l'Évangile comme ils peuvent. D'autres, dans leur malice, voulant faire passer pour vrai, ce qu'ils présentent, disent des chosent qui n'existe même pas.

Un jour, pour pouvoir réussir dans un concours de Bible où l'on devait réciter autant de versets que l'on pouvait, un participant a forgé un verset qui n'existe même pas. Heureusement, on a découvert sa ruse, et il n'a pas pu réussir dans sa tromperie.

Une autre fois, quelqu'un qui faisait une étude biblique avec un homme, pour pouvoir le convaincre, lui a fait entendre un verset prétendant qu'il l'avait tiré de la Bible. Son interlocuteur, étant versé dans la parole de Dieu, lui a

dit carrément que ce passage n'existe pas dans la Bible. Il était confus , n'ayant pas pu réussir dans son artifice.
On doit faire de son mieux pour ne pas se laisser bafouer par des prétendus religieux. Alors, tout en étudiant la parole de Dieu, nous devons rechercher l'aide du Saint Esprit pour qu'il puisse nous conduire dans la pleine lumière.

Martha : Je veux bien t'écouter à ce sujet.

Martine : Des déclarations bibliques peuvent être semblables entres elles ; mais elles peuvent tout aussi bien être différente. Alors, …
De même que toutes les figures de trois côtés sont des triangles et, comme nous l'avons vu dans notre classe, ils ne sont pourtant pas les mêmes tels : le triangle rectangle, le triangle isocèle et dans d'autres cas, des triangles quelconques, de même, des versets bibliques peuvent être semblables, mais ils doivent être placés dans leur contextes pour qu'on les comprenne.

De plus, quand quelqu'un vous parle de l'Évangile, il faut faire attention pour que le verset présenté ne soit pas détérioré, tordu ou inventé.

Martha : Ta pensée est bien juste. C'est bien et très important qu'on puisse tirer des leçons De ce qui se passe autour de soi.
Certains prétendent pouvoir expliquer en profondeur ce que Dieu est. Ils ont peut-être oublié ce passage stipulé ainsi:

"O profondeur de la richesse, de la sagesse et de la science de Dieu ! Que ses jugements sont insondables, et ses voies incompréhensibles ! Car qui a connu la pensée du Seigneur, Ou qui a été son conseiller ?"
(Romains 11 :33,34)

La divinité elle-même, est un axiome. On ne saurait prétendre pouvoir la démontrer.
On peut essayer de le faire ; mais on ne le pourra pas.

C'est comme un homme du nom de Télémaque, musicien, poète, mathématicien, qui a voulu, à l'Institut Français d'Haïti, démontrer le postulatum d'Euclide le mathématicien Grec, oui, à cet institut où un grand nombre de savants s'étaient réunis pour l'entendre dans la démonstration de ce postulat :

Par un point du plan, on ne peut mener qu'une parallèle à une droite donnée.

Tous suivaient attentivement le déroulement de la démonstration qui avait bien commencé. Mais à un certain point de l'exposée, inutile de vous dire que tous ceux qui étaient suspendus à ses lèvres, n'ont pu tirer rien que la limitation du présentateur.

La promesse de retourner une autre fois n'a jamais pu se réaliser jusqu'à sa mort, et on le comprend bien, puisqu'il a voulu tenter l'impossible.

Ainsi, malgré la beauté et l'attrait de certaines paroles avancées par certaines gens, gardons notre équilibre tout en vérifiant leur opinion.

Avant qu'on prenne une doctrine pour acquise, on doit sonder la parole de Dieu avec beaucoup de soin, pour qu'on ne soit pas pris dans le piège de l'erreur.

Martine : C'est exact. Écoute, Martha ! Marjorie et Margareth vont venir. Attendons qu'elles viennent pour que nous continuions la conversation. Qu'en penses-tu ?

Martha : C'est une bonne idée. Elles savent donner des lumières non seulement sur les cours classiques, mais aussi sur la doctrine biblique.

Martine : Très bien. Attendons qu'elles viennent !

Martha : - Oui, en attendant qu'elles arrivent, je souligne que des personnes du sexe féminin comme nous, ont brillé d'une manière frappante. Nous pensons donc à ces parole que la monitrice du cour de bible a avancées pour renforcer son exposé :

LEVONS-NOUS, sœurs !

Levons-nous, messagères de partout !
Au suprême appel, répondons jusqu'au bout!
Notre père, le Roi des rois

Nous dit d'œuvrer sans effroi.

Si parfois, les hommes ont peur
Comme Barak devant un labeur,
Pensons au juge Déborah,
Elle qui fit tant d'exploits !

Voyons-nous de multiples tableaux
Ou des femmes lèvent leurs flambeaux,
Avec zèle, pour éclairer
Les sentiers enténébrés ?

Marie, étoile de Magdala,
A su diffuser avec éclat,
La nouvelle chère aux nations :
De Christ, la résurrection.

Allons! Car c'est le Tout-Puissant
Qui nous parle et dit : En avant !
S'il commande, aussi, il pourvoit.
Seulement, ayons la foi !

Levons-nous! En avant !

Scène III

Martine, Martha, Marjorie, Margareth

Martine : Marjorie, Margareth, il y a quelques instants, Martha et moi, en pensant au cours de mathématiques regardant les examens à venir, nous sommes tombées sur un sujet religieux.

Marjorie : Martine, Martha, c'est intéressant que vos pensées soient toujours occupées à des choses élevées. Cette attitude éliminera, j'en suis sûre, les mauvaises dispositions qui pourront surgir dans votre vie journalière.

Martine : Ce n'est pas pour rien que nous sommes amies. Cette maxime l'explique bien :
« Dis-moi qui tu fréquentes, je te dirai qui tu es ».

Martha : Cette autre maxime est également de mise dans notre cas : « Qui se ressemblent, s'assemblent. »

Margareth : Vous dites vrai, Martine et Martha. J'admire toujours le fait que vous faites souvent un rapprochement entre les cours de nos professeurs d'école et nos instructeurs d'église. Marjorie et moi en font autant dans nos moments de loisir. Nous ne manquons pas non plus de chercher à approfondir personnellement les passages scripturaires apparemment difficiles.

Marjorie : Vous savez, chers amis, lorsque des fois, je rencontre des gens réfractaires qui tordent la parole de Dieu au profit de leur fausse doctrine, après leur avoir fait voir des passages bibliques, je donne une illustration capable de les émouvoir. Je comprends que des fois, certains d'entre eux sont réfractaires, et d'autres, sincères, mais manquent de compréhension. Dans le cas de ces derniers, cela rappelle le passage qui dit : « Ils ont du zèle pour Dieu, mais sans intelligence ».

L'expérience d'un porte-faix dans un pays du tiers monde, nous aide à réfléchir davantage sur notre comportement vis-à-vis des multiples enseignements qui des fois, ne sont que de simples opinions, et des opinions sans fondements, sur les Saintes Écritures.

Ce porte-faix, ayant coutume d'aller en divers lieux, pour apporter sur sa tête à tout instant, une charge d'un autre individu, a suivi un jour, un nouveau client pour arriver à destination et se décharger du très lourd fardeau.

Il voulait arriver au but pour obtenir sa rémunération ; mais malheureusement, la route était très longue. Et contrairement à l'ordinaire avec d'autres clients, ce porte-faix a parcouru un chemin apparemment interminable.

Alors, le portefaix de demander au client : Dis-moi, Quand est-ce qu'on arrivera à destination ? Le client de répondre : même moi, je ne sais pas. Je ne sais où je vais. De plus, à Ce point, le porte-faix, déposant le fardeau par terre et le découvrant, a constaté que la charge qu'il portait, n'était autre qu'un panier de pierres. Ce nouveau client à l'insu du porte-faix, avait un problème mental.

Margareth : Dans les activités religieuses également, on rencontre des gens qui n'ont pas une idée nette de leur destination dans la vie. Apprennent-ils à penser pour eux-mêmes et mûrir les différents sujets qui se présentent devant eux ? Ils ne s'en soucient même pas. Ils agissent comme le porte-faix qui suivait le client sans qu'il ne sache où ce dernier allait, et quel genre de charge il le faisait porter.

Veillons sérieusement pour que notre comportement soit correct ; et ayons le Saint Esprit pour guide, afin qu'en ne suivant pas les doctrines humaines, mais les directives divines, nous aboutissions dans le royaume de Dieu.

Martha- Sans nous appuyer sur les théories humaines, une étude appropriée comprenant de multiples passages bibliques, éclaircira entièrement notre entendement. Faisons-la sous la direction du Saint Esprit de Dieu qui nous "conduira dans toute la vérité !"

Martine : Allons délasser nos jambes dans la cour, et nous reviendrons après cela pour continuer la conversation !

Elles toutes : D'accord ! D'accord !
(Elles s'en vont)

SCÈNE IV

Les jeunes filles reviennent.

Martine, Martha, Marjorie, Margareth

Martha : Après cette récréation, nous voici bien disposées à continuer de reprendre notre conversation.

Martine : L'expérience du porte-faix était très impressionnante, et peut donner à beaucoup de gens de sérieuses leçons.

Margareth : De fortes expériences dans la vie courante se sont multipliées. J'en profite toujours pour éclairer et appuyer les études bibliques dans mes travaux missionnaires.

Martha : On ne doit pas se laisser leurrer par des enseignants. On peut ne pas savoir totalement bien comment les valeurs spirituelles sont. Mais on ne doit pas rester amorphe. C'est bien qu'on entende des instructions et des recommandations ; mais on doit les sonder et les comparer avec la Bible, la source de la vérité, et se soumettre sous l'action du Saint Esprit.

Martine : On est souvent trompé dans des affaires temporelles comme dans des affaires doctrinales.

Marjorie : Vous avez peut-être entendu parler de Gregory Potemkine et de ses artifices pour impressionner l'autorité suprême de la Russie, Catherine qui allait visiter son village.

Peu de temps avant la visite de cette dernière, le prince Potemkine a fait construire un village apparemment splendide où l'impératrice allait circuler. Cette construction sans fondement qui a berné l'impératrice, restée dans l'histoire, a fait porter le nom de village de Potemkine à tout ce qui au fond, est empreint de faussetés, et n'a rien de bon, mais se présente sous un aspect réel et admirable.

Que de village de Potemkine ne rencontrons-nous pas sur notre route, oui, sur notre cheminement temporel et spirituel ?

Margareth : Oui, les fausses doctrines souvent faciles et attrayantes, attirent la foule qui souventes fois, sans faire d'efforts, laisse les autres penser pour elle.

Cependant, même celui qui était au bas de l'échelle spirituelle, avec sa bonne volonté et son intelligence employée à aspirer À LA PERFECTION, ne sera dupe d'aucun détracteur, et ATTEINDRA LE SOMMET, puis SERA CLASSÉ PARMI LES RACHETÉS DE Jéhovah.

Jésus a donc dit : "Or, je vous déclare que plusieurs viendront de l'orient et de l'occident, et seront à table avec Abraham, Isaac et Jacob, dans le royaume des cieux. Mais les fils du royaume seront jetés dans les ténèbres du dehors, où il y aura des pleurs et des grincements de dents" (Matthieu 8:11,12).

"CAR IL Y A BEAUCOUP D'APPELÉS, MAIS PEU D'ÉLUS" Matthieu 22 : 14).

Martine : Qu'aucune d'entre nous, et qu'aucun des nôtres ne bâtisse un village de Potemkine ! Que nous soyons des amis et des propagateurs du vrai !

Marjorie : Martine, Martha, nous devons vider les lieux, Margareth et moi, dans quelques instants. Nous étions dans une saine et agréable ambiance. Je suis assurée que Dieu était au milieu de nous, et a béni notre conversation.

Margareth - Et nous pouvons ajouter qu'il y a mis son sceau d'approbation.

Puisque Dieu, nous le croyons, a approuvé notre comportement, nous comptons sur lui pour qu'Il nous guide en tout temps, jusqu'á ce qu'il nous fasse prendre notre essor vers le ciel, et passer les mille ans de vacances là-haut, et revenir sur la terre restaurée pour jouir d'un bonheur sans fin. C'est pourquoi les paroles du poème regardant les futurs astronautes, me sont très chères. Alors, avant que nous partions, en voici un fragment :

L'argent ne sera donc d'aucune utilité.

Seuls les princes pourront, dans le vaisseau spatial,
S'embarquer librement loin des forces du mal.
Allez-vous, dans ce rang, avant qu'il soit trop tard,
Vous placer promptement, sans vous vouer au hasard ?
Allez-vous donc, ami, recevoir aujourd'hui,
La haute dignité offerte au peuple acquis,
Pour que, cohéritiers avec le Fils du Roi,
Vous ayez des richesses, des richesses de poids ?
De la terre à l'espace, à l'espace infini,
Mieux que les papillons, car de l'Esprit, muni,
Car d'un corps spirituel, pouvant franchir les airs,
Car d'un corps transformé, dépouillé de la chair,

Et du sang corrompu où par hérédité,
Où naturellement, circule du péché,
Le germe destructeur ; car d'un céleste corps
Nous serons tous dotés et prendrons notre essor.
Et l'âge de l'espace portera donc son nom,
Avec les conquérants provenus des nations ;
Et réunis eux tous, tableau spectaculaire !
Eux, vrais intelligents, élite de la terre,
Pénétreront joyeux, des mondes merveilleux,
Pour jouir des résultats de leur choix judicieux,
Après avoir lutté à travers tous les temps,
En compagnie de Christ, leur solide garant.
Quelle belle entreprise pour tous ces esprits mûrs !
Oui l'âge de l'espace arrivera bien sûr
À un degré unique, à son vrai apogée,
Par l'exploit des élus rencontrant leur visée.

Exploit ! Exploit ! Exploit !

Martine, Martha, Marjorie : (applaudissent)

Martha : Marjorie, en t'entendant dire le vers :

De la terre à l'espace, à l'espace infini, je me rappelle qu'à part le cours de géométrie plane, bientôt, nous aurons à prendre un cours de géométrie dans l'espace. Mais chose merveilleuse ! Notre pensée ne sera pas limitée seulement qu'à ce qui nous est accessible pour le moment ; mais en soulignant les mots espace infini, nous comprenons que, non pour les profanes, la pensée et l'être tout entier, arrivera à des hauteurs apparemment impénétrables.

Elles toutes : C'est vrai.

Martine : Après avoir largement conversé, ne remarquons-nous pas que la première syllabe de nos noms forme un quatuor : Mar, Mar, Mar, Mar. Chacune d'entre nous a apporté une note d'éclaircissement dans le sujet qui a été l'objet de notre conversation. Et la syllabe mar rappelle aussi l'entrain avec lequel nous avons entrepris de parler de Jésus dans notre conversation. Oui c'était bien martial. En outre, les lettre de cette syllabe se trouvent aussi dans les premières lettres du mot qui nous est cher : C'est bien MARANATHA. Oui, Maranatha, Jésus revient.

Parler de l'amour de Dieu et du retour de Jésus, c'est là notre plus grande joie.

Martha : Vrai ou Faux ?

Elles toutes : (avec vigueur) Vrai ! Vrai !
Vrai !
-

Fin -

CONCLUSION

Nous venons d'assister à une pièce où des jeunes filles chrétiennes se sentent heureuses de déguster ensemble la parole de Dieu.

Elles ont, à partir du cours de géométrie qu'elles ont suivi à l'école, profité de cela, pour pouvoir faire un rapprochement religieux leur apportant une édification spirituelle.

S'étant entendue pour faire des commentaires sur leurs études classiques et des passages bibliques, elles ont trouvé un réconfort mutuel dans les délices de leurs méditations.

C'est un bon exemple pour nous tous d'apprendre à profiter des circonstances favorables pour approfondir les Saintes écritures tout en nous égayant.

Ne nous sommes-nous pas tous accordés sur la question ?

&&&&&&&&&&&

RÉFLEXIONS :

En pensant à ce qui se passe et dans le règne animal, et dans le règne végétal , nous ne pouvons nous empêcher de nous poser des questions sur l'importance de l'existence humaine, de celle des animaux, de celle des végétaux, même des minéraux, et de leur provenance.

Vous êtes-vous déjà penché sur l'organisme d'un être humain ? Et avant les différentes parties qui composent le corps d'un bébé qui vient de naître ? Et pour aller plus loin, avez-vous analysé même superficiellement, comment du contact de l'homme avec la femme, peut résulter d'arriver à ce point,

Depuis que le monde est monde, il en a toujours été ainsi. S'il y a des gens qui pensent autrement, peuvent-ils trouver une explication et une conclusion à leur hypothèse ? Certainement pas.
Magnifions la puissance de notre seul Dieu Créateur qui existe d'éternité en éternité !

Made in the USA
Monee, IL
24 December 2019

19504852R00213